日本とは和歌
——国史のなかの百首

松《まつ》浦《うら》光《みつ》修《のぶ》・著

慧文社

花に鳴く鶯《うぐいす》、水に住む蛙《かわず》の声を聞けば、
生きとし生けるもの、いづれか歌をよまざりける。
力を入れずして天地《あめつち》を動かし、
目に見えぬ鬼神《おにがみ》をもあはれと思はせ、
男女《おとこおんな》の中をも和《やわ》らげ、
猛《たけ》き武士《もののふ》の心をも慰《なぐさ》むるは歌なり。

（『古今和歌集』仮名序《かなじょ》）

はじめに

「日本語人」

まだ「米ソ冷戦」がたけなわのころの話です。角田忠信《つのだただのぶ》という日本人の医学博士が、社会主義国のキューバで開かれた学会に参加しました。参加した日本人は、角田さんだけです。その時、大きな庭園でパーティが開かれました。手入れが不十分な庭園は、草ぼうぼうでした。コオロギが、しきりに鳴いています。

それが虫の声であるというのは、角田さんにとっては、あたり前のことでした。ところが、驚くべきことに周囲の人々には、その声が、まるで〝聞こえていなかった〟というのです。

その驚きの体験をもとに、その後、角田さんが科学的な研究をすすめていくと、コオロギの声を、日本人は左脳で聞き、外国人は右脳で聞くことがわかってきました。「日本人型」の脳は、自然の音を〝理解〟できるのですが、「外国人型」の脳は、それをほぼ「雑音」としか認識できないようなのです。

日本人の脳は、世界でも稀有な特徴をもっているらしいのですが、研究をすすめていくうちに、角田さんは、その脳のはたらき方のちがいは「人種」によって生じるものではない…ということに気がつきます。「日本語を使う人」であるのかどうか…、それによって脳のはたらき方にちがいが生じる…と、わかってきたのです。

角田さんは、その発見をもとに、世界中のさまざまな言語と、それを使う人々の脳のはたらきを研究していきます。しかしいろいろと探してみても、日本語と同じようなはたらき方をする言語は、ポリネシア語くらいしか見つかりません。

それならば…、幼いころから日本語で育った外国人は、どうなるのでしょう? 「日本人型」の脳のはたらき方をする…そうです。

それは、生まれてから九歳くらいまでに使用していた言語が、日本語であるかどうかによって決まる…。そう角田さんは書いています(『日本人の脳』『日本語人の脳』)。

そうであれば…と、私は考えます。私は、あらためて、ルーマニアの思想家・エミール・シオラン（一九一一—一九九五）の「祖国とは国語」という名言を想起せざるをえません。シオランの名言を踏まえれば、「日本人とは日本語人」ということになります。つまり、日本人にとっては、まちがいなく「祖国とは日本語」なのです。

ちなみに、わが国の近くには今、支配地域の異なる民族の言語を、次々と暴力的に奪っている一党独裁国家があります。シオランの名言を踏まえれば、それは、まちがいなく〝ジェノサイド（Genocide）〟といっていいでしょう。

それでは、「日本語人」の特徴とは、どういうものなのでしょう？　著名な東洋史学者・岡田英《おかだひで》弘《ひろ》さんは、台湾での、こういう経験を語っています。

台湾の人々には、「日本語と中国語を同じように話せるバイリンガル」が少なくないのですが、岡田さんは、そういう人々とつきあっているうちに、おもしろいことに気づきます。「彼らが中国語で話しているときには、まことにギスギスした態度なのに、日本語で話しはじめると、それが一変する。いかにも物腰がやわらかくなって、これが同じ人間なのだろうかと思うほど」であったそうです。

具体例として、岡田さんは昭和三十七（一九六二）年、台北を訪問し、中央博物館を訪ねたさいのエピソードを紹介しています。中央博物館の館長の秘書をしていた若い女性が、いろいろとお世話をしてくれたのですが、その女性は、なるほど美人ではあるものの、「無表情で、ギスギスした態度」でした。ところが、その翌日、街でばったりその女性に会うと、じつは彼女は早稲田大学に留学経験があり、日本語が使える人だとわかって、岡田さんは、日本語で会話をします。すると前日とは「まるで別人」で、愛想はよいし、表情も柔らかいし、ついには口に手をあてて、「オホホホ」と笑ったりもしたそうです。

この経験について、岡田さんは、こう書いています。「彼女は、中国語を話しているときは中国人になり、日本語を話すときには日本人になっていた」（『この厄介な国、中国』）。

「日本語」の〝力〟が、その女性の表情や態度を、ごく自然に、和《なご》やかなものにしたのでしょう。わが国は、古来「和の国」と呼ばれてきましたが、もしかしたら、その言葉には、私たちが思っている以上に、深い意味が含まれているのかもしれません。

言霊《ことだま》の幸《さきわ》う国

日本語の〝力〟といえば、思い出すことがあります。わが国の古代の人々が、わが国の言葉には、言葉そのものに神秘的な力がやどっている…と信じていたことで、それが「言霊《ことだま》」と呼ばれていることはよく知られています。

「言霊」が複数つらねられて、一つの「かたち」となり、美しく整えられれば、それが「やまとうた」になります。つまり、和歌です。

言葉一つにさえ、神秘的な〝力〟が秘められているのですから、ましてやそれが美しい〝かたち〟をもっていたら、どうなるでしょう？ 古代の人々は、そこに、はかりしれない〝力〟が生まれる、と信じていました。

醍醐《だいご》天皇（八八五―九三〇）の勅命で編纂された最初の勅撰和歌集《ちょくせんわかしゅう》として知られるのが、『古今和歌集』（「真名序《まなじょ》の日付は延喜五［九〇五］年）です。その「仮名序《かなじょ》」は、紀貫之《きのつらゆき》が書いたといわれているもので、「和歌とは何か？」という根源的な問いに対して、それほど早い時期に的確な答えをしめした文章を、私は他に知りません。

私は、『古今和歌集』の「仮名序」は、その格調の高さもあいまって、文学史上のみならず、思想史上でも、〝日本文学の独立宣言〟として、より高く評価されるべき画期的な名文ではないか、と思っています。その冒頭の部分は、こうです。


「『やまとうた（和歌）』というものは、人の心を〝種〟と仮定しますと、そこから生じて、人の口から出た〝葉〟のようなものです。人が、人の世で生きていくと、どうしても公的にも私的にも、さまざまな出来事に対応していかなければなりませんが、その過程で、人の心には、さまざまな思いが生じます。人は、それらの思いを、何かを見た機会に、また何かを聞いた機会に、言葉にあらわしたくなるものです。

花のあいだで、鶯《うぐいす》はさえずっています。清流に住む河鹿《かじか》（カエル）も、声をあげています。それらを聞いてわかるのは、生きとし生けるものは、すべて歌を詠《よ》んでいる…ということです。歌は、力をふるわずに、天の神々や地の神々の心を、動かすことができます。歌は、もはや目には見えない亡き人々の魂さえ、感動させることができます。また歌は、男と女のあいだを、和《なご》やかにすることができます。そして歌は、猛々《たけだけ》しい武人の心を、静かになだめることもできます。歌には、それらすべてのことが、できるのです」
（原文・やまとうたは、人の心を種として、万《よろず》の言《こと》の葉《は》とぞなれりける。世の中にある人、ことわざ繁《しげ》きものなれば、心に思ふことを、見るもの聞くものにつけて、言ひ出せるなり。花に鳴く鶯、水に住む蛙《かわず》の声を聞けば、生きとし生けるもの、いづれか歌をよまざりける。力をも入れずして天地《あめつち》を動かし、目に見えぬ鬼神《おにがみ》をもあはれと思はせ、男女の中をも和らげ、猛き武士《もののふ》の心をも慰むるは歌なり）

「花のあいだで、鶯はさえずっています。清流に住む河鹿も、声をあげています。それらを聞いてわかるのは、生きとし生けるものは、すべて歌を詠んでいる…ということです」というあたりに、先ほどお話しした「日本語人」の特徴が、よくあらわれるのではないでしょうか。ウグイスの声もカエルの声も、私たちにとっては、遠い昔から「雑音」ではなく、〝理解〟できる声なのです。
ちなみに、この「仮名序」には、「やまとうた」のはじまりについて、こう書かれています。

「天地《あめつち》の、ひらき初まりける時より、いできけり」

つまり、天地開闢《てんちかいびゃく》の時から和歌があった…というのです。いわば〝はじめに和歌があった〟ということになるでしょう。

その点、欧米文化圏とは、大きくちがいます。「はじめに、すでに言葉《ロゴス》はおられた。言葉《ロゴス》は神とともにおられた」（『福音書』ヨハネ・1／1）というのが、欧米文化圏の基本的な世界観だからです。

「ロゴス（logos）」という言葉は、一般的には「言葉」とか「理性」などと訳されていますが、なるほど…「理性」では、ウグイスの声やカエルの声を〝理解〟するのは、むずかしいでしょう。ですから私は、そこに日本と他の文明・文化の、基本的なちがいがあるのではないか…と、感じています。

なお、この「仮名序」には、歴史時代にはいってからの、わが国での和歌の位置について、こう書かれています。

「昔の代々の天子（天皇）さまは、春の花の咲いた朝、秋の月の美しい夜など、そういう、よい折にふれては、お付きの人々をお召になって、何かに関連させて、いつも歌の提出をお求めになりました」
（原文・古《いにしえ》の代々《よよ》の帝《みかど》、春の花の朝《あした》、秋の月の夜ごとに、さぶらふ人々を召して、事につけつつ、歌を奉らしめたまふ）

ということは…、西暦でいうと少なくとも十世紀の段階で、わが国では〝日本・天皇・和歌は一体のもの〟という認識が、公認されていたことになるでしょう。何より「勅撰和歌集」という、いわば天皇の命による〝詩集〟の存在が、その何よりの証拠です。

山上憶良《おくら》は、こう詠んでいます。

「神代より　言ひ伝て来らく《つ　く》　そらみつ　大和の国は　皇神《すめがみ》の　厳《いつく》しき国　言霊《ことだま》の　幸《さきわ》ふ国と語り継ぎ　言い継《つ》がひけり」
（歌意・神代以来、言い伝えられてきたことですが、大和の国は、皇室の御先祖の神であるアマテラス大神の御神威《ごしんい》が、気品に満ち、荘厳にゆきわたっている国であり、また〝やまと言葉〟の不思議な力によって、命あるものの活動が盛んに行なわれる国です。わが国とは、そう語り継がれ、

言い継がれてきた国なのです）

神々の御子孫である皇室が尊厳を保ちつづけ、神秘的な日本語の〝力〟がはたらきつづけていること…、それが憶良にとっては、〝日本の条件〟なのです。逆からいえば、それらが失われてしまえば、もはや日本は、ほんとうの日本ではない…ということになるでしょう。

『古今和歌集』から二百年ほどのちに、『新古今和歌集』が誕生します（「仮名序」の日付は元久《げんきゅう》二［一二〇五］年）。そこでは、「やまとうた」が、「世を治め、民をやはらぐる道」とさえいわれるようになっています（『新古今和歌集』仮名序）。

つまり、和歌は、儒教や仏教と対置される、わが国の独自の「道」と認識されているのです。和歌を意味する「敷島《しきしま》の道」という言葉も、すでにこの『新古今和歌集』の「仮名序」に見えています。

そのような「敷島の道」の尊さを、高らかに歌いあげたのが、藤原定家《ふじわらのていか》の孫・冷泉為相《れいぜいためすけ》の、こういう和歌です。

「これのみぞ　人の国より　つたはらで　神代をうけし　敷島の道」
（歌意・和歌の道だけです。外国から伝わったものではなくて、神代から伝わってきた日本独自の道は…）

以上のように見てくると、私たち日本人にとって、和歌とは、単なる文学の一ジャンルではありません。日本が日本でありつづけるための、もっとも重要な文化の〝かたち〟なのです。シオランの名言になぞらえていえば、「日本とは和歌」とさえいえるでしょう。本書のタイトルは、そういう思いをこめてつけています。

本書について

本書の副題は「国史のなかの百首」です。以下、その意味について、お話しします。

私は、国文学の専門家でも、和歌の専門家でもありません。現在、教授として勤務している大学での所属学科は、「文学部・国史学科」です。つまり、専門は「日本史」なのです。しかし、わが国の歴史を学んでいくと、あたりまえのことですが、神代の昔から現代にいたるまで、いつの時代も、さまざまな人々が、すばらしい和歌を、たくさん残していることがわかります。

歴史上の人物の〝心のなか〟を知ることのできる史料というのは、じつはそれほど多くは残っていないのですが、〝和歌ならば残っている〟という場合が、少なくありません。ですから、ほんとうは歴史学にとっても、和歌は重要な史料になるはずなのですが、現代の歴史学は、政治、経済、法制、軍事など、そういう側面からの研究が主で、それらの現象の根元にある〝人々の心のなか〟は、あまり考慮されない傾向にあります。

一方、国文学（日本文学）を専門とする方々にとって、和歌といえば、その主たる関心は、あくまでも芸術作品としての「名歌」でしょう。国文学では、まず「名歌」があって、そのあとはじめて、その周辺についての研究も、研究上の意味をもってきます。

というわけで…、今の世のなかでは、有名人のものであれ、無名の庶民のものであれ、たとえそれらの人々の〝心のなか〟が、和歌となって残されていても、よほどの「名歌」でないかぎり、図書館や資料館の片隅に埃《ほこり》をかぶったままなのです。歴史のなかで苦闘してきた先人たちの〝心の結晶〟が、子孫である私たちへの〝心の遺産〟として、せっかく残されているのに、それでは、あまりにもったいないのではないでしょうか。

かつて渡部昇一さんは『日本史百人一首』という本を出版されましたが、それになぞらえていえば、私のこの本は、あくまでも私なりの観点から編《あ》んだ「令和版・日本史百人一首」です。お断りしているとおり、本書は、無数ともいえる歴史上の人物の和歌のなかから「名歌」を厳選したというわけではなく、また一人の人物が遺したすべての和歌のなかから、「名歌」を厳選したというわけでもありません。

この本は、あくまでも、その時々の私の心に響いた歌を、神代から平成にいたるまでの人物から、一人につき一首選び、その人物と歌のまわりを、いわば〝散歩〟しながら、私なりの思いを語ったものです。いわば〝和歌をめぐる歴史エッセイ〟といったところでしょうか。

もともとは雑誌に連載していたものです。しかし途中で雑誌のサイズが変わるなど、もともと一回の文章に長短が生じていたところ、今回、一書にまとめるにあたって、全面的に修正・加筆を行ないましたので、さらに一首あたりの随筆部分の長短が生じています。

随筆の部分が長いから、私が特に重要な歌と考えている、というわけではなく、自然のなりゆきで、そうなったにすぎません。また、序章の今上陛下、皇后陛下の御製《ぎょせい》、御歌《みうた》からあとの百首は、基本的に時代順に配列していますが、それも、必ずしも厳密なものではありません。

ちなみに時代順というなら、私も歴史学者の端くれですから、ふつうは「古代・中世・近世・近代・現代」と区分すべきところですが、それでは、和歌の本としては、なにやら〝無粋《ぶすい》〟です。ですから、それぞれの時代を別の名称で表記しました。

幕末の皇学者《こうがくしゃ》（国学者）で、陸奥宗光《むつむねみつ》の父、伊達千広《だてちひろ》は、名著として知られる『大勢三転考《たいせいさんてんこう》』で、わが国の歴史を、独自に三つに区分しています（「骨《かばね》の代」「職《つかさ》の代」「名《な》の代」）。なるほど近代西洋から直輸入されたような今の歴史学の時代区分より、その方が、よほど国史の実態に即しているると思うのですが、今、急にその区分を用いても、その説明だけで、長くなりそうなので、本書ではそれをそのまま用いることはしません。

考えたすえ、本書では「上《かみ》つ代（古代）」「中《なか》つ代（中世）」「近き代（近世）」「新《あら》た代（近代）」「今の代（現代）」と区分することにしました。「上つ代（古代）」「中つ代（中世）」「近き代（近世）」は、現代の時代区分と、ほぼ同じですが、「近き代（近世）」は、幕末から明治時代まで、「今の代（現代）」は、大正時代から平成までの期間です。

本来ならば、各時代の文章量は均等であるべきか、とも思いますが、「上つ代（古代）」「中つ代

（中世）」「近き代（近世）」と比べて、「新た代（近代）」と「今の代（現代）」の文章量が多くなっています。「上つ代（古代）」「中つ代（中世）」「近き代（近世）」で五十首、「新た代（近代）」「今の代（現代）」で五十首です。

その「新た代（近代）」と「今の代（現代）」のなかでも、多くを占めているのは、悲運に散った志士や英霊たちの歌です。気がつけばそうなっていたのですが、もしかしたら、それらの歌は、それを読む私たちを、いやおうなく〝死を想《おも》うこと〟に誘《いざな》う力があるため、私は、それらの歌を選んだのかもしれません。

人は〝死を想うこと〟によって、はじめて〝よく生きる〟とは何か？と考えはじめるものです。そのような考え方は、古代ギリシャの昔から、古今東西〝ごくふつうのこと〟でした。わが国でも、たとえば、「武士道」が、そういう考え方の典型としてあったわけですが、戦後の日本人は、そういう考え方を、すっかり忘れはてているようです。そのことも含め、もしも読者の方々が、本書を通じて、昔の日本人にとっては〝ごくふつうのこと〟を、一つでも多く思い出してくださるのであれば、それにまさる筆者の幸いはありません。

なお、本書では、神々や皇室にかかわること以外は、基本的に敬称や敬語を用いていません。かといって、それ以外のことに、私が敬意をいだいていない、ということではありませんので、その点は、どうかご了解ください。

令和二年（『日本書紀』撰上千三百年の年）九月一日

松浦光修《みつのぶ》

日本とは和歌　国史の中の百首＊目　次

第四章　新た《あらた》代（近代）

第五章　今の代（現代）

序章　今上《きんじょう》陛下の御製《ぎょせい》・皇后陛下の御歌《みうた》

元号「令和」の出典

（「梅花の歌三十二首 并せて序」・『万葉集』巻第五より）

　あたかも今は、初春です。夜の月は、うるわしく輝き、目には見えないけれども、あたりにはよい気が満ち、風もやさしく吹いています。梅は、あたかも美しい女性が化粧をする時の、その鏡の前に置かれている白粉《おしろい》のように白く咲き、蘭は、香木を入れて身につける、あの匂い袋のような、よい香りを放っています。そればかりではありません。

　この季節、夜明けの時刻は、遠くの山の峰々に雲がとけこんで、山々の松は、薄い着物をまとったかのようです。それが、まるで貴人にさしかける柄の長い傘のように見えます。

　夕方になると、山の頂に霧《きり》がかかって美しく、鳥たちは、薄絹《うすぎぬ》に閉じ込められているかのようです。ですから、もしかしたら飛び立ったあと、林の中で迷うかもしれません。

　そして、この季節…、庭には、新しく生まれた蝶が舞っています。空を見上げれば、去年渡ってきた雁《かり》の群れが、故郷に帰るため、飛んでいく姿が見えます。

（原文・時に、初春《しょしゅん》の令月《れいげつ》にして、気淑《よ》く風和《やわら》ぐ。梅は鏡前《きょうぜん》の粉《ふん》を披《ひら》き、蘭は珮後《はいご》の香を薫《かお》らす。加以《しかのみにあらず》、曙《あさけ》の嶺に雲移り、松は羅《うすもの》を掛けて蓋《きぬがさ》を傾《かたぶ》け、夕《ゆうべ》の岫《みね》に霧《きり》結び、鳥は縠《うすもの》に封ぢられて林に迷《まと》ふ。庭に新蝶《しんちょう》舞ひ、空には故雁《こがん》帰る）

今上陛下の御製

御社《みやしろ》の　静けき中に　聞え来る
歌声ゆかし　新嘗《にいなめ》の祭《まつり》

今上陛下は、昭和三十五（一九六〇）年二月二十三日、上皇陛下と上皇后陛下の第一親王としてお生まれになりました。「浩宮徳仁《ひろのみやなるひと》」というお名前は、昭和天皇がおつけになったものです。昭和三十九（一九六四）年、東宮御所で「着袴《ちゃっこ》の儀」を行なわれましたが、その時の思い出を、陛下は、こうふり返っていらっしゃいます。

「皇室では、四歳になると袴《はかま》をつける儀式を行う。民間でいうと七五三に当たる。儀式は、碁盤の上から飛び降りることによって終了するが、私は直前に行われた東京オリンピックの体操競技を見ていたためか、体操選手のように手をあげて着地をしたように思う」

微笑ましいエピソードです。

そのころの〝時代の空気〟を、私も記憶しています。私は、陛下が誕生される九か月ほど前、熊本市に生まれた者ですが、時に、大東亜《だいとうあ》戦争の戦闘の停止からは、まだ十九年で、主権回復からは、まだ七年しか経っていない年です。幼いころは、まだ熊本市内の山々に戦時中の防空壕《ぼうくうごう》の跡が、生々しく放置されたままで、街角では「傷痍軍人《しょういぐんじん》」と呼ばれる人々がアコーディオンを弾いていました。今、思い返せば、それらはすべて戦争の〝痕跡《きずあと》〟です。

ちなみに、幼いころ、私の家では夏は「蚊帳《かや》」を張って寝て、冬は「火鉢《ひばち》」で暖をとっていました。今時の若い人たちからすれば、それは、もはや〝時代劇〟の世界でしょう。

そのような〝昔の日本〟の名残を残しつつ、しかし、そのころの世の中は、何か不思議な〝前向きの活力〟に満ちあふれていました。私は、陛下のその御文章を拝読して、あのころのわが国の〝時代の空気〟を、ふと…思い出したものです。

陛下は、昭和四十四（一九六九）年十二月十一日、学習院初等科御在学の時、靖国神社に参拝されています。その折の写真が、『靖国』七六六号（令和元年五月八日発行）に掲載されていますが、そのころまでは、天皇陛下や皇族方が、ごくあたりまえのこととして靖国神社に参拝されていたのです。

しかし、昭和五十（一九七五）年から、それができなくなりました。今上陛下の御祖父・昭和天皇は、昭和六十一（一九八六）年八月十五日、靖国神社へ御親拝ができない状態が、すでに十年つづいている状況について、「うれひはふかし」と詠まれていますが（本書「94昭和天皇」を参照してください）、おそらく、その思いは上皇陛下も今上陛下も同じではないか、と拝察します。

そのような状態が、なぜ今もつづいているのか…といえば、要は心ある国民の声が、弱いからです。反日メディアや反日教育の呪縛《じゅばく》から、多くの国民が解放され、心ある国民の声が大勢を占めるようになれば、天皇陛下の靖国神社への参拝は、自然に再開されることでしょう。

学習院大学在学中は、文学部史学科で学ばれるとともに、「生まれて最初で最後のアルバイト」を経験されてもいます。また、音楽部のコンパのあと、池に放り込まれたこともあったそうです。卒業論文は「中世瀬戸内海水運の一考察」で、御卒業後は大学院に進学されました。昭和五十八（一九八三）年から約二年間は、オックスフォード大学で学ばれています。

陛下のライフワークは「水」の問題ですが、近年は「御料車《ごりょうしゃ》」の研究にも関心をおもちのようです。平成三十（二〇一八）年には「前近代の『御料車』―牛車と鳳輦《ほうれん》・葱華輦《そうかれん》」という論文を執筆されています。

ご成婚されたのは、平成五（一九九三）年六月です。平成十三（二〇〇一）年には、敬宮愛子内親王《としのみやあいこないしんのう》殿下がお生まれになっています。

そして、平成二十八（二〇一六）年八月、上皇陛下が、「象徴としてのお務めについての天皇陛下のおことば」を発せられます。あたかもその月、天皇陛下（当時は皇太子殿下）は、愛知県の西尾市を訪問され、後奈良天皇の「宸翰般若心経《しんかんはんにゃしんきょう》」を御覧になっていますが、その翌年、その時の感想を、こう述べられています。

「洪水など天候不順による飢饉《ききん》や疫病《えきびょう》の流行に心を痛めた後奈良天皇が、苦しむ人々のために、諸国の神社や寺に奉納するために、自ら写経された宸翰般若心経のうちの一巻を拝見する機会に恵まれました。…そのうちの一つの奥書《おくがき》には、『私は民の父母として、徳を行き渡らせることができず、心を痛めている』旨の天皇の思いが記されておりました。…私自身、こうした先人のなさりようを心にとどめ、国民を思い、国民のために祈るとともに、両陛下が、まさになさっておられるように、国民に常に寄り添い、人々と共に喜び、共に悲しむ、ということをつづけていきたい、と思います」(平成二十九年二月二十一日・皇太子殿下お誕生日に際し)

平成三十一(二〇一九)年四月一日、新しい元号は「令和」になる、と発表されます。これは、『万葉集』を典拠としたもので、「漢籍《かんせき》」(シナの古典)を典拠にせず、「国書《こくしょ》(わが国の古典)」を典拠とした年号であり、その点、わが国の歴史上はじめてのことでした(出典の文章は、本章の扉の裏をごらんください)。

平成三十一年四月三十日から令和元年五月一日へ日付が変わり、一秒の空白もなく御譲位《ごじょうい》が行なわれました。今上陛下が践祚《せんそ》され、第百二十六代の天皇として即位されたのです。陛下は「即位《そくい》後朝見《ごちょうけん》の儀《ぎ》」で、即位されて、はじめてのお言葉を発せられます。そこには、先の感想と同様の、こういうお言葉が見えます。

「ここに、皇位を継承するに当たり、上皇陛下のこれまでの歩みに深く思いを致し、また、歴代の天皇のなさりようを心にとどめ、自己の研鑽《けんさん》に励むとともに、常に国民を思い、国民に寄り添い……」

即位後はじめての国賓として、アメリカのトランプ大統領夫妻が来日したさいは、皇后陛下とともに、世界から称賛される堂々たる応接をなさいました。五月二十七日、宮中晩餐会《きゅうちゅうばんさんかい》でのお言葉では、祖父である昭和天皇や、父である上皇陛下と、アメリカの歴代大統領との交流を中心として、両国の友好の歴史を、ていねいに回想されつつ、こうおっしゃっています。

「八年前の東日本大震災の折に、二万人を超える貴国軍人が参加した『トモダチ作戦』をはじめ、貴国政府と貴国民から、格別の温かい支援を頂いたことを、私たちは決して忘れることはないでしょう」

意外なことに、陛下のそのお言葉で、東日本大震災のさい、アメリカ軍がそれほど大規模な支援活動をしてくれたことを、はじめて知った方も多かったようです。

令和元年十月二十二日、即位礼正殿《そくいれいせいでん》の儀が行なわれましたが、陛下が高御座《たかみくら》にのぼられ、その帳《とばり》が開かれると、それまでどしゃぶりの雨がピタリと止み、さらには東京に美しい虹が、奇跡のようにかかったことは、今も多くの国民が記憶しているはずです。その日は、富士山に初冠雪《はつかんせつ》もあり、新しい御代のはじまりを、まるで世界が寿《ことほ》いでくれたかのような一日でした。

十一月九日には、皇居前で国民祭典が開かれ、同月十日には、祝賀御列の儀が、十一月十四日、十五日には、大嘗祭《だいじょうさい》が行なわれます。ここに「御代がわり」にともなう、一連の儀礼は、ほぼ完了したわけです。

しかし、国民がホッと安心したのもつかのま、令和二（二〇二〇）年の年が明けてほどなく、わが国には、百年に一度ともいわれる疫病が襲いかかります。中華人民共和国の武漢から広がった未知の感染症が、全世界に甚大な被害をもたらしはじめたのです（もし御譲位が一年遅れていたら…と思うと、ゾッとします）。

今上陛下は、国民の前途を案じられ、四月十日、新型コロナウイルス感染症対策専門家会議副座長・尾身茂《おみしげる》さんから、御進講を受けられています。そのさい、陛下は冒頭のあいさつで、まず感染症の最前線で戦う人々を労《ねぎら》われ、また、さまざまな困難に直面する国民を案じられて、こうおっしゃっています。

「私たち皆が、なお一層、心を一つにして力を合せながら、この感染症を抑え込み、現在の難しい状況を乗り越えていくことを、心から願っています」

以後、陛下は、くり返し、感染症に関係する御進講を受けられていますが、五月二十日の日本赤十字社社長・大塚義治さんと、副社長・富田博樹さんからの御進講のさいは、医療従事者の身を案じて、こうおっしゃっています。

「皆さんが、自らの感染の危険も顧みず、大勢の患者さんの命を救うため、また、感染の拡大を防ぐため、日夜、大変な尽力をされてきていることに、深い敬意と感謝の気持ちを表します」

また、「皆さんのお疲れも、いかばかりかと案じていますし、心ない偏見に遇う方もおられると聞き、心配しています」ともおっしゃり、その細やかな心づかいに、心ある国民は〝恐懼《きょうく》、置《お》く能《あた》わざる〟という思いではなかったか、と思います。

もしも自然災害ならば、両陛下は、苦難に直面している国民のもとにおもむかれ、まぢかで激励をされたでしょうが、ことが感染症ですから、それはできません。たぶん陛下は、その後も、それができないことに、もどかしい思いをされつつ、日々、賢所《かしこどころ》の神々に、疫病の終息を祈りつづけられているのではないでしょうか。

しかし私は、陛下が、国民の窮状を〝知ろう〟と努められているという、そのことが、それだけでじゅうぶんありがたいことではないか、と思っています。なぜなら、「知っていただいていることと」、「理解してくださっていること」が、陛下が世をお治めになること、つまり、古語でいう「しろしめす」ということなのですから…。

かつて後奈良《ごなら》天皇は、先の陛下のお言葉にもあるように疫病の終息を祈られ、「般若心経」を書写して神仏に奉納されています（本書「33 後奈良天皇」を参照してください）。今回の感染症に対する陛下の思いも、後奈良天皇と同じであろう…と、拝察します。

令和二年八月十五日の「全国戦没者追悼式」で、陛下はこうおっしゃっています。

「私たちは今、新型コロナウイルス感染症の感染拡大により、新たな苦難に直面していますが、私たち皆が手を共に携えて、この困難な状況を乗り越え、今後とも、人々の幸せと平和を希求し続けていくことを心から願います」

戦没者追悼式のお言葉に追悼以外の内容を加えられるのは、異例のことです。それだけ陛下は、おんみずからの思いを、国民に直接届けたいと、強く望まれていたのでしょう。

ここにかかげた御製は、平成二十六（二〇一四）年の「歌会始《うたかいはじめ》」でお詠みになったもので、お題は「静」です。

宮中祭祀《さいし》のなかでも、もっとも重要な新嘗祭《にいなめさい》は、毎年、十一月二十三日の夕方から深夜にかけて行なわれますが、そのさい、皇太子殿下は、神嘉殿の隣の隔殿《かくでん》でお控えになります。この御製は、その時のようすをお詠みになったものです。

歌意は、こうなります。

「宮中の新嘉殿《しんかでん》には神座《しんざ》が設けられていてそのお社のまわりには、静かな時が流れていきます。その静寂のなかから、古式ゆかしい神楽歌《かぐらうた》も聞こえてくる…、そういう今日の新嘗の祭りです」

新嘉殿の神座にはアマテラス大神《おおみかみ》が、お祭りされています。新嘗祭は、その年収穫された新穀を、天皇おんみずからが、アマテラス大神にお供えし、そのあと天皇おんみずからが、お供えしたものをお召し上がりなる…、という神事《しんじ》です。

御歴代《ごれきだい》の天皇陛下は、神々に日々、国と民の平安を祈られてきました。たとえば、昭和天皇には、こういう御製があります。

「我が庭の　宮居《みやい》に祭る　神々に　世の平《たい》らぎを　いのる朝々」（昭和五十年）

「我が庭の宮居」というのは、皇居にある宮中三殿《きゅうちゅうさんでん》のことです。昭和天皇は、そこに祭られている神々に毎朝、「世の平らぎ」を祈られていたわけですが、それは御歴代の天皇も同じで、もちろん上皇陛下も今上陛下も、同じように祈られています。そのような毎朝の、神々への祈りの積み重ねがあるからこそ、陛下のお言葉は、国民の心に届く力をもつのでしょう。たとえば、先にお話しした医療従事者への、細やかな心づかいに満ちたお言葉が、それです。

かつて吉田松陰は、こう詠んでいます。

「九重《ここのえ》の　悩む御心《みこころ》　思ほえば　手に取る屠蘇《とそ》も　呑《の》みえざるなり」（「己未文稿」）

歌意は、こうです。

「国難を前にして、御心を悩ませられている天皇（注・「孝明天皇」）の御心を思うと、元旦だからといって、お屠蘇を手にとっても、私は、とてもそれを飲むことができません」

いつの世も、国難にさいして、まずお心を痛められるのは天皇陛下で、今も陛下は、国民の苦難を思い、御心を痛めていらっしゃることでしょう。そのような時、私たち一人ひとりは、まずは心を尽くして、陛下の大御心《おおみこころ》を〝いかばかりか〟と拝察し、その大御心を、わが心として、日々、自分にできるかぎりの、よき言動を重ねて、暮らしていきたいものです。

私たち一人ひとりにできることは、ささやかなものでしょう。しかし、すべての国民が、そのような心の姿勢をもつ時、わが国は、どのような国難に遭遇しても、決して屈せず、雄々《おお》しくそれを乗り越えていけるにちがいありません。

皇后陛下の御歌

悲しみも　包みこむごと　釜石《かまいし》の
海は静かに　水たたへたり

皇后陛下は、昭和三十八（一九六三）年十二月九日、外交官・小和田恒氏の長女としてお生まれになりました。幼少期はアメリカのニューヨークなどで過ごされ、小・中学校は日本で過ごされ、高校では、ふたたびアメリカで過ごされ、ハーバード大学で経済学を専攻されつつ、フランス語やドイツ語も学ばれています。

帰国したあとは東京大学でも学ばれていますが、御熱心なのは、学問ばかりではありません。かつてはソフトボール部に所属されていたこともあり、スポーツも愛好されています。

昭和六十二（一九八七）年、外務省に入省され、平成五年に皇太子殿下（当時）と御結婚されました。平成十三（二〇〇一）年には敬宮愛子内親王《としのみやあいこないしんのう》がお生まれになりますが、平成十五（二〇〇三）

年十二月から「ストレスによる心身の不調」で、療養生活に入られ、そのあと「適応障害」という病名が発表されます。

今も療養をつづけながら、ご公務に精励されていますが、皇后となられたあとの、お元気そうなようすに、多くの国民は、たぶんホッと胸をなでおろしているのではないでしょうか。私も一国民として、いく久しいご健勝をお祈りしてやみません。

令和元（二〇一九）年十一月九日の夕には、皇居前で国民祭典が開かれましたが、そのさい皇后陛下は、感激のあまり涙をみせられ、また、翌十日の祝賀御列《しゅくがおんれつ》の儀でも、沿道の人波がとぎれたさい、目立たぬよう目頭をぬぐわれ、そのようすを、テレビカメラがとらえています。そのご様子を見て、思わず〝もらい泣き〟しそうになった国民も、少なくないでしょう。

もしかしたら、それまで皇后陛下は、〝自分は国民から、慕われていないのではないか〟という御不安を、おもちだったのかもしれません。ご成婚からあと、皇后陛下は、さまざまな誹謗中傷《ひぼうちゅうしょう》にさらされ、それにともなうストレスは、私どもには、想像もできないほどのものであったはずです。そのせいもあって、療養生活に入られたわけですが、今度は、またそのことで誹謗中傷をお受けになります。そのようなことのくりかえしのなかで、いつしか皇后陛下が、そのような御不安をおもちになったとしても、不思議ではありません。

かつて私は、あまりにも度の過ぎた皇后陛下（そのころは皇太子妃殿下）への誹謗中傷に対して、我慢がならず、いくつかの文章で、それらの主張を批判したことがあります（「近年の不遜な皇室批判を排す」「天皇陛下〝ご学友〟の『廃太子』論に異議あり」など）。そういえば、かつて若山牧水は、大正天皇の崩御を歎いて、こう詠んでいます。

「御身《おんみ》弱く　ましませしかば　国民《くにたみ》の　我等《われら》がうれひ　常とけずありき」

「常とけず」とは〝常に解けない〟という意味で、国民はいつも陛下の御健康を心配していた、というのです。それが日本人としての〝あるべき心の姿勢〟でしょう。そういう〝あるべき心の姿勢〟を、今は〝保守派〟と称する人々でも、失っている人が少なくないように思われ、その点、私は、とても残念に思っています。

思えば、さかのぼって平成五（一九九三）年ごろの上皇后陛下への誹謗中傷も、ひどいものでした。（本書「99 上皇后陛下」を参照してください）

どうやらマスコミやネットでは、何年か間隔をおいて、皇室への誹謗中傷が繰り返される傾向があるようです。不当な誹謗中傷であれば、一般人なら、「名誉棄損《めいよきそん》」で訴えることもできるのですが、皇室の方々には、それができず、黙って耐えるしかありません。皇室の方々を誹謗中傷する人々は、それがわかってやっているのでしょうから、まことに悪質です。人として卑怯というほかありません。

ともあれ、国民祭典と祝賀御列の儀で、国民からの祝福の歓声をお受けになり、皇后陛下の御不安は、ほぼ解消されたように思われます。涙とともに、皇后陛下の御不安は流れ去り、そのようにして皇后陛下にとっても、新しい御代がはじまったのです。

それからあと、皇后陛下は今日にいたるまで、宮中祭祀をはじめとする諸儀式や諸公務に、皇后としてのお勤めを、立派にはたしていらっしゃいます。もちろん今後も、決して御無理はなさらないでいただきたい…というのが、多くの国民の願いでしょうが、できれば、より多くの機会に、そのおやさしい笑顔をお見せいただければ…というのも、また、国民の願いでしょう。

それにしても、かつて皇后陛下を根拠もなく誹謗中傷していた人々は、また、それを黙認していた人々は、今ごろ、どうしているのでしょう。ぜひとも今の感想を聞きたいところですが、少なくとも私は、そのころ誹謗中傷していた人々の反省の声を、まだ一度も聞いたことがありません。

ここにかかげた御歌《みうた》は、先の今上陛下の御製と同じく、平成二十六（二〇一四）年の「歌会始」

で、「静」のお題のもと、お詠みになったものです。

歌意は、こうなります。

「かつての東日本大震災の悲しみを、やさしく包みこむように、釜石の海は、しずかに水を湛《たた》えています」

忘れてならないのは、皇后陛下が、平成二十四（二〇一二）年の「歌会始」から、二年に一度は、東日本大震災の被災地に関する御歌を発表されている、ということです。そういえば、上皇陛下は、東日本大震災から五日後の平成二十三（二〇一一）年三月十六日…つまり、震災からわずか五日後に、国民を激励する「おことば」を発せられていますが、そのなかには、こういう一節がありました。

「国民一人ひとりが、被災した各地域の上に、これからも長く心を寄せ、被災者と共に、それぞれの地域の復興の道のりを、見守り続けていくことを心より願っています」

「長く心を寄せ」というところが、重要でしょう。天変地異が起こるたび、私たちの心は、しばらくのあいだはそのことに占められるのですが、いつしかそれも、忘却の彼方に押しやられてしまいます。残念ながら、それが人の世の常です。「長く心を寄せ」るというのは、じつは、そう簡単にできることではないのです。

ところが、皇后陛下は、上皇陛下のその「おことば」を、根気よく、かつ誠実に実行されつづけていらっしゃいます。平成二十四年の「歌会始」からはじまり、同二十六年、同二十八（二〇一六）年、同三十（二〇一八）年と、ちょうど一年おきに「歌会始」で、被災地にかかわる御歌を発表されつづけているのです。

そのはじまりである平成二十四年は、「岸」というお題のもと、こういう御歌を詠まれています。

「春あさき　林あゆめば　仁田沼《にだぬま》の　岸辺に群れて　みづばせう咲く」

両陛下は、平成八（一九九六）年に福島県をご訪問されています。これは、東日本大震災のあと、その時のことを想起されつつ、詠まれた御歌でしょう。「みずばせう」は、湿原に咲く純白の花ですが、この御歌のなかの「みずばせう」には、もしかしたら震災でお亡くなりになられた方々への〝御霊安かれ〟との思いがこめられているのかもしれず、それは、いわば〝亡くなられた御霊たちへの歌の献花〟なのかもしれません。

皇后陛下の御歌は、ここにあげたものだけでも、「みずばせう咲く」、「水たたへたり」など、いずれも「結句」（第五句）の力強さが印象的です。しなやかななかにも、芯の強さを秘めたお人がらが拝察されます。

令和二（二〇二〇）年五月二十日、皇后陛下は、先にもあげた四回目の「新型コロナウィルス」に関する御進講のさい、先にお話しした日本赤十字社の社長と副社長に、こうおっしゃっています。

「医療現場で働かれる皆さんには、危険も伴う大変重い任務を担ってこられました。皆さんの懸命な医療活動は、多くの患者さんの命を救ってこられたものと思います。これまで、医療活動に献身的に力を尽くしてこられている方々、そして、その方々を支えられているご家族や周囲の方々に、陛下とご一緒に心からのお礼の気持ちを、お伝えしたいと思います」

先に今上陛下は、医療関係者を「身の危険も顧みず」と労《ねぎら》われ、それにつづけて皇后陛下は、医療関係の仕事を「危険も伴う重い任務」と称えられています。世のため人のため、黙々と命懸けの任務をはたしている方々のことを、両陛下は、しっかりとご覧になっているのです。

それに加えて、皇后陛下は、当事者のみでなく、それらの人々を支えている「ご家族や周囲の方々」にまで、御心をくだかれています。これは、まさに皇后陛下ならではのお言葉といえるでしょう。


先にもお話ししましたが、天皇陛下が世を治められることを、古語では「しろしめす」といい、それを漢字仮名交じりで書けば、「知ろし召す」となります。「知っていただいていること」、「理解してくださっていること」ですが、両陛下が今も、国民の実情を「知っていただいていること」、「理解してくださっていること」は、以上のお言葉からも、よくわかります。

ですから、やはりわが国は、古代から変わることなく、今も陛下によって〝しろしめされている〟ありがたい国なのでしょう。そして私たちは、そういう国で生かされている〝ありがたい国民〟なのです。しかし、その〝ありがたいこと〟を〝ありがたいこと〟と、感じられない国民が今は少なくありません。そのことを私は、とても残念に思っています。

第一章　上《かみ》つ代（古代）

わが国の文明の基盤は、縄文時代には、ほぼ確立していたと思われます。そして、縄文土器が世界最古の土器であることからも明らかなように、たぶんそれは、世界最古の文明です。

しかもそのころには、北海道から沖縄にいたる現在の日本国と、ほぼ同一の地域で通じる「日本語」が確立していた、といわれています（小林達雄『縄文人追跡』）。ですから、わが国の国語の源流は、少なくとも一万数千年くらいは、さかのぼることができるでしょう。

そのような文明を、すでに築いていた「日本」にとって、きわめて画期的な事件であったのは、おそらく西暦でいえば紀元前十世紀ごろ、シナの長江流域から稲作を中心とする農耕という〝新しい産業〟が取り入れられ、〝新しい生活様式〟がはじまったことではないでしょうか。縄文時代の生活様式に慣れ親しんだ人々には、かなりの抵抗感があったに違いありません。

『日本書紀』には、天孫降臨《てんそんこうりん》にさいしてアマテラス大神がくだされた「三代神勅《さんだいしんちょく》」が記されています。その一つが、「斎庭《ゆにわ》の稲穂《いなほ》の神勅」と呼ばれるものです。

その神勅でアマテラス大神は、「私たちは高天原《たかまのはら》で、神聖な田をつくっていますが、その田の稲穂を、私の御子《みこ》に授けましょう」とおっしゃっています。つまり、それほど大きな社会変革にさいしては、アマテラス大神が、おんみずから率先して〝新しい産業〟や〝新しい生活様式〟を、国民に奨励される必要があったのではないでしょうか。

そのことについて、私は明治天皇を想起します。明治天皇は、「五箇条《ごかじょう》の御誓文《ごせいもん》」によって、おんみずから率先して、欧米の「議会政治」の導入を宣言され、また、欧米の多様な文化を取り入れられて、国民に範をしめされました。

神代から現代まで、いつの世もわが国は、皇室のもとで、国民が一つとなって新しい時代を伐《き》り拓《ひら》いてきたのです。そのことは日本が日本であるかぎり、今も、そしておそらく未来においても、変わることはないでしょう。

1 スサノヲの命《みこと》

八雲《やくも》立つ　出雲八重垣《いずもやえがき》　妻籠《つまご》みに　八重垣《やえがき》作る　その八重垣を

わが国の神代の物語のなかの〝二大キャラクター〟といえば、やはりアマテラス大神《おおみかみ》と、その弟のスサノヲの命でしょう。しかし、姉のアマテラス大神が、生まれたときから天上界の統治者と定められ、立派にその責任をはたされつつ、その美しい姿を「光華明彩《ひかりうるわしく》」と、称えられていたのに対して、スサノヲの命は、姉とは、まるで正反対の神さまとして登場されます。

父（イザナギの命）から命じられた仕事をせず、ヒゲが長くのびるような歳になっても、亡き母（イザナミの命）のいる国にいきたい…と、ずっと泣いていらっしゃったのです。それで、とうとう父の怒りにふれ、天上界を追放されてしまいます。「最後に姉にお別れを…」ということで、姉のもとをたずねられるのですが、今度は、姉を怒らせてしまい、アマテラス大神が岩屋にこもってしまわれる、という大事件もおきます。そして今度こそ、ほんとうに天上界から追放されてしまうのです。

いわば〝どうしようもない神さま〟だったのですが、そのあと、スサノヲの命は、辛苦にみちた孤独な旅をつづけられます。そして、出雲国《いずものくに》で、ヤマタノヲロチという怪物と戦い、その戦いに勝利し、クシナダ姫を救い、姫と結ばれるという偉業をなしとげられます。

この物語には、子供が大人になるための〝通過儀礼《つうかぎれい》〟の、もともとのかたちがあらわれているのではないでしょうか。つまり、〝男の子〟は、不気味な何かと対決し、リスクにみちた〝戦い〟を乗りきって、そのあとはじめて〝男〟になれるのです。

ここにかかげた歌は、その〝戦い〟のあと、スサノヲの命が、「私の心は、すがすがしい」とおっしゃって、新妻のクシナダ姫をむかえられる時に詠まれたもので、歌意は、こうです。

「たくさんの雲がわき出る、出雲のこの地に、妻と住む宮をつくろうとすると、その宮のまわりに、雲がいくえにも立ちのぼって、いくえもの垣根《かきね》をつくってくれているかのようです。ほんとうに、いく重もの、みごとな雲の垣根です」

わが国では、古代から昭和まで、〝男の子〟を〝男〟にする〝通過儀礼〟が、さまざまなかたちで、社会のなかに用意されていましたが、先の大戦の後は、それらのほとんどが、消えてしまうか、かたちだけのものになってしまいました。今の時代…、いい年をして、幼稚なままの男性が少なくないのは、そのせいかもしれません。

立派な〝男〟がいなくなれば、立派な〝女〟もいなくなります（その逆も真ですが）。そして結局のところ、立派な〝人〟がいなくなってしまいます。

今のわが国の「国難」の一つは、いうまでもなく少子化です。少子化がすすんでいる原因の一つは、もしかしたら、そういうところにもあるのかもしれません。

2　オトタチバナ姫

さねさし　相武《さがむ》の小野《をの》に　燃ゆる火の
火中《ほなか》に立ちて　問ひし君はも

オトタチバナ姫は、古代の英雄・ヤマトタケルの命《みこと》（第十二代・景行《けいこう》天皇の皇子）の妻です。ヤマトタケルの命は、若いころから気性が激しく、それを恐れた父の天皇は、命《みこと》に九州の平定をお命じになります。

苦労のすえに、その事業を成しとげて帰られた命《みこと》に向かって、天皇は平然と、「今度は、東国を平定してきなさい」と、お命じになります。命《みこと》は「父上は、私など死んでしまえ、とお思いなのか…」と悲しみつつ、しかし心を奮いおこして東国の平定に向かわれました。

その途中、相模《さがみ》の国（今の神奈川県）で、地元の豪族から騙され、野に入ったところで、まわりに火をつけられる、という危機に直面します。その豪族は、命《みこと》を焼き殺そうとしたのです。

しかし、燃えさかる炎の中でも、命《みこと》は、かたわらのオトタチバナ姫のことを気づかって、やさしい言葉をおかけになります。たぶんその時、命《みこと》は何気なくそのお言葉を発されたのでしょうが、そのことを、姫は忘れませんでした。

その後、さらに東へ向かい、一行が今の浦賀水道《うらがすいどう》を船で渡っていた時、海の神が怒り、荒波を立てて行く手をはばみます。そのとき姫は、「あなたにかわって私が海に入り、神の怒りをしずめましょう。どうかあなたは、ご自分の使命をはたしてください」といって、海に身を投げられたのです。

ここにかかげた歌は、姫が最期に詠まれたもので、歌意はこうです。

「あなたは、あの相模《さがみ》の野で、燃えさかる炎の中に立っていたときも、私のことを気づかって、やさしい言葉をかけてくださいましたね」

七日後、海岸に姫の櫛《くし》が流れ着き、命《みこと》はその櫛で姫の墓を作りました。そして東国の平定を終えて帰るとき、命《みこと》は足柄《あしがら》山から東国をふり返り、何度も「わが妻よ…」といって嘆かれたそうです。

ちなみに、今の上皇后陛下は幼いころ、この話をお読みになり、「愛と犠牲」は一つのもの…と、感じられたそうです。そういえば、かつて沖縄で、若き日の上皇、上皇后両陛下に火炎瓶が投げつけられるという大事件がありましたが、そのときの映像を見ると、燃えさかる炎の中で、上皇陛下は、反射的に身をのりだして、上皇后陛下をかばわれています。

3 ヤマトタケルの命《みこと》

倭《やまと》は　国のまほろば　たたなづく
青垣《あおがき》山隠《やまこも》れる　倭《やまと》し美《うるわ》し

オトタチバナ姫の夫であるヤマトタケルの命《みこと》の、少年時代のお話しをします。そのころ、皇子《みこ》たちは朝夕の食事を、天皇（第十二代・景行天皇）と御一緒することになっていたのですが、兄は、それをサボって出てきません。そこで天皇は、命《みこと》に向かって「兄を注意しておきなさい」とおっしゃったのですが、なんと命《みこと》は、そのあとすぐに兄を殺害してしまいました。そのあまりの猛々《たけだけ》しさに恐れをなした天皇は、まだ十五・六歳の少年であったヤマトタケルの命に、九州のクマソタケルの征伐にゆきなさい…と、お命じになります。

命《みこと》は、伊勢の神宮にいた叔母のヤマトヒメの命から、女性の服を借りていきました。九州ではそれを着て美しい少女に変装し、クマソタケルに近づいて、みごとに討ち果たされます。

しかし、大和に帰ると、すぐに天皇は、今度は、東国の平定にゆきなさい…と、お命じになります。命《みこと》は、また伊勢に行き、ヤマトヒメの命《みこと》に泣きながら、こう訴えられました。「父上は、私が死んでしまえばいいと、お思いなのでしょうか…」。気の毒に思われたヤマトヒメの命《みこと》は、草薙剣《くさなぎのつるぎ》（天叢雲剣《あめのむらくものつるぎ》）と小さな袋をお渡しになり、「困ったときは、この袋をあけなさい」と、おっしゃいました。

東国の平定は、むずかしい事業でした。途中、敵のワナにかかり、あやうく焼き殺されそうになったこともありました。その時、命《みこと》はあの小さな袋を開けます。その中には火打石《ひうちいし》が入っていました。命《みこと》は、迎え火を放ち、敵の炎を退け、かろうじて危機を脱します。

今の浦賀水道で、暴風雨にみまわれたこともあります。その時、命《みこと》は、オトタチバナ姫の献身によって、危機を脱することができました（本書「2オトタチバナ姫《ひめ》」を参照してください）。

こうして、たくさんの危機を乗り越えながら、むずかしい事業を成功させ、ようやく尾張国《おわりのくに》まで帰ってこられた時、さすがの命《みこと》も、つい油断してしまいます。草薙剣を持たないで、息吹山《いぶきやま》の神を討ち取りに行かれ、その結果、命《みこと》は病に倒れられるのです。

なつかしい大和は、もうすぐでした。命《みこと》は病をおして故郷へ向かわれます。

そして、ようやく今の鈴鹿市あたりまでたどりつかれた時、命《みこと》は大和を思い、ここにかかげた歌をお詠みになりました。

歌意はこうです。

「大和は国々のなかで、もっともよい国です。いく重にも重なりあった山々が、青い垣根になって、そのなかにつつまれている大和国は、とても美しい」

命《みこと》は、その地でお亡くなりになり、その魂は白鳥に姿を変えて、遠く河内《かわち》の国まで飛んで行った…と伝えられています。

そのような美しくも悲しい古伝《こでん》を、今に伝えているのが、『古事記』という、わが国の最古の古典です。日本人なら、せめてそのなかの有名なお話しくらいは、学んでおくべきでしょう。

ちなみに、ヤマトタケルの命《みこと》の皇子が、第十四代・仲哀天皇で、仲哀天皇の皇子が第十五代・応神天皇です。応神天皇の皇子が、第十六代・仁徳《にんとく》天皇です。つまり、仁徳天皇は、ヤマトタケルの命《みこと》の曾孫《ひまご》にあたります。仁徳天皇は「民のカマド」の話でよく知られています。

とかく税金で暮らしている人々は〝徴税権〟を濫用《らんよう》しがちです。しかし皇室はちがいます。民から税金を取ることに、きわめて慎重であった仁徳天皇の政治は、過去も現在も未来も、わが国の経済政策の基本といえるでしょう。安易な増税は、古今の賢人も戒めているところです。

ヤマトタケルの命《みこと》は、皇位にはお即《つ》きになっていません。しかし、その御子孫が、次々と皇位を継承されて今上陛下にいたっているのですから、立派な皇統の継承者であり、その点、聖徳太子《しょうとくたいし》と同じく、わが国と皇室の歴史にとって、きわめて重要な皇子《みこ》なのです。

4

引田部赤猪子《ひきたべのあかいこ》

日下江《くさかえ》の　入江の蓮《はちす》　花蓮《はなはちす》
身の盛り人　羨《とも》しきろかも

「四苦八苦《しくはっく》」という仏教の言葉があります。「四苦」とは、「生《しょう》・老《ろう》・病《びょう》・死《し》」のことです。生あるものは、かならず老い、病み、死んでいきます。人類がはじまって以来、そのさだめから逃れたものは、残念ながら一人もいません。

『古事記』にも、「老」にまつわる話があります。第二十一代・雄略《ゆうりゃく》天皇の時代といいますから、西暦でいうと五世紀ごろの話です。

ある時、雄略天皇は、三輪川《みわがわ》にお出かけになりました。すると、川のほとりで衣類を洗っている少女がいます。まことに美しい少女でした。そこで天皇は、名前をおたずねになります。

少女は「私は、引田部赤猪子《ひきたべのあかいこ》と申します」と答えました。天皇は赤猪子に、「あなたは、どこにも嫁《とつ》がずにいなさい。いずれ宮中に呼ぶから…」とおっしゃって、お帰りになります。

しかし、そう声をかけながら、ヒドイ話ですが、そのあと天皇は赤猪子のことを、すっかりお忘れになってしまったのです。それでも赤猪子は、そのお言葉を忘れず、ひたすら天皇のお呼びを待ちつづけました。

そして、なんと「八十年」の歳月が流れた…と『古事記』は伝えています。もっとも、古代の人々は、今の一年を二分して考えていた、という説もありますから、実際は、あるいは「四十年」なのかもしれません。

しかし、四十年だとしても、たとえば十八歳の少女も五十八歳です。昔の「人間五十年」という年齢感覚からすれば、とうに平均寿命を超えています。

老いた赤猪子は思いました。

「お呼びをまっているあいだに、長い歳月がすぎてしまい、私は、やせしぼんでしまいました。もう今さら、お召しになられることもないでしょうが、こういう私がいたということだけでも、せめて天皇さまには、お知らせしておかなければ、私は気がすみません」

そこで赤猪子は、お呼びを受けた時のため準備しておいた多くの結納品を持って、宮中に参内しました。参内した赤猪子を見て、天皇は何の悪気もなく、「お婆さんは、誰ですか? 何をしに来られたのですか?」と、お聞きになります。

赤猪子は、「私は天皇さまのお言葉にしたがい、お呼びくださるのを、ずっと待っていた女です。ご覧のように、すっかり老いてしまいましたが、私が貞節を守り通したことだけでも、お知らせしたかったので、こうして参上いたしました」と、思いのたけを語ります。

天皇は驚かれ、「あなたの娘盛《むすめざか》りの歳月を、むなしく過ごさせてしまった」と深く詫びられ、二首の御製と、たくさんの品物をくださいました。赤猪子は泣き崩れつつ、天皇に歌でお応えいたします。

それがここにあげた歌で、歌意はこうです。

「河内《かわち》の日下《くさか》の入江にある蓮のなかには、今を盛りに、美しく花開いている蓮があります。そのように、今、若い盛りの娘さんたちが、羨ましゅうございます」

なんとも痛ましい話ですが、私は、この話を、ただの奇談とは思いません。この話は、ある意味、いつの世も変わらない、人生の暮れ方にさしかかった人に共通する〝哀しみ〟を象徴する話ではないか、と思うのです。

そもそも人生とは、なるほど…人によって千差万別ではありますが、どのような人生を過ごした人でも、晩年を迎えるころになると、時に若き日々をふりかえって、「ああいう生き方もあったのではないか…、こういう生き方もあったのではないか…」などと思うことが、時にあるはずです。もちろん、思っても仕方のないことで、過ぎ去った日々を取り返すことなど、誰もできません。

しかし、取り返すすべのないその哀しみを、哀しみとして受け止めつつ、それでも何かを一筋に信じて生きた人の心の底には、「私には、こういう生き方しかできなかった」という、静かな「諦《てい》観《かん》」が、音楽でいう通奏低音《つうそうていおん》のように流れているのではないでしょうか。その追憶は、もしかしたら涙をともなうものかもしれません。

それでもその涙は、決して濁った涙ではないでしょう。それは、あたかも泥のなかに咲く「華《はな》蓮《はちす》」のように、美しく気高い涙ではないか…と、私は思っています。

5 額田王《ぬかたのおおきみ》

あかねさす　紫野《むらさきの》行き　標野《しめの》行き
野守《のもり》は見ずや　君が袖《そで》振る

大化の改新（六四五）から壬申《じんしん》の乱（六七二）へとつづく時代は、古代の激動期です。その時代の中心にいたのが、天智天皇と大海人皇子《おおあまのみこ》（天武天皇）のご兄弟であったことは、よく知られていますが、額田王《ぬかたのおおきみ》は、そのお二方との恋に身をこがしたことで知られる『万葉集』を代表する女性歌人の一人です。

額田王は、はじめは弟の大海人皇子と結ばれ、十一皇女《といちのひめみこ》を授かります。しかし、のちに兄の天智天皇の妻となります。

これは、そのころの話です。天智天皇七（六六八）年の五月五日、近江国蒲生野《おうみのくにがもうの》にあった紫草を栽培していた「標野《しめの》」（一般人の立ち入りを禁止した野）で、薬狩《くすりがり》という行事が行なわれました。

薬狩は、薬草や染料となる植物、あるいは生えかわったばかりの鹿の角（薬用）などを採取する大陸伝来の行事ですが、そのころの朝廷では、いわば初夏の行楽行事の一つになっていたようです。その行事のさなか、額田王を見つけた大海人皇子は、遠くから、思わず袖を振られます。

かつての夫であり、そして今の夫の弟である男性からの、そのような愛情表現に当惑しつつも、おそらくその時、額田王の胸のうちには、二人で過ごしたなつかしい日々の思い出が、切なくよみがえったことでしょう。

「あかねさす」は紫の枕詞ですので、ここにかかげた歌の、歌意はこうなります。

「今、私は紫草の野に入っています。ふだんは立ち入り禁止の、その野に入っています。すると、あなたは私に、なつかしげに袖を振ってくださいました。もしもそんなご様子を、この野の管理人から見つけられたら、どうされるおつもりですか…」

額田王は、この歌を人に託して、大海人皇子に伝えられたようです。『万葉集』には、その時の大海人皇子（天武天皇）の返歌も収められています。

こういう歌です。

「紫の　にほえる妹を　憎くあらば　人妻ゆゑに　我《あれ》恋ひめやも」

この歌の解釈は、学者によってさまざまなのですが、私なりに、その歌意を書いておきます。

「あなたは昔とかわらず、紫草のようにお美しい。私は今でも、あなたのことを愛しく思っているのですよ。そのことは、あのころから今まで、ずっと変わりません。たとえ今のあなたが、人妻であろうと…。どうか、そのことだけは知っておいてくださいね」

若草の葉叢《はむら》のすき間から吹く、風の香りのような生命力を感じさせながら、しかも、どこか甘く切ない、古人《いにしえびと》の恋の歌のやりとりです。

6 持統《じとう》天皇

北山に　たなびく雲の　青雲の
星離《さか》れ行き　月も離《さか》りて

持統《じとう》天皇は、大化元（六四五）年にお生まれになりました。ちょうど「大化の改新」がはじまった年です。

父は第三十八代・天智天皇で、十三歳の時に、父の弟である大海人皇子《おおあまのみこ》のお后になられます。前にも書いたように大海人皇子は、のちの第四十代・天武天皇です。

天智天皇と大海人皇子は、力をあわせて困難な国政の舵とりをつづけられます。百済《くだら》を救済するため、ともに九州におもむかれたこともありますが、その時、まだ十七歳であった持統天皇も、九州におともされています。

しかし、父の天智天皇と夫の大海人皇子の仲は、しだいに険悪になっていきます。都が近江《おうみ》に移り、天智天皇が琵琶湖のほとりに建てた建物に人々を集めて、にぎやかな宴《うたげ》を開かれ、その宴もたけなわという時、いきなり大海人皇子が長槍で敷板を刺し貫く…という騒ぎをおこして、宴をだいなしにしてしまう、という事件も起こっています。

お二方の不仲の原因については、いろいろなことがいわれていますが、その一つとしてあげられるのが〝政治路線の対立〟です。「大化の改新」のさいに掲げられた高い政治理念が、しだいに忘れられていくことが、大海人皇子には、がまんならなかったのではないか、ともいわれています。

天智天皇の崩御が近づくと、大海人皇子は身の危険を感じて、吉野に身をかくされ、持統天皇もおともされます。そしてとうとう大海人皇子と、天智天皇の皇子である大友皇子《おおとものみこ》との間に「壬申《じんしん》の乱」と呼ばれる内戦がはじまるのです。

戦いの途中、大海人皇子が、朝明川《あさけ》のほとりで、伊勢神宮に戦勝を祈願されたことは、よく知られています。戦いに勝利を収められたあと、大海人皇子は即位して、天武天皇となられ、はじめて伊勢神宮の式年遷宮《しきねんせんぐう》の制度を定められます。

天武天皇がめざましい政治を行なわれたことは、このころから「大君《おおきみ》は神にしませば」という言葉をいれた和歌が、たくさん詠まれるようになったことからも知られます。有名なところでは、柿本人麻呂《かきのもとのひとまろ》の「大君は　神にしませば　天雲《あまくも》の　雷《いかづち》の上に　廬《いほ》りせるかも」（歌意・わが大君は、カミでいらっしゃるので、雷の上に、仮宮をつくっていらっしゃる）という和歌は有名です。

しかし、天武天皇は朱鳥《しゅちょう》元（六八六）年、志なかばで崩御《ほうぎょ》されます。そして、そのあとを、お后である持統天皇がお継ぎになり、第四十一代の天皇として即位されるのです。

ここにかかげた歌は、天武天皇の崩御を悲しんで、持統天皇がお詠みになったもので、歌意は、こうです。

「北山にたなびいている雲の、そのうちの青い雲は、わが夫の神霊の乗りものです。その雲が星を離れ、月も離れ、どんどん遠くにいってしまいます（私や子供たちは、その星や月のように取り残され、追いかけるすべさえありません）」

天武天皇と持統天皇の御代は、わが国が、どうやって外来文化と国有文化を共存させていくか、という課題に直面した時代です。その答えが、『古事記』の編纂であり、大嘗祭《だいじょうさい》の制度化であり、そして式年遷宮の制度化だったのでしょう。天武天皇が崩御されて四年後、持統天皇は第一回の式年遷宮を行なわれます。天武天皇の御遺志《ごいし》は、お后であった持統天皇によって着実に実現されていくのです。

7
柿本人麻呂《かきのもとのひとまろ》

天《あま》の海に　雲の波立ち　月の船
星の林に　漕《こ》ぎ隠《かく》る見ゆ

柿本人麻呂《かきのもとのひとまろ》は、いうまでもなく、わが国の文学史上に輝く大歌人です。『古今和歌集』の「仮名序」では、「歌の聖《ひじり》」とまで称えられています。

『万葉集』のなかには、多くの作品が残っていますが、人麻呂が、いつ生まれ、いつ亡くなったのか、はっきりしたことはわかりません。天武天皇十三（六八四）年に「朝臣《あそん》」という「姓」をたまわっていますから、西暦の七世紀ごろ活躍したことはまちがいなく、たぶん平城遷都よりも前に、六十歳くらいで亡くなったのではないか、といわれています。

人麻呂にとって「月」は、さまざまな〝よきもの〟のシンボルであったようです。皇族の方を

「月」にたとえた歌もありますし、あるいは、恋人を偲《しの》ばせるものとして「月」を詠んでいる歌もあります。しかし、この歌は、「天を詠む」と題して詠まれていますから、すなおに夜空に輝く月の美しさを歌ったもの…と見ていいでしょう。

ここにあげた歌の、歌意はこうです。

「はてしなく広がる天は、まるで海のようで、そこに流れている雲は、まるで波のようです。そのなかを、月は船のようにすすんでいます。けれども波が高くなったからでしょうか、月の船は、星が岸辺の森のように立っている、安全な雲の入江の奥へ漕ぎ入って、姿を隠していきます」

夜空に「物語」を思うのは、なにも古代のバビロニアやギリシャの人々ばかりではありません。そういえば、『万葉集』には、「月」を詠んだ歌が、約百八十首も残っています。

たとえば、額田王《ぬかたのおおきみ》の、この歌は有名です。

「熟田津《にきたつ》に　船乗りせむと　月待てば　潮もかなひぬ　今は漕《こ》ぎ出でな」

（歌意・熟田津で、船出をしようとして、月を待っていると、ちょうど潮も満ちてきました。さあ…、皆さん、漕ぎ出そうではありませんか）

この歌にも、人麻呂の歌と同じく、「船・月・海」がセットであらわれています。たぶん古代の人々にとって、それらは、ごく自然にひとつながりのもの…と、考えられていたのでしょう。

「月読《つくよみ》」という神さまは、アマテラス大神《おおみかみ》、スサノヲの命《みこと》と並ぶ三柱《みはしら》の貴い神さまのうちの一柱ですが、なぜか『古事記』『日本書紀』には、お名前くらいしかあらわれません。けれども、『万葉集』には、「月読壮士《つくよみおとこ》」、「月読《つくよみ》の光」など、この神さまの名前が、ときどきあらわれます。

たとえば、「ひさかたの　天照《あまて》る月は　神代にか　出で反《かえ》るらむ　年は経《へ》につつ」（歌意・空に照る月は、毎晩、神代の昔に立ち返って、出直してくるのでしょうか。歳月は、ずいぶん経っているのに…）という歌です。この「月」も、「月読」の神さまのことを詠んだものでしょう。

その一方で、不思議なことに『万葉集』には、アマテラス大神のお名前が、ほとんど出てきません。古代の人々にとって、アマテラス大神は、あまりにも畏《おそ》れおおい神さまで、その一方、「月読」は、どことなく〝親しみを感じさせる〟神さまだったのかもしれません。

8
志貴皇子《しきのみこ》

石走る《いわはし》　垂水《たるみ》の上の　さわらびの
萌《も》え出づる春に　なりにけるかも

作者の志貴皇子《しきのみこ》は、大化の改新を断行された第三十八代・天智天皇の皇子ですが、いつお生まれになったのか、よくわかっていません。お亡くなりになったのは、霊亀《れいき》元（七一五）年（一説にはその翌年）です。

この歌は、『万葉集』第八巻の最初にかかげられていて、「よろこびの御歌《みうた》」と題されています。春のおとずれの「よろこび」を詠まれた歌…ということでしょう。

歌意はこうです。

「氷もとけて、春の光りに輝く清らかな水が、豊かな水量で、岩を走り降りる滝となり、しぶきをあげて滝壺《たきつぼ》に注ぎはじめる…そういう季節になりました。水辺では、ワラビの新芽が、かわいらしく頭をのぞかせ、水しぶきをあびながら、嬉しそうにゆれています」

ワラビだけではなく、岩にも水しぶきにも、この歌にあらわれるすべてのものには、すべて〝いのち〟が宿っているかのようです。この歌を口ずさむと、それらの無数の〝いのち〟が、春が来たことをよろこび、少年少女が清らかな声で合唱しているかのように、いっせいに春の賛歌を歌っている…、そんな光景が浮かんできます。

太古の昔から、わが国の人々は、天地万物のすべてに「カミ」が宿る、と信じてきました。もちろん、「カミ」が宿るものには、〝いのち〟が宿っていることが少なくありません。〝いのち〟あるものは次々と生まれ、残念ながら次々と老いて死んでいきます。

しかし、やがて〝いのち〟は更新され、ふたたび生まれてくる、と昔の人々は信じていました。そのような古来の信仰と、この歌に躍動している春を迎える「よろこび」は、きっと深いところで、つながっているのでしょう。

そもそも、わが国の神代の物語によれば、私たちを含む天地万物は、もとをたどれば、みな一つのところから生じたものです。ですから、日本人にとっては、たとえば、岩も水しぶきもワラビも…、みんな〝兄弟〟ということになります。

そのような〝天地万物との一体感〟というものを抜きにして「日本の心」など、とても語れません。ですから、日本人は、人間関係に限って「和」を尊んできた民族なのではなく、天地万物との「和」を尊んできた民族…ともいえます。

地上の世界では最高位にある天皇の…その皇子が、滝のそばに芽生えた小さなワラビの新芽に、心やさしい眼差しを向けられ、それを美しい和歌に詠まれて、それが千三百年を経た現代に生きる私たちの心にも、新鮮な感動とともに鳴り響く…。その事実は、今の私たちにも、まだ〝日本の心〟がまちがいなく伝わっている…ということの、一つの証《あか》しなのかもしれません。

9 海犬養宿禰岡麻呂《あまいぬかいのすくねおかまろ》

御民我《みたみわれ》　生けるしるしあり　天地《あめつち》の
栄ゆる時に　あへらく思へば

これは『万葉集』に収められている有名な和歌ですが、作者について、名前以外は、何もわかりません。この人の和歌は『万葉集』のなかでも、これのみで、ほかの記録にもこの人の名前は、どこにも見えません。

ただし、この和歌には「詞書《ことばがき》」があります。「詞書」というのは、いわば和歌の「タイトル」のようなものです。そこには、「六年…詔《みことのり》に応《こた》ふる歌一首」とあります。「六年」というのが、天平六（七三四）年であることは、まちがいありません。「詔」というのは、天皇のお言葉のことで、ですから、この和歌は、時の聖武《しょうむ》天皇の「詔」に応じて詠まれた歌…ということになるでしょう。

天平六年といえば、四月十二日に近畿一帯が強い地震にみまわれ、聖武天皇は、その被災者に対して、まことにありがたいお言葉をくだされるとともに、被災者への支援を行なわれています。ですから「詔」というのは、その時の「詔」かもしれません。

ただし、この和歌は、『万葉集』の天平六年のところの冒頭に置かれていて、そのため「正月の宴の折」に読まれたものではないか（稲岡耕二編『万葉集辞典』）ともいわれています。とすれば…、ここでいう「詔」は天平五（七三三）年以前のもの…ということになります。

天平五年という年は、日照りのせいで、ひどい飢饉に見舞われた年ですが、聖武天皇は、その時も人々に対して、しばしば稲を無利子で貸したり、米や塩を配布されたりしています。ですから、この和歌の作者は、その時の聖武天皇の善政に感激して、この歌を詠んだのかもしれません。

ここに見える「御民我《みたみわれ》」というのは珍しい表現で、『万葉集』のなかでも、この歌にだけしか使われていない言葉です。「天皇の国の民の一人である私」という意味で、日本人として生まれた歓びが、この一言に凝縮されています。

また、この時代の人がいう「天地」という言葉のなかには、たぶん「天の神々、地の神々」という意味がふくまれているはずです。ですから、ここにあげた歌の歌意は、こうなります。

「天皇の国の民の一人として、ほんとうに私は、生きてきてよかったと感じています。なぜなら私は、あの詔にあらわれているような善政の恵みに、天の神々や地の神々とともに、浴することができるのですから…」

古来、世に天災や疫病はたえません。しかし、天皇が国民を愛し、また国民が天皇をお慕いすることも、古来、わが国では、たえることはなかったのです。

そのような美しい心の絆は、〝心が日本人〟の人々には、よく見えるのですが、〝心が外国人〟の人々には、どうやら、まったく見えないようです。ですから、〝心が日本人〟の人々は、ふだんはおだやかなのですが、こと天皇と国民の絆を貶《おとし》め、無神経な言動をする〝心が日本人でない人々〟に対しては、その言動を―大きな声をあげることは、あまりありませんが―決して許しません。

そのような事情が、〝心が日本人でない人々〟には、永遠にわからないでしょう。今は、わが国の内にも外にも、平気で皇室を貶める人々が、あとを絶ちませんが、そのような人々には、〝心が日本人〟の人々ならば実感できる〝美しく尊いもの〟が、まったく実感できないのですから、ある意味では気の毒で、哀れな人々です。

10
山部赤人《やまべのあかひと》

田子《たご》の浦ゆ　うち出でて見れば　真白《ましろ》にぞ
富士の高嶺《たかね》に　雪はふりける

山部赤人《やまべのあかひと》は、柿本人麻呂などとともに、『万葉集』を代表する歌人で、とくに叙景歌《じょけいか》にすぐれた作品を残していることで知られています。

ここにあげた歌の、歌意はこうです。

「田子の浦を通って、突然、広々と視界が開けたと思ったら、目の前には、真っ白に雪化粧をした雄大な富士の高嶺がそびえていました。そしてそこに、なお雪は降りつづいています」

旅をしていて、長く視界がさえぎられたあと、突然、雄大で美しい景色があらわれたなら、人は誰でも「はっ！」と息を飲むような感動を覚えるでしょうが、それが白雪に輝く富士山であったならば、さて、どうでしょう…。日本人なら、その富士の姿から、おごそかで、崇高な何かを感じるのが、ふつうではないでしょうか。

新幹線で東京へ向かっていた時のことです。静かな車中で、誰かが小さな声で、こうつぶやきました。「あっ、富士山…」と。それにつられて車内の人々は、なにげなく左の窓外に視線を移したのですが、すぐに、あちらこちらから、「きれいだなぁ…」「きれいねぇ…」という歓声が上がりました。

私も、心奪われる思いで（ほんとうに…）と思いつつ、富士山が視界から消えるのを惜しんで眺めたものです。そして、富士山が視界から消え、ふと我にかえると、私の心は、なにやら温かくなっています。そのことを不思議に感じつつ、私はこう思いました。「ああ、みんな日本人なんだな…」

そして、こうも思いました。「たまたま新幹線に乗り合わせたにすぎない赤の他人どうしが、〝富士山〟という言葉一つで、心を一つにして感動できるというのは、考えてみれば、なんとすばらしいことか」

意識する…しないにかかわらず、私たちは、たとえば「富士山」という言葉一つにも、赤人をはじめとする先人たちが繊細に織り上げた〝感性の生地《きじ》〟を、確かに受け継いでいます。問われているのは、今を生きる私たちが、その〝感性の生地〟を、どう生かし、何を〝仕立てる〟のか？…と いうことでしょう。

文明とか文化とか伝統を〝継承〟する…というのは、死物を粉飾するような作業ではありません。絶えつつあるものを「つないでゆく」こと…、廃れつつあるものを「よみがえらせる」こと…、今を生きる私たちの、そのような〝不断の心身の営み〟によって、はじめて文化や伝統は、正しく〝継承〟されていくのでしょう。

11
丈部稲麻呂《はせつかべいなまろ》

父母が　頭《かしら》かき撫で　幸《さ》くあれて
言ひし言葉《けとば》ぜ　忘れかねつる

丈部稲麻呂《はせつかべいなまろ》は奈良時代の「防人《さきもり》」で、東国（関東）の人です。この歌を詠んだ時は、たぶん、まだあどけない顔の少年だったことでしょう。その少年が、愛する父母と別れ、兵士として九州に旅立つ時のようすが、この歌には、しみじみと表現されています。

ここにあげた歌の、歌意は、こうです。

「故郷を旅立つ時、お父さんとお母さんが、しきりに頭をなでてくれて、『元気でね』と言ってくれました。その言葉が、今も忘れられません」

「防人」とは「崎《さき》（辺境、つまり国境）を守る人」という意味で、いわば国境警備隊です。天智天皇二（六六二）年、日本は、朝鮮半島にあった百済《くだら》という国を救うために出兵しましたが、白村江《はくすきのえ》の戦いで、シナの大軍に敗れます。

しかしそれで、ことが終わったわけではありません。そのあと、シナが、いつ日本本土に大軍をさしむけてくるかわからない…という、先の見えない緊張感に耐えなければならない時代がはじまったのです。

白村江での敗戦の翌年、壱岐《いき》、対馬《つしま》、筑紫《つくし》に「防人」がおかれます。任に当たったのは、おもに東国出身の若者たちです。

三年務めればよい…と、いちおうは決められていましたが、それでは終わらないことも多く、さらには津（難波）までの食費も、自分で出さなければならない…など、その務めは、とても厳しいものでした。それでも「防人」たちは、そのあとも二百年という長い歳月にわたって、国境警備の務めを、誠実にはたしつづけます。

なぜ防人には、そのようなことができたのでしょう？　それは先祖代々、彼らの一人ひとりの心のなかに、〝大切な祖国を、私が守らずして誰が守るのか！〟という強い思いが、受けつがれていたからでしょう。「防人」の一人である今奉部与曽布《いままつりべよそふ》は、こういう和歌を詠んでいます。

「今日よりは　顧みなくて　大君《おおきみ》の　しこの御盾《みたて》と　出で立つ吾《われ》は」

（歌意・今日から私は〝私〟のことを考えない。なぜなら、これから私は、天皇をお守りする強い盾になるという尊い任務につくための、旅に出るのだから…）

子供が親もとを離れ、旅立つ時…、それは、ふつうの時でも、親子双方の胸を、切なく締めつけるものです。ましてや兵役につくための旅なのですから、送られる子も送る親も、その思いは、ひとしお強かったでしょう。

しかし、それでも人には祖国のため、「顧みなくて」と…、あえて旅立たなければならない時もあるのです。日本の親と子はそのことを、少なくとも八十年ほど前までは、よく心得ていました。

12

在原業平《ありわらのなりひら》

月やあらむ　春は昔の春ならむ
わが身ばかりは　もとの身にして

在原業平《ありわらのなりひら》は、平安時代の歌人で「六歌仙《ろっかせん》」の一人です。平城《へいぜい》天皇の皇子・阿保《あぼ》親王の五男ですが、政治的には不遇な生涯でした。

しかし、その歌には、平安貴族たちの〝あこがれ〟の世界が、美しく結晶しています。古来、『伊勢物語』の主人公が、業平と見なされてきたのは、そのこともあってのことでしょう。

ここにあげた歌は、『伊勢物語』のなかの「西の対《たい》」に見られます。「西の対」は、ある男が、ある高貴な方の屋敷の「西の対」（西の向かい側）の屋敷に住む女性を慕っていたものの、その女性が急にいなくなり、聞くと、手の届かぬところへ行ってしまっていた、という話です。

やがて一年が過ぎ、男は「西の対」の屋敷にいってみるのですが、去年とは、まるで感じがちがいます。誰もいない屋敷の板敷に、月が西に傾くまで臥せつつ、男は、心にわきおこる思いを、この歌にしました。

「在原業平は、その心あまりて、詞《ことば》たらず」（『古今和歌集』仮名序）と指摘されてきたとおり、なにしろ「詞たらず」ですから、この歌にも古来、いろいろな解釈があるのですが、私は、こう解釈しています。

「月は、昔の月ではないのであろうか…どこか昔とちがう。春は、昔とちがう春なのであろうか…どこか昔とちがう。しかし、私の身だけは、昔と変わらず、私の思いも、昔と何も変わらない。それなのに、心の外のものは、すべてちがったものになっていく…」

そういえば、『伊勢物語』には、さまざまな恋の行方《ゆくえ》が、いろいろと描かれています。たとえば、幼馴染《おさななじみ》の男女が、結ばれますが、やがて男の心が離れていき、それでも、いじらしく夫を思う妻の姿に、ふたたび二人の仲がもどる、という話があります（「筒井筒《つついづつ》」）。また、主人公の「元妻」が、地方の役人の妻になっていて、その役人を尋ねた男に、「元妻」が何も気づかないままお酌をし、その瞬間、ようやく目の前の男が昔の夫と気づいて、恥じ入って尼になる話もあります（「花橘《はなたちばな》」）。

さらに、かつて交際した女性が、地方に住む人の使用人になっていて、久しぶりに再会したものの、その女性の容姿が、見るかげもなく衰えていたという話もあります。(「こけるから」)。他にも「おのがさまざま」「紅葉も花も」なども、すべて、かつて愛し合っていた男女の後日譚《ごじつたん》です。

それらの底には、容赦なく流れる〝時の流れ〟に、身をゆだねるしかない人生の〝哀しみ〟が流れています。しかしその哀しみは、決して陰鬱なものではありません。

なぜかどれも、どことなく〝あっさり〟していて、何やら〝かわいげ〟さえ感じられるのです。その〝かわいらしさ〟は、どこか笑顔の埴輪《はにわ》に似ていて、さらにいえば、『古事記』『日本書紀』の神々の姿にさえ、通じるところがあります。

私は、わが国の文化の特徴の一つに〝かわいらしさ〟がある、と思っていますが、それが今、アニメなどを通じて、諸外国でも受け入れられつつあるようです。日本発の「KAWAII」文化の源流は、たぶん遠く古代にまでさかのぼるのでしょう。

なお、『伊勢物語』は、死を前にした主人公の、このような歌で終わります。

「つひにゆく　道とはかねて　聞きしかど　きのふけふとは　思はざりしを」

（歌意・人は、いずれ死ぬもの…。そんなことは、昔からよく知っていたことだけれど、これまでは、しょせんは他人《ひと》事でした。それが今、私自身の、目の前の現実になろうとしています。まさか、こんなことになろうとは、思ってもいませんでした）

「かねてより私は、死を覚悟していた」などと強がりはいわず、死を前にして、動揺している自分の心境が、素直に詠まれています。ある意味、それはそれで、一種の〝悟りの境地〟といえるのではないでしょうか。

13
藤原敏行《ふじわらのとしゆき》

秋来《き》ぬと　目にはさやかに　見えねども
風の音にぞ　おどろかれぬる

藤原敏行《ふじわらのとしゆき》は、平安時代の歌人です。三十六歌仙《かせん》の一人として知られています。敏行が、いつ生まれたのかはわかりませんが、亡くなったのは、延喜《えんぎ》元（九〇一）年か、あるいは延喜七年（九〇七）年です。ここにあげた歌は立秋《りっしゅう》の日に詠まれたもので、『古今集』の叙情的な面を代表する傑作として知られています。

歌意は、こうです。

「目に映る景色だけを見ていると〝秋がきた〟ということは、はっきりとはわかりません。けれども（朝夕の）風の音を耳にすると、ハッ…として〝ああ、秋がきたのだな…〟と気づかされます」

世の中の「景色」のほとんどは、眼で見るかぎりでは、昨日と今日で、それほど大きく変化するものではありません。けれども、歳月というものは、昼夜をわかたず、少しずつ…しかし確実に流れていきます。

吹く風に、〝ハッ…〟と季節の移ろいを感じるように、私たちは、ふだんの暮らしのなかでも、ある時、歳月の流れの早さを、〝ハッ…〟と感じることがあるのではないでしょうか。「秋」というのは、とくにそういう感慨を、日本人にいだかせる季節なのでしょう。

もっとも「秋」は、人々を寂しい〝無常〟の思いにさせるばかりではありません。それはまた〝成熟〟の季節であり、〝収穫〟の季節でもあるからです。

ちなみに、『今昔物語』には、敏行を主人公にした説話が遺されています。美しい字を書くことで有名な敏行に、人々が「『法華経』を書き写してほしい」と依頼しました。依頼にこたえて書き写すと、敏行は、あっけなく死んでしまいます。

敏行が、あの世に行くと、墨の川が流れていました。あの世では、誠の心のない人が写したお経は、よいところには納められず、野に捨てられて川になるのだそうで、その川に流れていたのは、敏行の写した『法華経』の墨だったのです。

そのあと、いわば〝地獄行き〟を宣告された敏行が「どうして私が、そんな目に?」と聞くと、「おまえが、誠の心のないまま、お経を写したからだ」といわれます。敏行は、「別のお経を写しますので、どうかお許しください」と、必死で頼みます。すると願いが受け入れられました。それで敏行は、この世に戻ってきた…という、そのような説話です（巻第十四）。

いくら美しい字を書けても、またその美しい字で、いくらよい言葉を書いても、誠の心がないならば、それはあの世では捨てられ、その行ないは「罪」とされる…。この説話の作者は、おそらくそういうことをいいたくて、才人として有名だった敏行を題材にしたのかもしれません。

14 菅原道真《すがわらのみちざね》

東風《こち》吹かば　にほひおこせよ　梅の花
あるじなしとて　春を忘るな

菅原道真《すがわらのみちざね》は、承和《じょうわ》十二（八四五）年に生まれました。平安時代の官僚であり、また文化人でもあった人ですが、のちの世には「菅公《かんこう》」と称えられ、さらには「天神さま」として、あるいは「学問の神さま」として、全国的な信仰の対象にもなっています。

道真は、学者の家に生まれ、幼い時から秀才として知られ、出世をつづけて、醍醐《だいご》天皇の御代、右大臣にまでのぼります。道真の功績として、よく知られているのが、「遣唐使の廃止」です。これは唐の混乱などを理由として、道真が廃止を要請して実現したもので、今風にいえば「反グローバリズム政策」といえます。そのような道真が、今も日本国民から「天神さま」として仰がれているのは、とても興味深いことです。

しかしながら、当時は、学者の家から右大臣にまで出世した道真を、快く思わない人々も、少なくありませんでした。藤原時平《ふじわらのときひら》もその一人です。時平は「道真は醍醐天皇を退位させて、自分の娘婿の親王を皇位につけようとしている」などというウソをつき、その結果、道真は、九州の大宰府に左遷《させん》されることになります。

ここにあげた歌は、それを知った道真が、自宅の庭の梅を見ながら詠んだ歌…と伝えられているもので、歌意はこうです。

「やがて春になって、東風が吹くころになったら、花も咲くでしょう。梅の花よ…、その風に乗せて、どうかおまえの香りを、九州まで運んでください。たとえ家の主人がいなくなったからといって、その悲しみのあまり、春が来ても気づかず、花を咲かせることを忘れてはなりませんよ」

道真は、事実無根のウソを信じた朝廷から、ヒドイ目にあわされたわけですが、それでも朝廷を恨んだりはしていません。それどころか、はじめて九州で「重陽《ちょうよう》の節句」を迎えた日、一年前を思い出して、こういう詩をつくっています。

「ちょうど一年前、清涼殿《せいりょうでん》で菊の宴が催され、私は天皇さまのお側に召され、『秋思《しゅうし》』という漢詩をつくりました。その漢詩で私は、私がしだいに朝廷で孤立していくことの、無念の思いを、暗に述べたのですが、天皇さまは、私のその漢詩をお褒めくださり、お召しになっていたものを拝領する…という栄誉に浴しました。そのお召しものが、今、目の前にあります。私は毎日、そのお召しものをおしいただき、それにたきしめられた香を嗅いで、君恩《くんおん》のかじけなさに涙しています」

ヒドイ目にあっても、「君」を恨んだりはしない…。それどころか、慕いつづける…。そこにあるのは、悲しくも美しい日本人らしい、真の「忠義」の心でしょう。その心のあり方は、後に「楠《なん》公《こう》」と称えられる楠木《くすのき》正成《まさしげ》にも、どこか通じるところがあります。

15

凡河内躬恒《おおしこうちのみつね》

夏と秋と　ゆきかふ空の　かよひぢは
かたへ涼しき　風や吹くらん

凡河内躬恒《おおしこうちのみつね》は「三十六歌仙」の一人で、『古今和歌集』の撰者の一人としても知られています。景色を美しく詠む歌にすぐれ、紀貫之《きのつらゆき》とならんで、平安時代を代表する歌人の一人ですが、いつ生まれ、いつ亡くなったのか、今もわかりません。

ただし、『大鏡』には、こんな逸話が書き残されています。醍醐天皇が管弦《かんげん》の遊びをなさった夜の話です。天皇が御階《みはし》のもとに、躬恒《みつね》を召しだされ、「月を〝弓張《ゆみはり》〟というのはなぜか、歌で答えよ」と、おおせになると、躬恒はすぐに機知にとんだ歌で答えます。

そのことに感心された天皇から、大袿《おおうちぎ》という着物を与えられると、躬恒は、それを肩にかけ、さらに機知にとんだ歌を詠み、天皇にお礼を申し上げたそうです（『大鏡』下）。ふつうは天皇への

〝説明〟や〝お礼〟には、くどくどと言葉が並べられるものでしょう。ここでは、それらがすべて、和歌という美しく短い〝かたち〟にまとめられていたわけです。そのことを、そのころの人々は称えたのですが、その気持ちは、今の私たちにも、なんとなくわかります。

たとえば、何ごとにも〝くどい〟と感じるとき、私たち日本人はそれを〝醜い〟と感じるのではないでしょうか。わが国の先人たちは、万感の思いを「三十一文字」にまとめることに心を砕いてきました。俳句になると、さらに短く「五・七・五」にまとめなければなりません。それは、たぶん私たちの文化の〝もとにある美意識〟が強くはたらきかけて、そのような短詩形を築いてきたのではないでしょうか。

ここにあげた歌の、歌意はこうです。

「夏は去り、秋がきます。まるで、ある人が去り、それとは別の人が、こちらへやって来るかのように…。その二人がすれちがう、はるかに高い空の道では、その片がわだけに、きっと涼しい風が吹いているのでしょう」

たとえ、まだ残暑がきびしくても、「空の向こうには、もう秋が来ているはず…」と、楽しみに待つのは、なにも平安朝の都人《みやこびと》ばかりではありません。かすかな季節の移ろいを、繊細な感性でとらえてきたのが日本人です。

先人たちは、その背後に〝大いなる天地の営み〟があり、そのなかに自分が生かされていることを、よく知っていました。はたして今、日々「忙しい、忙しい…」と走り回っている私たちの目に、「空のかよひぢ」は見えているでしょうか？

16 赤染衛門《あかぞめえもん》

さもあらばあれ　やまと心《ごころ》し　かしこくは
ほそぢにつけて　あらすばかりぞ

赤染衛門《あかぞめえもん》が、いつ生まれて、いつ亡くなったのか、くわしいことは、わかっていません。もっとも、彼女が、学者として名高い大江匡衡《おおえのまさひら》（九五二―一〇一二）の妻であったことは、確かです。

ここにあげた歌は、夫が詠んだ和歌の「返し」として詠まれたものですが、夫の和歌とは、こういうものでした。

「はかなくも　思ひけるかな　ちもなくて　博士の家の　乳母《めのと》せんとは」

（歌意・あさはかにも、よく思いついたものだな。乳も出ないのに、博士である私の家で、乳母をしようなどとは…）

ここに見える「ち」は、「乳」と「知」をかけています。匡衡は、大江家の乳母をしたいと希望してきた女性に対して、「乳」が出ないのに「乳母」をしようなどと思うのは「知」が足りないのではないか…、そのような女性が、そもそも「博士の家」の（つまり「知」を売り物にしている家の）乳母をしようとは…と、からかっているわけです。

その「返し」が、この歌で、歌意はこうなります。

「ほかに人もいないので、いたしかたがありません。しかし、大和心《やまとごころ》さえもっている人なら、もう…それでいいのです。あとは少ない知（細々と出る乳）があれば、それだけで、わが家で雇う価値はあります」

「やまとごころ」という言葉が、文字として残っているのは、これがもっとも古い例の一つです。その意味は、匡衡のような学者がもっている「漢才《からざえ》」とはちがう、人の知性の、別のはたらき方を意味しています。

「やまとごころ」とは、いわば〝人生に密着した才覚、能力、常識〟などの意味をもつ言葉です。この時代は、「やまとだましい」も同じ意味で使われています。

つまり「漢才」は「知識《インテリジェンス》」で、いわば「左脳」的な知性のはたらき、「やまとごころ」「やまとだましい」は「知恵《インテレクト》」で、いわば「右脳」的な知性のはたらき…ということになるでしょうか。

そういえば『今昔物語』には、盗賊に入られた清原善澄《きよはらよしずみ》という「博士」が、せっかく家の床下に隠れて、強盗をやりすごしたのに、盗賊が立ち去る時、くやしいので門の外に走り出して、「明日、検非違使《けびいし》の別当《べっとう》（注・現在の警察の長官にあたる）に届けてやるからな」と叫び、それを聞いて引き返してきた盗賊に殺された、という話が残っています。この話について『今昔物語』は、「この博士は、〝才〟はあったけれども、露ばかりも〝やまとだましい〟のない人で、それで、そのような幼稚なことを言って殺されたのだ、と世間に人から謗《そし》られた」と書いています（巻第二十九）。

「〝才〟はあったけれども、露ばかりも〝やまとだましい〟のない人」とは、現代風にいえば、〝高学歴のアホ〟ということになるでしょうか。英語では、そういう人のことを、「Intellectual

yet idiot」、略して「ＩＹＩ」というそうです。
今の日本でいえば、政治家をそそのかして愚かな政策を実行させる高級官僚の人々や、悪質な〝捏造記事〟を長年掲載しつづけ、ようやく〝捏造記事〟であると、しぶしぶ認めながら、なお往生ぎわの悪いマスコミの人々などが、さしずめ「やまとごころ」がない人々…ということになるかもしれません。教育行政は、そういう「ＩＹＩ」を生まないよう、心して運営していかねばならないはずなのですが、教育行政を運営している人々そのものが、「ＩＹＩ」であれば、「ＩＹＩ」は世代交代をくり返しつつ、今後も生み出されつづけ、日本をよくない方向に導いていくでしょう。

17
紫式部《むらさきしきぶ》

誰《たれ》か世に　長らへてみむ　かきとめし
跡は消えせぬ　形見なれども

紫式部《むらさきしきぶ》は、天禄《てんろく》元（九七〇）年ごろに生まれ、平安時代中期に活躍した女性で、世界の文学史の頂点に輝く『源氏物語』の作者として知られています。四十七歳ごろまで健在であったことは、わかっていますが、それ以後のことは、今もわかっていません。

この歌は、『紫式部集』に収められている式部の歌で、「かきとめし跡」とは、亡くなった知り合いの手紙のことです。ですから、歌意は、こうなります。

「これから先、誰がこの世に生きながらえて、あの方の残した手紙を見ることでしょう。書き残されたその筆の跡は、いつまでも消えない形見として残るのに…」

そう詠んでいる式部自身の「筆の跡」が「いつまでも消えない形見として残る」ことになったのが、他でもない『源氏物語』です。わが国のみならず、おそらく人類がつづくかぎり、その作品は世界の文学の「至宝《しほう》」として、愛されつづけるにちがいありません。

式部は、少女のころから、きわめて聡明でした。幼いころの話ですが、父が式部の兄か弟に、漢籍を読み聞かせていたところ、そばで聞いていた式部の方が、先に暗記してしまい、父は「この子が男の子だったら…」と悔しがったそうです。

そのように、幼いころから和漢の学問に親しんでいたせいでしょうか…、『源氏物語』は、恋愛物語でありながら、そのストーリーには、政治の変転まで織りこまれるという、壮大な物語になっています。『源氏物語』の朗読を聞きつつ、それを書いた人物の教養の深さを、すぐに気づかれたのが、一条天皇《いちじょうてんのう》です。一条天皇は「この物語の作者は、『日本書紀』などの素養がある者にちがいない」と、感心されたといわれています。

そのあと、式部は「日本紀《にほんぎ》の御局《みつぼね》」と、称えられるようになるのですが、その式部自身は、『源氏物語』のなかで、主人公の光源氏《ひかるげんじ》に、こんなことをいわせています。

「日本紀などは、ただかたそばぞかし」（「蛍」）

（意味・『日本書紀』などの歴史書は、世の中のありさまの、ほんの一面しか書いていません）

「日本紀の御局」と呼ばれた人が、「日本紀」に批判的なことを書いているのですから、一見すると不思議ですが、式部は、こういうことをいいたいのでしょう。

〝『日本書紀』をはじめとする「歴史書」は、人々の「外的な事実」なら書き残すことができます。しかし、その人々の「内的な事実」までは、書き残すことはできません。それは、たとえば、歴史年表を見て、歴史に感動できないことと似ています。一方、すぐれた「物語」は人の「外的な事実」だけでなく、人々の「内的な事実」まで書き残すことができます〟。

式部は、そのように考えていたはずです。私は、式部のそのような考え方は、今でも、じゅうぶん通用する、すぐれた文学論ではないか、と思っています。

現在、『源氏物語』を、プルースト（一八七一―一九二二）の『失われた時を求めて』とならぶ「世界の二大小説」と、称える向きもあります。しかし、式部はプルーストより千年ほど昔の人です。

そう考えれば、わが国の「文明」が、どれほど早く成熟し、高度に洗練されたものであったか…ということがわかります。そして、わが国の女性が、どれほど聡明であり、そういう女性が、どれほど早くから社会的に尊重されていたか…ということも、この「物語」の存在を示すだけで、じゅうぶんに証明できるでしょう。

18
和泉式部《いずみしきぶ》

なき人の　来る夜と聞けど　君もなし
わが住む宿や　魂《たま》なきの里

和泉式部《いずみしきぶ》は、平安時代を代表する歌人の一人で、「勅撰集《ちょくせんしゅう》」に入っている作品だけでも二百五十首にのぼります。紫式部や赤染衛門《あかぞめえもん》などと交流があったことは、はっきりしていますが、いつ生まれて、いつ亡くなったのか、くわしいことはわかっていません。

式部は、まず橘道貞《たちばなのみちさだ》と結婚します。二人の間に生まれたのが、小式部内侍《こしきぶないし》です。この人も歌人として有名ですが、道貞との夫婦関係は、うまくいかなくなり、そのあと式部は、冷泉天皇の第三皇子・為尊《ためたか》親王、さらには第四皇子・敦道《あつみち》親王などとの恋におちます。残念ながら二人とも、式部を残して先に亡くなってしまいますが、式部は、そのあと、さらに藤原保昌《ふじわらのやすまさ》と再婚しています。

よほど魅力的な女性だったのでしょう。ちなみに、娘の小式部内侍は、よき伴侶をえるのですが、出産の後、式部より先に死去しています。

しかし、いくら平安時代でも、式部の経歴については、眉をひそめる人が多かったようです。紫式部なども、和泉式部には「常識はずれの一面がある」と厳しく批判しています。

才能は豊かでも素行がどうも…というのは、ある種の天才には、しばしば見られる傾向ですが、あるいは和泉式部も、そういうタイプの人だったのかもしれません。むろんその作品には、天才ならではの鬼気迫る迫力があります。

「百人一首」の、つぎの作品は有名です。

「あらざらむ　この世のほかの　思ひ出に　いまひとたびの　逢ふこともがな」

（歌意・私は、まもなくこの世を去るでしょう。ですから、あの世へ行ったあとの、よい思い出にするため、もう一度、あなたにお逢いしたいのです）

つぎつぎと愛する人々を失って、式部は「あの世」を、身近に感じるようになっていたのでしょうか。しかし、そうなればなるほど、なおさら式部の胸には、熱くたぎる思いがあふれてやまなかったようです。

ここにあげた歌は『後拾遺和歌集《ごしゅういわかしゅう》』に収められているもので、歌意はこうです。

「今夜は、亡くなった人の魂が訪ねてくる夜と聞いていたのに、あなたの気配さえありません。もしかしたら私の住んでいるのは、魂のない里なのでしょうか」

この和歌には、「十二月の晦日《みそか》の夜、よみはべりける」という詞書《ことばがき》があります。たぶん平安時代の人々は、〝大晦日は死者の魂が帰ってくる日〟と信じていたのでしょう。

ちなみに、もっと昔は、大晦日ではなく、年のはじめに先祖の魂が帰ってくる…と信じられていました（柳田国男「先祖の話」）。お正月になると、今もお餅を供え、「歳神《としがみ》さま」をお祭りしますが、「歳神さま」というのは、もとは「ご先祖さまの魂」なのです。

19
源《みなもとの》 義家《よしいえ》

吹く風を　なこその関と　思へども
道もせにちる　山ざくらかな

源《みなもとの》 義家《よしいえ》は、平安時代後期の武将です。長暦《ちょうれき》三（一〇三九）年に生まれ、嘉承《かしょう》元（一一〇六）年に六十八歳で亡くなっています。

在世中から、「天下第一武勇《ぶゆう》の士」として称えられていました。岩清水八幡宮《いわしみずはちまんぐう》で元服したので、「八幡太郎《はちまんたろう》」とも呼ばれますが、その呼び方の方が、日本人には、なじみが深いかもしれません。

二十四歳の時、父にしたがって「前九年の役」に出陣し、陸奥《むつ》の国の安部頼時《あべのよりとき》・貞任《さだとう》の親子と死闘をくりひろげるのですが、その時の、こんな話が伝わっています。安部貞任が、義家の猛攻にたえきれず、「衣川《ころもがわ》の館《たて》」から逃れようとします。

すると義家は、「敵に後ろを見せるとは、卑怯ではないか」と呼びかけつつ、「衣のたては　ほころびにけり」（衣川の館は、落ちようとしている）と詠みました。すると貞任は馬をとめて、「年を経《へ》し　糸の乱れの　苦しさに」（衣〔川〕の縦《たて》〔館《たて》〕の糸も、長年の戦いで、乱れて、耐えられなくなったから…）と、上の句をつけます。

その歌心に感じて、義家は、つがえていた矢をはずし、貞任を逃がしたそうです。なんとも、優雅な話ですが、平安の後期から源平の争乱にいたるまでの武士たちには（たとえば、屋島《やしま》の戦いでの那須与一《なすのよいち》の話など）、そのような話が、たくさん残っています。

わが国では、そのように「雅《みやび》」を知る武士は、人々から尊敬され、その一方、〝勝ちさえすれば、それでよいではないか〟などという武士は、下品な武士として、人々から軽蔑されました。そこに、わが国の〝武士道〟の原型があります。

義家は、のちに「後三年の役」でも勝利しますが、ここにあげた歌は、陸奥の国におもむく時に詠まれたもので、東国で戦いつづけた義家の生涯を象徴する名歌といえるでしょう。

歌意は、こうです。

「〝（こちらに）来るな〟という意味をもつ〝勿来《なこそ》の関〟で、私は、『花を散らす風よ、吹かないでくれ』と願っているのに、風はやまず、道が狭く思われるほど、しきりに山桜が散っています」

この歌は、『古今和歌集』からはじまる「勅撰八代集《ちょくせんはちだいしゅう》」の一つ、『千載和歌集《せんざいわかしゅう》』に収められています。そこに収められている公家たちの和歌と比べても、少しも見劣りしない、みごとな歌です。

こうして時代は、しだいに「武士の世」（『愚管抄《ぐかんしょう》』）に近づいていきますが、公家たちが磨きあげた「敷島《しきしま》の道」は、少しも衰えません。それどころか、新たな担い手たちによって、新たな美的な感覚が生まれ、それが研《と》ぎ澄まされていき、むしろより盛んになっていくのです。

第二章　中《なか》つ代（中世）

平安時代の嵯峨《さが》天皇の御代《みよ》、わが国では、「死刑」が廃止（正確にいうと「停止」）されます。そのころの「律令」という法律では、重い罪を犯した者は「死刑」にする…ということになっていたのですが、「薬子《くすこ》の変」（大同四［八〇九］年）の翌年を最後として、以後、保元元（一一五六）年まで、わが国では、なんと約三百五十年もの間、「死刑」が「停止」されるのです。これほど長い期間、公権力による死刑が一例もなかった国は、世界史上、他に例がありません。歴史学者のなかには、「平安的なもの」とは、死刑停止にはじまり、死刑復活に終わる…という人さえいますが（目崎徳衛『平安王朝』）、これは、わが国の長い歴史の上でも、きわめて大きな出来事であったといえます。

いったい、なぜ死刑は「停止」されたのでしょう？そこには、さまざまな理由があるでしょうが、私は、いわば「ヤマト・ヒューニズム」ともよぶべき日本古来の温和で寛容な思想の上に、大陸から来た強毒性の一種の「人権思想」の種が落ち、その〝毒の花〟を咲かせた結果ではないか、と思っています。その結果、残念ながら、全国で治安は乱れ、自殺は増加し、怪しい信仰が広がります。しかし公権力は、〝きれいごと〟ばかりを言いつのり、なかなか犯罪者を厳正に処罰できません。

こうして善良な人々の生命・財産は危機にさらされ、やがてふつうの人々は、公権力に絶望し、その一方、体を張って自分たちの生命と財産を守ってくれる〝私的な戦闘集団〟の方を、信頼しはじめます。それが武士です（「芳香の影」・拙著『やまと心のシンフォニー』所収）。

かくして「保元の乱」で、死刑は一挙に復活します。それは何の大義名分もない戦いで、皇室も藤原家も、源氏も平氏も、二手にわかれて血みどろの戦いを展開しました。南北朝時代の北畠親房《きたばたけちかふさ》は、「保元《ほげん》・平治《へいじ》のころから、天下が乱れて、武士の力が盛んになり、逆に朝廷が軽くなり、いまだに太平の世にもどらないのは、その時、道徳が失われたからです」と書いています（『神皇正統記《じんのうしょうとうき》』）。「保元の乱」から「天下が乱れ」て、鎌倉、南北朝、室町、戦国時代を経て、ようやく江戸時代の「太平の世」がくるまで、わが国は、およそ四百数十年もの歳月を要することになります。

20
西行《さいぎょう》

ねがはくは　花のしたにて　春死なん
そのきさらぎの　望月のころ

西行《さいぎょう》というのは、僧侶としての名前で、本名は佐藤義清《のりきよ》です。元永《げんえい》元（一一一八）年、ほどほどに豊かな武士の家に生まれ、やがて後鳥羽上皇の「北面《ほくめん》の武士」という、それなりに高い地位につくのですが、二十三歳の時、いきなり出家してしまいます。

出家の時の、こんな話が伝わっています。家を出ようとする西行を、四歳になる娘が、袖にすがりついて止めます。じつは、その前にも、同じ状況で出家を思いとどまっていたので、西行は気持ちを奮い立たせ、とうとう娘を縁《えん》の下に蹴落としてしまったそうです。なぜ、そこまでして西行は出家してしまったのか…、いろいろな説はあるのですが、はっきりしたことは今も、よくわかっていません。

出家した西行は、高野山で修行し、そのあと四国を旅し、さらに熊野から伊勢へ、また、奥州《おうしゅう》の平泉などにもおもむきますが、文治《ぶんじ》六（建久《けんきゅう》元・一一九〇）年、河内《かわち》の寺で死去しています。七十七歳でした。

死去したのは二月十六日…、旧暦では〝桜の季節〟です。西行は、かねてから、お釈迦さまが亡くなった日に死去することを望んでいて、この歌も、そのような思いから詠まれたものでしたが、西行のその望みは、かなったことになります。

ここにあげた歌の、歌意はこうです。

「私は、できることなら、桜の花の下で、春に死にたいと思っています。そう…、たとえば二月の満月のころに…」

西行の歌には、むろんすぐれたものが多いのですが、そうでないものも少なくありません。詠みっぱなしの作品も多いようです。

それでも、西行の作品が愛されつづけてきたのは、そのころの形式にとらわれた公家たちの和歌にはない魅力的な人間性が、そこに秘められているからでしょう。西行には、それをあらわす、さまざまな逸話が残されています。

たとえば、西行が鎌倉に立ち寄ったおり、源《みなもとの》頼朝《よりとも》に呼ばれて、話をします。頼朝は来てくれたお礼に「銀の猫」を送るのですが、西行は、それをもらって外に出ると、門の外で遊んでいた子供に、それをやってしまい、そのまま平泉に向かったそうです。

金銭や名誉には無関心で、諸国をさすらいながら、〝美しいもの〟を求めつづける…そういう姿は、なぜか日本人の〝心の遺伝子〟の琴線《きんせん》に触れます。そこには、古くはスサノヲの命《みこと》やヤマトタケルの命《みこと》に、そして近くは幕末の志士たちにも通じるものがあるのですが、たぶんそこには、わが国古来の〝旅する神々〟の姿が揺曳《ようえい》しているからでしょう。

そういえば、江戸時代の松尾芭蕉《まつおばしょう》も、西行にあこがれた芸術家の一人でした。芭蕉の『奥の細道』の旅は、西行の足跡をたどる旅でもあったのです。

21
寂蓮法師《じゃくれんほうし》

寂しさは　その色としも　なかりけり
槇《まき》立つ山の　秋の夕暮れ

寂蓮法師《じゃくれんほうし》の出家する前の名前は、藤原定長《さだなが》です。保延《ほうえん》五（一一三九）年ごろ、歌人として有名な藤原俊成《ふじわらのしゅんぜい》の弟の子として生まれ、やがて俊成の養子になりましたが、俊成に定家《ていか》という実子が生まれたので、それを機に三十歳代で出家し、和歌の道に専念します。

『千載和歌集《せんざいわかしゅう》』以後の勅撰集には、寂蓮法師の和歌が一一七首も入っているのですが、世間でよく知られているのは、「百人一首」に収められている、この和歌でしょう。

「村雨《むらさめ》の　露もまだひぬ　槇《まき》の葉に　霧たちのぼる　秋の夕暮」

（歌意・村雨が通り過ぎ、槙の葉の上の露は、まだ乾いていません。それなのに、霧が立ち上っ

てきて、なんとも寂しい秋の夕暮れです）

寂蓮は『新古今和歌集』の撰者にもなっているのですが、その完成を見ることなく、建仁《けんにん》二（一二〇二）年、六十歳あまりで没しています。

ここにあげた歌の、歌意はこうです。

「景色を眺めていても、どの色がとくに寂しさを感じさせる…というわけではないのだけれど、槇の木が立っている山の秋の夕暮れの景色を眺めているだけで、何やら寂しさを感じてしまう」

『新古今和歌集』には、この和歌のあとに、同じく「秋の夕暮れ」で終わる西行と定家の和歌が、つづけて収められています。これらは、あわせて「三夕《さんせき》の歌」と呼ばれて、有名です。

昔から、わが国では、秋という季節のすばらしさを、もっとも感じさせるのは夕暮れ時である…といわれてきました。有名な清少納言《せいしょうなごん》の『枕草子《まくらのそうし》』にも、こう書かれています。

「秋は、夕暮れ時がすばらしい。夕日が、はなやかに山の端《は》に映えて、ねぐらを求める鳥たちが、三つ四つ…二つ三つ…と、急いで飛んで行く姿は、まことに心に染みるものです。その上、雁《かり》などが、はるかな空の向こうを、小さく並んで飛んでゆくのが見えたら、ほんとうに最高です。日の落ちたあとの風の音や鳴きわたる虫の音なども、また何ともいえないほど、すばらしい」

しかし、秋の夕暮れのすばらしさを象徴するものとして、『枕草子』であげられている「烏」「雁」「風の音」「虫の音」などが、「三夕の歌」には、何一つ詠まれていません。詠まれているのは「槇立つ山」「鴫《しぎ》立つ沢」「浦の苫屋《とまや》」など、『枕草子』にあげられていないものばかりです。

つまり、この時代の歌人たちは「秋の夕暮」の美を、新たな角度から探りあてたわけです。槇は常緑樹ですから、紅葉することはありません。

見た目には季節を感じさせない槇を、あえて詠み込むことによって、かえって秋の深まりが、しみじみと感じられます。たぶんそのことによって、この和歌には、墨絵のようなみごとな奥ゆきが生まれたのでしょう。

22
式子内親王《しきしないしんのう》

山深み　春とも知らぬ　松の戸に
たえだえかかる　雪の玉水《たまみず》

式子内親王《しきしないしんのう》は、久寿元《きゅうじゅ》（一一五四）年ごろ、後白河天皇の第三皇女としてお生まれになりました。平家追討の「令旨《りょうじ》」で知られる以仁王《もちひとおう》は、内親王の兄です。

母方は美人の家系として有名ですから、式子内親王も、さぞやお美しい方だったことでしょう。幼いころ賀茂神社の斎王《さいおう》となられ、十年にわたって神さまにお仕えし、清らかな生活を送られましたが、病気のため、斎王を退かれます。

歌道は藤原俊成《ふじわらのしゅんぜい》のもとで学ばれ、やがて法然上人《ほうねんしょうにん》に導かれ、出家されました。そして生涯、独身を守られます。

正治《しょうじ》二（一二〇〇）年、東宮《とうぐう》・守成《もりひら》親王（後の順徳《じゅんとく》天皇）を猶子《ゆうし》とされる案もありましたが、その翌年の建仁元（一二〇一）年、お亡くなりになっています。四十七年ほどのご生涯でした。

『新古今和歌集』には、式子内親王のお歌が、四十九首も収められていますが、その数は、藤原俊成の次に位置し、いかにそのお歌が、高く評価されていたかわかります。もしも私の好きな式子内親王の歌をあげよ、といわれたなら…と考えると、もう、切りがありません。ここでは『式子内親王集』から、叙景的なものにかぎり、三首あげておきます。

「手にかほる　水のみなかみ　尋《たず》ぬれば　花橘《はなたちばな》の　蔭《かげ》にぞありける」

（歌意・涼を求めて、川の水を手にすくってみると、何かよい香りがします。その川の上流を見てみると、その川は、橘の木陰《こかげ》を流れていました）

「松かげの　岩間《いわま》をくぐる　水の音に　涼しく通ふ　日ぐらしの声」

（歌意・松の陰にある岩の間をくぐって流れている、水の音がします。まことに涼し気なその音に、ヒグラシの声が重なって、より涼しげな音となって聞こえてきます）

「涼《すず》しやと　風の便りを　尋ぬれば　しげみになびく　野辺のさゆり葉」
（歌意・ああ涼しい…と思い、吹いてきた風の風上を見ると、草の茂みのなかで、野に咲く百合《ゆり》の葉が、美しくゆれていました）

いずれも清涼感があり、繊細で淡く、清潔で芳《かぐわ》しく、またどこか〝あどけない上品さ〟とでもいうような趣が漂っています。内親王の数々のお歌は、ある意味では、日本的美意識の一つの〝極地〟といってもよいのではないか…とさえ、私は思っています。

ここにかかげた歌は、式子内親王の代表作ともいってよいもので、歌意は、こうです。
「そこは深い山の奥なので、まだ寒く、春がきたことが、はっきりとはわかりません。けれども庵《いおり》の、松の枝を集めて作った粗末な枝折戸《しおりど》には、雪が解けて、まるで透き通った宝石のような水滴が、とぎれとぎれに、ぽつん…ぽつんと落ちています」

近代日本を代表する詩人・萩原朔太郎《はぎわらさくたろう》も、式子内親王のお歌を絶賛していますが、なるほどそのお歌の多くは、現代の私たちの心にも、深く染み透るものがあります。あるいはそれらに〝近代人的な孤独の影〟が漂っているから…かもしれません。

こういうお歌もあります。

「夕霧《ゆうぎり》も　心の底に　むせびつつ　我が身ひとつの　秋ぞ更けゆく」

（歌意・私の息が苦しくなったのは、たちこめる夕霧のせいでしょうか、それとも、私の心の底にある何のせいでしょうか。独り身でいる私のまわりで、秋が深まっていきます）

とはいっても…、内親王は、心の底には熱い情熱を秘められていたお方です。秘められていたがゆえに、その情熱が、より激しく噴出し、抑えがたいほどの思いになる時もあった…ということは、「百人一首」に入っている歌を見ても、よくわかります。

こういう歌です。

「玉《たま》の緒《お》よ　絶えなば絶えね　ながらへば　忍ぶることの　弱りもぞする」

（歌意・私の命よ。もしも絶えてしまうのなら、絶えてしまいなさい。このまま生きながらえていると、けんめいに心の底に抑え込んでいる気持ちが、外に、あらわれてしまうかもしれないから…）

23
藤原家隆《ふじわらのいえたか》

志賀《しが》の浦や　遠ざかりゆく　波間《なみま》より
凍りて出る　有明《ありあけ》の月

藤原家隆《ふじわらのいえたか》は、平安時代も終わりに近い保元《ほうげん》三（一一五八）年に生まれ、激動の時代を生き、鎌倉時代のはじめの嘉禎《かてい》三（一二三七）年に、八十歳で死去した歌人です。『新古今和歌集』の撰者の一人として、雅《みやび》で、しかも清らかに澄んだ作風で知られています。この歌の歌意はこうです。

「（真冬の）琵琶湖《びわこ》畔の志賀の浦では、岸辺から、湖が凍ってゆき、だんだん波が遠ざかってゆきます。夜が明けるころ、その遠くの波間から、凍りついたような月が、さえざえとした光をはなってあらわれてきました」

真冬の夜明け前…、闇は深く、湖さえ凍りはじめ、寒さが極限にまで達したか…と、思われた瞬間、遠くの波間から、氷のような光を放つ月があらわれて、しらじらと夜が明けていく…。まことに美しい絵画のような、しかも荘厳な趣のある歌です。

家隆はそのころ、四歳年下の藤原定家と並び称されていた人ですが、後世になると、定家の方が有名になります。やがて定家は「歌聖《かせい》」と呼ばれ、さらには「定家の悪口をいう者を、神仏はお守りくださらない」とまでいわれるほど、神格化されていきます。

けれども、〝日本人としての生き方〟という点で見ると、定家には、首をかしげざるをえないところが、いろいろとあります。たとえば、定家が編纂した「百人一首」には、もとは後鳥羽上皇と順徳上皇のお歌は入っていなかったようです。

定家は武家方と親しく、討幕には反対の立場だった、ということもあるのでしょうが、「百人一首」ばかりではなく、『新勅撰和歌集《しんちょくせんわかしゅう》』にも、お二方の和歌を一首もいれていないのは、どういうことでしょう。あまりにも冷たい態度というほかありません。

それに比べて、家隆は、不遇の後鳥羽上皇にも、最後まで温かい態度で接しています。家隆は、老齢になっても、隠岐《おき》にいらっしゃる上皇のお心をお慰めするため、上皇の身になって、こういう和歌を送っているのです。

「ねざめして　きかぬをききて　わびしきは　荒磯浪《あらいそなみ》の　あかつきの声」

（歌意・眠りの途中で目が覚めて、（都に帰れるという便りが）聞こえてこない、ということを聞きました。そんな時、夜明けの海の、波が岩に砕ける音は、ことのほかわびしく響きます）

寒さがつのり、もうこれ以上は耐えられないと思った瞬間…、水平線の向こうから、夜明けの光が差し染める…。

上皇方の王政復古の理想は、たとえ一度砕けても、そのあと、再び三度《みたび》と、わが国の歴史に大きな波を立ち上げ、やがては明治維新という巨大な波となって、「武士の世」を洗い流していくのです。

24

藤原定家《ふじわらのていか》

春の夜の　夢の浮橋《うきはし》　とだえして
峰にわかるる　横雲《よこぐも》の空

藤原定家《ふじわらのていか》は、源平の争乱から承久《じょうきゅう》の変にいたる激動の時代を生き、仁治《にんじ》二（一二四一）年に八十歳で亡くなった公家で、わが国の和歌の歴史の上でも、とくに秀でた歌人として知られています。よく知られている『小倉百人一首《おぐらひゃくにんいっしゅ》』の原型は、定家がつくったものです。

前にもお話ししたとおり、その〝政治的な生き方〟には、いささか疑問を感じざるをえない定家ですが、それでも、さすがは後に「歌聖」とまで称えられることになる歌人です。〝なるほど…ここには確かに、日本の美の一つの極致がある〟と感嘆させられる作品が、少なくありません。

ここにあげた歌は『新古今和歌集』に収められているもので、歌意は、こうです。

「春の夜に、心もとない浮橋がフッと切れるかのように、哀しい夢から目が覚めて、ぼんやり戸外を眺めたら、のぼりはじめた朝の日が、ほんのりと紅く雲を染めています。横に流れているその雲は、今しがたまで雄々しい峰と、重なりあっていたはずなのに、今はもう、離れ離れになっていきます」

雄々しい「峰」を男とするなら、ほんのり紅い「雲」は女でしょうか…。そして、この世での悲しい別れも、「峰」と「雲」が離れていくように、すべては、「夢」のつづきのようなものにすぎないのでしょうか…。

ここに見える「浮橋」というのは、舟などをならべ、その上に板をわたしてつくった、とても頼りない橋で、「夢」をたとえるのに、まことにふさわしいものです。けれども心ある日本人なら、「夢の浮橋」と聞くだけで、すぐに、ある物語とその登場人物を想起することでしょう。『源氏物語』の最終巻「夢の浮橋」と、その長い恋物語の最後をかざる薄幸のヒロインの浮舟です。ですから今も昔も、心ある人がこの歌を読むと、ほんのひととき、『源氏物語』の、かぐわしい香りにつつまれるような、そういう思いがするにちがいありません。

『源氏物語』の浮舟は、まことにその名のとおり、運命に翻弄された女性です。高貴な血筋に生まれながら、父に娘とは認めてもらえず、各地をさすらい、長じると、二人の男性からの思いのはざまで苦しみます。そして、ついに川に身を投げようとするのですが、それも果たせません。恋の苦しみに満ちたこの世を厭《いと》った浮舟は、やがては出家してしまいます。

そのような「もののあはれ」に満ちた物語や和歌を、私たちの先祖は愛してやまず、ずっと大切なものとしてに伝えてきました。ですから、たぶん「もののあはれ」がわかる…ということと、〝日本の心〟がわかる…ということは、わかちがたく結びついているのでしょう。

近代の日本では、どうも「もののあはれ」というものが、なにもわからないまま、「日本」を語る人が少なくありません。そういう人々が声高に語る〝日本〟とは、はたしてほんとうの日本なのかどうか…、私は常々、疑問に思っています。

25
明恵《みようえ》（高弁《こうべん》）

雲をいでて　我にともなふ　冬の月
風や　身にしむ　雪や　冷たき

明恵《みようえ》は、鎌倉時代の華厳宗《けごんしゆう》の高僧で、わが国が生んだ最高級の宗教家です。武家の生まれですが、幼くして父母を失い、出家し、栂尾《とがのお》の高山寺《こうざんじ》で教えを説いて、寛喜《かんぎ》四（貞永《じようえい》元・一二三二）年に六十歳で亡くなっています。

この歌の歌意はこうです。

「（山中を歩きつつ、夜通し修行している私に）雲から出たり入ったりしながら、ずっと寄りそってくださっている真冬のお月さま…。風がお体にしみはしませんか。雪が冷たくはありませんか」

明恵にとっては、寒々とした冬の月も、まるで家族のようです。

明恵の肖像画が残っていますが、よく見ると、木の上で静かに座禅する明恵のまわりに、かわいらしい小鳥やリスたちがいます。同じころ、西洋のアッシジに、聖フランチェスコという人がいました。聖フランチェスコは、小鳥にも教えを説いていたそうです。わが国の明恵も、きっと小鳥やリスたちとともに、修行していたのでしょう。

自然と対立するのではなく、一体となる…。そのことで、安らかで清い心になっていく…。そういう感覚は、とくに日本人なら、よくわかるでしょう。そういえば明恵は、かつて修行した島を思い、その島に、まるで恋文のような手紙を書いたこともあります。

あて先は「島どのへ」です。その手紙を託されて、困っていた人に、明恵は、その手紙を、そっと島へ置いてくればよい、といったそうです。

ただし、明恵という人は、決して、やさしいだけの〝悟りすました聖人もどきの人〟ではありません。真理と正義を、激しく求めてやまない人でもあったのです。そのあまり、少年のころは、自殺をこころみたこともありますし、青年のころは右耳を切り取っています。さらにはブッダを慕い、本気でインドに渡ろうと計画したこともありました。

そういう明恵が、熱烈な尊皇家でもあったことは、あまり知られていません。承久の変のあと、勝ちほこる北条泰時《ほうじょうやすとき》に、明恵は面と向かって、痛烈に幕府を批判したことがあります。

「わが国にあって朝廷をないがしろにするような者は、日本から出て行くがよい」とまでいっているのです。おそらく死を覚悟した勇気ある発言で、そういわれた泰時が、どう反応したか…というと、泰時は、みずからの罪を素直に認め、弁明をし、そのあと泣いています。

ちなみに、わが国で最初にノーベル文学賞を受賞したことで知られる川端康成《かわばたやすなり》という作家がいますが、そのノーベル文学賞の受賞記念講演のタイトルは、「美しい日本の私」というものでした。その講演で、川端は、明恵のこの和歌を引用し、世界の人々に深い感動を与えています。

26
後鳥羽上皇《ごとばじょうこう》

奥山の　おどろが下も　踏み分けて　道ある世ぞと　人に知らせむ

後鳥羽上皇《ごとばじょうこう》は、幼くして第八十二代の天皇となられ、十九歳で院政を開始されます。承久《じょうきゅう》三（一二二一）年、上皇は日本の政治を、もとの正しい姿にもどそうとして挙兵されますが、こと成らず、鎌倉幕府から、隠岐《おき》へ流され、その地でお亡くなりになりました。

「おどろ」というのは、「トゲのある低木が乱れ茂っているところ」という意味ですので、ここにかかげた歌の、歌意はこうなります。

「たとえ山の奥の、トゲのある低木が乱れ茂っているようなところであろうと、私は恐れず前に進み、今の世にも正しい道があるということを、わが国の人々に知らせるつもりです」

ご自身が国民の先頭に立ち、わが国の政治を正してみせるという、雄々しい気概に満ちあふれたお歌です。このお歌に込められた上皇のご心境を、私なりに拝察すると、こうなります。

「今の世の人々は『正しい道など、埋もれ果てたのだ』と嘆いてばかりいて、何もしません。しかし道は、今は隠れてはいますが、乱れ茂っている木々の下に確かにあります。ですから、どのような困難に直面しようと、私たちは勇気をもって、その正しい道を進まなければなりません。正しい道はあるのです。

もしもないようなら、自分がその道を伐《き》り拓《ひら》いてみせる、というくらいの気概をもつべきはないでしょうか。今、私は日本のリーダです。だから、まずは私が、その第一歩を踏み出してみせましょう。その私の姿を見て、いつの日か人々も、『正しい道を進む』とはどういうことなのか、きっと理解してくれるはずです」

「そうはいっても…、結局のところ、上皇の企ては失敗に終わったではないか…」と、現代人の多くは、たぶん賢《さか》しらな批評をすることでしょう。しかし、それは近くのものごとしか見ない、いかにも現代風の浅はかなものの見方ではないか…と、私は思っています。

承久の変がなければ、その約百年後の建武《けんむ》の中興《ちゅうこう》（建武の新政）はありません。そして建武中興がなければ、その約五百年の後の明治維新による王政復古もありません。ですから、後鳥羽上皇のご理想は、いくたびもの挫折を経つつ、いく百年もの歳月を経つつ、しかし、ついに達成されたといえるのではないでしょうか。

歴史は、時に数百年の単位で見る必要があります。

イスラエルという国のことを想起してみましょう。ユダヤの人々は、紀元一世紀に失った自分たちの国を、二十世紀になって、千九百年ぶりに「回復」しました。そのことを考えれば、王政復古までの六百年というのは、それほど長い歳月とはいえないでしょう。

27

源《みなもとの》 実朝《さねとも》

もののふの 矢並《やなみ》つくろふ 籠手《こて》の上に 霰《あられ》たばしる 那須《なす》の篠原《しのはら》

源《みなもとの》 実朝《さねとも》は建久《けんきゅう》三（一一九二）年、源《みなもとの》 頼朝《よりとも》の次男として生まれました。母は北条政子《ほうじょうまさこ》です。兄の頼家《よりいえ》は、鎌倉幕府の二代将軍でしたが、北条氏によって、将軍の座を追われます。そのあと実朝が、わずか十二歳で、鎌倉幕府の三代将軍になったのです。

実朝が和歌をつくりはじめたのは十四歳からで、あたかもその年、京都では『新古今和歌集』の最初のかたちができあがりました。それは、すぐに鎌倉の実朝のもとに届けられます。以後、実朝にとって、『新古今和歌集』は「生涯の伴侶《はんりょ》」になります。実朝といえば、一般には「万葉調」の歌人として有名ですが、じつは実朝の歌集である『金槐和歌集《きんかいわかしゅう》』に収められている和歌のうち、ほぼ半分は「新古今調」の歌なのです。

実朝の歌は当時から今日まで、絶賛されつづけています。師である藤原定家も「柿本人麻呂や山部赤人にも劣らない」と称えていましたし、時代は、はるかにくだりますが、明治時代の正岡子規《まさおかしき》も、実朝の歌を絶賛しています。

ですから、すばらしい歌が少なくないのですが、ここにあげたのは、賀茂真淵《かものまぶち》をはじめとする近世の皇学者《こうがくしゃ》（国学者）たちのあいだで、とくに高く評価される歌です。

歌意は、こうなります。

「那須の篠原で、侍たちが、矢を背負う道具のなかの、矢の並び方を整えています。すると急に霰《あられ》が降ってきて、彼らの手首に当てている武具の上に、霰が飛び散っていきました」

「那須の篠原」というのは、猟場として有名な土地で、この歌は、そこでの狩りの情景を詠んだものです。歌の背景は、今、悪天候が近づきつつある狩場です。しかし、そんなことには頓着せず、男たちは、黙々と武具の手入れをしています。歌全体が、すらりと引き締まっていて、男たちの精悍《せいかん》さを感じさせ、いかにも〝若き武家の棟梁〟らしい歌です。

しかし私には、この歌にも、実朝という人につきまとう「悲劇」の影が、どこかに漂っているような気がしてなりません。天候が悪化しつつあるにもかかわらず、すでに籠手の上にも霰が降ってきているにもかかわらず…、黙々と武具の手入れをする武士の姿と実朝が、二重写しになって見えるのです。

「王政復古」を志していらっしゃった後鳥羽上皇に対して、実朝は、こう詠んでいます。

「山は裂け　海はあせなむ　世なりとも　君にふた心　わがあらめやも」

（歌意・たとえ富士山が噴火し、江ノ島の海岸が隆起するような、ありえないことが起っても、私が上皇さまを裏切ることは、決してありません）

北条氏にとって、このような「尊皇」の心は、許しがたいものだったでしょう。北条氏は、頼家の子の公堯《くぎょう》をそそのかしました。

こうして実朝は、健保七（承久《じょうきゅう》元・一二一九）年正月、鶴岡八幡宮《つるがおかはちまんぐう》での式典のさい、公堯に暗殺されるのです。まだ二十八歳という若さでした。

28

亀山天皇《かめやまてんのう》

世のために　身をば惜しまぬ　心とも
荒ぶる神は　照らし覧《み》るらむ

亀山天皇《かめやまてんのう》は、建長《けんちょう》元（一二四九）年にお生まれになり、十一歳で第九十代の天皇となられます。二十歳の時、蒙古《もうこ》の使者が日本にやって来ました。そして無礼にも、「貢《みつ》ぎ物を持ってこい」といいます。つまり、「わが国の属国になれ」というのです。言いなりにならなければ、大国から大軍が攻めてくる…という深刻な状況でしたが、朝廷と鎌倉幕府は毅然として、蒙古からの要求を断り、国の主権を守りぬく覚悟を固めます。亀山天皇は、伊勢神宮に使いを派遣して「敵国降伏《てきこくこうふく》」の祈りをささげられました。

その後、亀山天皇は、文永《ぶんえい》十一（一二七四）年正月、二十七歳で譲位され、上皇となられますが、その年の十月、いよいよ蒙古・高麗《こうらい》の連合軍、三万三千人が、わが国への侵略を開始します。連合軍は対馬と壱岐で、わが国に対する略奪と殺戮《さつりく》をほしいままにしたあと、博多湾に殺到します。

武士たちの勇敢な戦いぶりに、敵軍は、いったん船に引き上げますが、あたかもその夜、暴風雨が博多湾を襲います。一夜明けると、海をおおいつくしていた敵軍の船は、海の藻屑《もくず》になっていました（文永《ぶんえい》の役《えき》）。

その後も、亀山上皇は、伊勢神宮をはじめとする多くの神社に「敵国降伏」の祈りをささげられます。南宋《なんそう》を滅ぼした蒙古は、国の名前を「元《げん》」とあらため、ますます強大な国となって、日本に対してより強い圧力をかけてきますが、わが国は屈しません。

弘安《こうあん》四（一二八一）年、元・高麗の侵略軍は、なんと前回の五倍もの大兵力で、わが国への侵略を再開します。しかし前回とはちがい、わが国は堅固な防御態勢を整えており、侵略軍が攻めあぐねているうち、またもや巨大な暴風雨が襲い、連合軍は壊滅するのです（弘安《こうあん》の役《えき》）。

ここにかかげた御製《ぎょせい》の歌意は、こうです。

「日本のためなら、私は命を惜しみません。私が本気でそう思っているということを、この世に激しくはたらきかける力のある神々は、きっとご覧くださることでしょう」

亀山上皇が、神々に、「日本が外国に侵略されてしまうのなら、どうか私の命を召し上げてください」と祈られていたことは、よく知られています（『増鏡』）。また神々が、その祈りに応えられてのことでしょうか…、弘安の役のさい、伊勢神宮の内宮《ないくう》、外宮《げくう》の「風の宮」から、赤い雲が立ち上がって九州へ向い、それが侵略軍を壊滅させた、という伝承もあります（『太平記』）。

〝天皇さまの祈りに、神々がお応えになったのだ〟と、人々が考えても不思議ではありません。そのような考え方は、ずっと後まで伝承されます。

三百年以上たった慶長《けいちょう》二十（一六一五）年、伊勢から今の高知県にやってきた神職が、こう語ったそうです。

「このたびムクリ（注・蒙古）・コクリ（注・高句麗、つまり高麗）が日本に侵入しようとしましたが、伊勢の神さまのはからいで、それを撃退することができました」

外国の侵略から日本を守ろうと、命がけの祈りをささげられた亀山上皇のお姿は、それから六百年後、欧米の侵略から日本を守ろうと、命がけの祈りをささげられた孝明天皇のお姿と重なります。日本は昔も今も、そして、きっと未来も、天皇の祈りに守られている国なのでしょう。

29
宗良親王《むねよししんのう》

君のため　世のため何か　惜しからん
捨ててかひある　命なりせば

応長元《おうちょう》（一三一一）年、宗良親王《むねよししんのう》は後醍醐天皇の皇子としてお生まれになります。建武の中興（建武の新政）のさいには、父の帝にしたがって活躍され、後醍醐天皇の崩御《ほうぎょ》のあとも、生涯、吉野の朝廷（南朝）のために力を尽くされています。武人として活躍される一方、親王は、お若いころから、和歌の道にも秀でていらっしゃいました。お詠みになった和歌を集めたのが『李花集《りかしゅう》』で、そこには九百首近い歌が収められています。

宗良親王のご事跡で、決して忘れてはならないのは『新葉和歌集《しんようわかしゅう》』の編纂です。これは南朝三代の、ほぼ五十年にわたる和歌の集大成で、千四百首ほどが収められています。

「勅撰集《ちょくせんしゅう》」というのは、天皇や上皇などの命により編纂された格式の高い歌集のことをいいますが、『新葉和歌集』は、それに準じるものとして、今も尊重されています。編纂を終えた時、親王は七十一歳でした。

ここにかかげた歌は、その『新葉和歌集』を代表する名歌で、かつては『万葉集』の「海ゆかば」に匹敵するもの…と、いわれていた時期もあります。この歌の詞書《ことばがき》には、こうあります。「(正《しょう》平《へい》七(一三五二)年)、武蔵の国に攻め込んで、小手指原《こてさしがはら》で軍勢を持ち場に配置し、武士たちを呼び集めて『勇んで手がらを立てよ』と命じた時に詠みました」

鎌倉に下向《げこう》していた足利尊氏《あしかがたかうじ》との、決戦に臨む時の歌で、歌意はこうです。

「天皇さまのため、世の人々のため、私の命など、何も惜しくはありません。そのためになら、たとえ命を捨てることになったとしても、捨てるかいがあるのですから…」

江戸時代になると、この歌集は、多くの人々から注目されるようになりました。幕末の志士たちの絶唱《ぜつしょう》は、今も多くの人々に愛されていますが、その原型は、たぶん『新葉和歌集』です。

たとえば、この歌集は、水戸藩の藤田東湖《ふじたとうこ》の愛読書でした。また、西郷隆盛と錦江湾《きんこうわん》(鹿児島湾)に入水したことで知られる月照《げつしょう》の辞世は、「大君の　ためにはなにか　をしからん　薩摩の迫《せ》

門《と》に　身は沈むとも」で、これは明らかに宗良親王の和歌を踏まえています。

さらに、坂本龍馬が、どうしてもこの歌集を読みたいが、手に入らないので、書き写して送ってほしい、と依頼している手紙も残っています。それらの志士たちの遺した和歌が、やがては近代の国難に殉じた英霊たちの、辞世の〝詠みぶり〟にもつながっていくのです。

戦後、いろいろな出版社から、わが国の「古典全集」が出版されましたが、『新葉和歌集』全体を収録した本は、なぜか一冊もありませんでした。残念に思っていたところ、ようやく平成二十六（二〇一四）年になって、皇学館大学の深津睦夫《ふかつむつお》さんたちの手によって、学問的にも立派な内容の本が出版され、今では『新葉和歌集』を、容易に読むことができるようになりました。慶賀にたえないしだいです。

30

楠木正行《くすのきまさつら》

帰らじと　かねて思へば　あづさ弓
なきかずに入る　名をぞ留むる

楠木正行《くすのきまさつら》は、南北朝時代の名将・楠木正成《くすのきまさしげ》の長男です。正成は「大楠公《だいなんこう》」と呼ばれ、正行は「小楠公《しょうなんこう》」と呼ばれて、称えられています。

延元《えんげん》元（一三三六）年、湊川《みなとがわ》の合戦に向かうさい、正成は正行に、自分の亡きあとは、楠木一族をひきいて吉野の朝廷に忠義をつくすよう言いふくめ、大坂の桜井から、正行を故郷の河内に帰らせます。これが有名な「桜井の別れ」で、その時、正行は十一歳でした。

湊川で、父の正成とその弟の正季《まさすえ》が、「七回生まれかわっても、朝敵を滅ぼす」と誓いあって、壮絶な討死《うちじに》をとげたあと、正成の首は、故郷の河内に帰ります。それを見た正行は、悲しみのあまり自害しようとしますが、それを見た母は、涙ながらに「おまえは、父の教えを忘れたのですか。

おまえがするべきことは、自害ではありません。正義の兵をあげ、朝敵を滅ぼすことです」と、厳しく教え諭《さと》します。

やがて、たくましい武士に成長した正行は、二十二歳の時に兵をあげます。足利がわの隅田城《すみだじょう》を攻略し、細川顕氏《ほそかわあきうじ》を破り、さらに細川の援軍・山名時氏《やまなときうじ》の大軍も破ります。

その合戦のさいの出来事です。

逃げる足利方の軍勢が、渡部橋という橋につめかけて、冬の川に投げ出され、おぼれて死にそうになる敵兵たちが、数百名いました。それを見た正行は、すぐに戦いをやめ、敵兵の救助をはじめます。

正行は、助けた敵兵に服や薬を与え、馬や鎧《よろい》まで与えて、故郷に帰したそうです。「国際赤十字」や「戦時国際法」ができる数百年も前に、日本では、こうした美談があります。

近代のわが国の軍人たちは、そのような祖国の武人たちの歴史を、幼いころからよく学んでいましたから、いざ…実戦というさいは、溺れる敵兵を救助するという行為が、ごく自然にできました。たとえば、日露戦争のさい、上村彦之丞《かみむらひこのじょう》はロシア艦の敵兵を救助し、大東亜戦争のさい、工藤《くどう》俊作《しゅんさく》は、イギリス艦の敵兵を救助しています。

戦う力を失った相手を辱《はずかし》めたり、虐殺したり、奴隷にしたり…、さらには相手の国の信仰や伝統を破壊することは、武士道に悖《もと》る恥ずかしい行為であり、また、「戦時国際法」にも違反しています。残念ながら、百年ほど前から今にいたるまで、世界中でそのような恥ずかしい行為がつづいていますが、私たちは、武士道の国の民として、できれば世界中の国々に、その精神を学んでもらえるよう、はたらきかけていくべきでしょう。

ここにあげた歌は、正行と生死をともにすることを誓った二百人あまりの人々が、四条畷《しじようなわて》の戦いに出陣するまえ、如意輪堂《にょいりんどう》の壁に一人ひとり苗字を書き、過去帳《かこちょう》に名前を記したあと、その末尾に記されている歌です。

歌意は、こうなります。

「私たちは、もはや生きては帰らないと、覚悟を固めた者たちです。これから死者の仲間に入れていただく私たちの名前を、ここに書きとどめておきます」

その翌年、正平三（一三四八）年正月、正行は四条畷《しじようなわて》の戦いで、足利方の高師直《こうのもろなお》がひきいる大軍と激闘をくりひろげます。しかし、奮戦むなしく同月五日、弟・正時《まさとき》と刺し違えて討死《うちじに》します。あたかも父・正成と叔父・正季《まさすえ》の最後のようです。正行は、時に二十三歳という若さでした。

31 後村上天皇《ごむらかみてんのう》

高御座《たかみくら》　とばりかかげて　かしはらの
宮のむかしも　しるき春かな

後村上天皇《ごむらかみてんのう》は、後醍醐天皇の第七皇子です。嘉暦《かりやく》三（一三二八）年にお生まれになりました。元弘《げんこう》三（一三三三）年、建武の中興の政治がはじまると、北畠親房《きたばたけちかふさ》と、その子・顕家《あきいえ》が、東北に向かいます。その時、天皇はわずか六歳でしたが、彼らとともに東北におもむかれました。ほどなくして足利尊氏が反旗をひるがえすと、朝敵を討つため、北畠親子とともに京都に帰られ、そののち、ふたたび東北に向かわれます。そして、各地で戦いつづけて西下しつつ、やがて吉野に入られるのです。

そのあと三度目の東北行きをこころみ、伊勢から船に乗られるのですが、暴風にあって、船が伊勢に吹きもどされてしまい、やむなく吉野にもどられます。延元《えんげん》四（一三三九）年、後醍醐天皇が崩御《ほうぎょ》されると、皇位を継がれ、十二歳で第九十七代の天皇となられます。
足利尊氏、直義《ただよし》兄弟が降参し、一時は、天下を統一された時もあったのですが、あきれたことに足利氏は、ふたたび反旗をひるがえします。その結果、天皇は、賀名生《あのう》、金剛寺《こんごうじ》、観心寺《かんしんじ》、住吉社《すみよししゃ》などを、転々とされることになるのです。
晩年は、長く病に苦しまれ、住吉で崩御されます。時に四十一歳でした。

父の帝《みかど》のご理想を実現するため、物心ついたころから、戦いにあけくれ、安住の地もないまま、その御生涯を閉じられた後村上天皇のことを思う時、わが国の「国体」というものが、決して〝自然につづいたもの〟ではない…ということが、身にしみて感じられます。歴史をかえりみれば、かけがえのない「国体」を守るため、天皇おんみずから、戦いの先頭にお立ちになった時もあれば、そのような天皇に忠義をつくし、最後までみごとに戦い、そして散っていった武人たちも、また数知れずいるのです。

ここにかかげた御製《ぎょせい》には、「年中行事を題材にして、人々が、百首の歌を詠んださい、朝拝《ちょうはい》の心を読んだもの」という「詞書」がありますから、元旦の「朝賀《ちょうが》の議《ぎ》」の時のことを思われて、お詠みになられたのでしょう。「高御座《たかみくら》」というのは、天皇のみが登ることのできる特製の玉座《ぎょくざ》で、最近では令和元（二〇一九）年十月二十二日の「即位礼正殿《そくいれいせいでん》の儀《ぎ》」で、テレビなどを通じて、多くの国民が拝見したところです。

「橿原の宮の昔」とは、初代・神武天皇《じんむてんのう》の御代《みよ》ということです。明治維新が「諸事《しょじ》、神武創業《じんむそうぎょう》の始《はじめ》に原《もと》づき」（「王政復古の大号令」）という理想をかかげて出発したことは、よく知られていますが、こうして見ると、建武の中興のご理想も、「神武創業の始《はじめ》」であったことがうかがえます。

まことに後村上天皇のご理想が、よく伝わってくる御製で、歌意は、こうです。

「新春に高御座の、前面の帳《とばり》がかかげられ、サッと視界が開ける時、初代・神武天皇の御代も、このようにすがすがしいものであったにちがいないと、はっきり知ることができます」

今上陛下の「即位礼正殿《そくいれいせいでん》の儀《ぎ》」のさい、高御座の「とばり」が、サッと開いた瞬間…、東京に降りつづいていた雨がサッとあがり、光が射しました。あの時、皇居の上には、美しい虹までかかったのですから、今思い返しても、あれは、まことに神秘的な瞬間でした。

32

後花園天皇《ごはなぞのてんのう》

道しある　代代《よよ》にはかへれ　しのぶ山
しのぶ昔の　あととほくとも

「一休《いっきゅう》さん」といえば、知らない人はいないでしょう。そのお話のモデルは、室町時代の僧侶・一休宗純《そうじゅん》です。この人は、後小松天皇《ごこまつてんのう》の皇子であった、という伝説があります。

後小松天皇は、北朝の第六代の天皇です。いわゆる「南北朝の合一」は、後小松天皇の時に成ったものですが、その跡を継がれた称光《しょうこう》天皇は、お子さまのないまま、二十八歳という若さで崩御されます。

こうして、〝皇統断絶の危機〟が生じました。しかし、後小松天皇は、称光天皇がご病弱であることを案じられ、その危機に備えていらっしゃいました。伏見宮家《ふしみのみや》の彦仁王《ひこひとおう》を、あらかじめ御所にお迎えになっていたのです。正長《しょうちょう》元（一四二八）年、称光天皇が崩御されると、その彦仁王が、第百二代・後花園天皇《ごはなぞのてんのう》として即位されます。

ちなみに、伏見宮家というのは、後花園天皇の祖父からはじまった世襲《せしゅう》の親王家《しんのうけ》です。祖父の父が、北朝第三代の崇光天皇《すこうてんのう》です。

ということは…、後花園天皇は、父方の血筋をたどって、曽祖父までさかのぼらないと、天皇にたどりつかないお方なのです。それでも、そのような皇位継承のかたちは、神武天皇以来の皇位の男系継承の伝統からすれば、何も不自然なところはありません。

不自然だと思う人は、ふつうの「家」になぞらえて、皇室を考える悪いクセがついてしまっているから、そう思うのです。時の「天皇ご一家」だけが、「皇室」なのではなく、歴史的に見れば、じつは世襲の宮家をふくめて、すべてが「皇室」なのです。

しかも、後花園天皇の男系のお血筋がつづいて、それが今上陛下にいたっています。今の世には、伏見宮家のお血筋を今に伝える旧宮家の方々を、不当に軽んずる不敬《ふけい》な人々がいますが、それは、後花園天皇から今上陛下にいたる、ご歴代の天皇を軽んずることにもつながるのです。

後花園天皇のご在位は、三十六年にわたりました。寛正《かんしょう》六（一四六五）年、皇子（後土御門天《ごつちみかどてん》皇《のう》）に譲位され、上皇となられましたが、その後、応仁の乱をはじめとする大規模な戦乱が起こり、また疫病や飢饉が頻発します。

後花園上皇は毎朝、「よろず民、憂へなかれ」と祈りつづけられますが、その一方、時の将軍・足利義政《よしまさ》は、民の苦しみなど、いっこうに顧みません。天皇が、義政の政治姿勢を厳しく批判した漢詩をつくられ、それを義政に送って反省を求められた、という話は有名です。

ここにかかげた御製にも、そのような天皇のお心が、よくあらわれています。歌意は、こうです。

「正しい道が世に行なわれていた、といわれている御代が、過去にはいろいろとあります。私はそれらの御代をしのびつつ、どうか私の代が、そのような時代に立ち返ってほしい、と願っています。たとえそれが、どれほど遠い昔のことだとしても…」

天皇は、学問・芸術にも秀《ひい》でていらっしゃり、そのころ「近来の聖王」と称えられていました。しかし、皇子の後土御門《ごつちみかど》天皇の御代《みよ》から、わが国は戦国の乱世となり、そのため、残念ながら皇室は、〝式微《しきび》（ひどく衰える）〟の時代をむかえるのです。

33
後奈良天皇《ごならてんのう》

いそのかみ　ふるき茅萱《ちがや》の　宮柱《みやばしら》
たてかふる世に　逢《あ》はざらめやは

後花園天皇の跡を継がれたのが、第百三代・後土御門天皇《ごつちみかどてんのう》です。寛正《かんしょう》六（一四六五）年に即位され、翌文正《ぶんしょう》元（一四六六）年、大嘗祭《だいじょうさい》を挙行されますが、その翌年の応仁《おうにん》元（一四六七）年、「応仁の乱」が起こり、以後、その戦火が全国に広がります。

十年ほどして、ようやく戦火が治まっても、もはや幕府の力は失われていました。明応《めいおう》四（一四九五）年、北条早雲《ほうじょうそううん》が小田原に進出し、いよいよ、わが国は、世にいう戦国時代に突入します。

この間、京都は焦土《しょうど》と化しました。多くの貴重な宝物や記録などが焼け、また、朝廷の儀礼や儀式も、つぎつぎと中止をよぎなくされていきます。

後土御門天皇は、明応《めいおう》九（一五〇〇）年、五十九歳で崩御《ほうぎょ》されるのですが、その御遺体は、なんと四十三日も経って、ようやく泉涌寺《せんゆうじ》で火葬される、というありさまでした。もはや朝廷は、天皇の大葬《たいそう》の儀《ぎ》でさえ、満足にできない経済状態におちいっていたのです。

後土御門天皇の跡を継がれたのが、第百四代の後柏原《ごかしわばら》天皇ですが、今度は、即位式の費用がありません。後柏原天皇は、践祚《せんそ》（天皇の位を受け継がれること）から、なんと二十二年もたって、ようやく即位式を挙行されます。

ようやく即位式を挙行されたものの、今度は、大嘗《だいじょうさい》祭を行なうことができません。大嘗祭は、天皇の即位儀礼としては「神代《かみよ》の風儀《ふうぎ》をうつす」もの（『代始和抄』）として、もっとも重要な儀式でしたが、後柏原天皇は、大嘗祭を挙行できないまま、大永《たいえい》六（一五二六）年、六十三歳で崩御されます。

大嘗祭は、その後も中絶したままで、ようやく再興されたのが貞享《じょうきょう》四（一六八七）年です。つまり、大嘗祭は、後柏原天皇以後、なんと九代、二百二十一年にわたって中断するのです。

後柏原天皇のあとを継がれたのが、後奈良天皇《ごならてんのう》です。三十歳で践祚され、十年後の天文《てんもん》五（一五三六）年に即位式を挙行されます。しかし、皇室は「式微」をきわめていました。御所の築《つい》地塀《じべい》の修繕もかなわず、外からでも御所のなかの明かりが見えた、といわれています。

戦乱はつづき、天変地異は絶えず、疫病も発生します。しかし、そのようななかでも、後奈良天皇は、民の苦しみを、〝いかばかりか〟と案じられ、何度も「般若心経《はんにゃしんきょう》」を書写し、社寺《しゃじ》に奉納され、民の平安を祈っていらっしゃいます。

天文九（一五四〇）年、天皇が醍醐寺《だいごじ》に奉納された写経の「奥書《おくがき》（書き物の最後に書かれた文章）」には、こう書かれています。

「今年は、世のなかに悪い病が流行り、国民のなかに多くの死者が出ました。私は、民の父母である天皇という立場にあるにもかかわらず、徳によって民をつつみこみ、幸せにすることができていません。そのことについて私は、しきりに自分のことを責めています」

苦難の中でも民の平安を祈りつつ、後奈良天皇は、いつの日か、かならず朝廷の〝復古の日〟が来ると、信じていらっしゃいました。ここにかかげた御製《ぎょせい》は、その高いご理想を物語っています。

「いそのかみ」は枕詞《まくらことば》で、歌意は、こうです。

「古くなってしまった茅萱の、屋根を支えているお社の柱…。それをきちんと建て替えることのできる…そういう時代に、ぜひとも私は、またあめぐりあいたい、と思っています」

「宮」というのは、伊勢神宮のことで、二十年に一度の式年遷宮は、この時代、まさに中絶のさなかでした。そのことを深く憂えられつつ、しかし後奈良天皇は、いつか必ず〝復古〟の日が来る…と、力強く詠んでいらっしゃるのです。

ちなみに、ここに「茅萱」とありますが、令和の大嘗祭では、大嘗宮の屋根が、「茅葺《かやぶき》」ではなく「板葺き」にされてしまいました。尊ぶべき伝統を、安易に改変した時の政治家や官僚たちは、後世に深い禍根《かこん》を残したというべきでしょう。

後奈良天皇には、こういう御製もあります。

「しかずたまき　よろずを捨てぬ　古《いにしえ》の　道しある世に　くりかへしてむ」

（歌意・古くから伝わっているすべてのことを、捨てることなく継承し、昔のように正常な世の

中に、また戻していこうではありませんか）

天皇のおん眼差《まなざ》しは、いつか必ずくるであろう〝復古〟の時代を、しかと見据えていらっしゃったのです。

なお、後奈良天皇のお名前は、上皇陛下からも、今上陛下からも、しばしば発せられています。それは、たぶん〝私は後奈良天皇と同じく、どれほど苦しい時代が来ようと、ひたすら国民の平安を祈りつづける〟という固い御決意の、一つのあらわれではないか…と、私は拝察しています。

34

上杉謙信《うえすぎけんしん》

野伏《のぶせ》する　鎧《よろい》の袖《そで》も　楯《たて》の端も
みなしろたへの　今朝《けさ》の初雪

上杉謙信《うえすぎけんしん》（長尾景虎《ながおかげとら》）は、享禄《きょうろく》三（一五三〇）年に生まれた越後の国の戦国大名です。私利私欲の武力闘争が絶えなかった時代にあって、めずらしく「義」を重んじる生き方をした武将として知られ、今も尊敬の念をもって、その名は語り伝えられています。

そのせいか、謙信にまつわる伝説は多く、どこまでが事実なのか、はっきりしないものも少なくありません。いずれにせよ、それだけ魅力的な人物であった…ということでしょう。

謙信は、幼いころから死去するまで、戦いのなかに生きた人です。七歳の時、父・為景《ためかげ》が死去しますが、すでにその葬儀の時も、敵軍が迫ってきていたため、幼い謙信は甲冑《かっちゅう》に身を固めて、葬儀に参列していたといいます。

第一回の「川中島合戦《かわなかじまかっせん》」は、二十四歳の時です。以後、武田信玄《たけだしんげん》とは、十二年間にわたり、五回の「川中島合戦」を戦うことになります。

第一回の「川中島合戦」のあと、謙信は、はじめて上京し、後奈良天皇に拝謁《はいえつ》し、剣と杯を授かっています。謙信は「日本国を重んずるなら、その源である朝廷を敬え」と語っていたそうです。

しかし、尊王の心をもっていた戦国大名は、謙信だけではありません。織田信長や豊臣秀吉をはじめとする、多くの戦国大名も尊王の心をもっていました。

彼らが、京都に上って、天下に号令しようとしたのは、〝天皇のもとで天下を統一するため〟ということは、よく知られています。ということは…、明治維新とは、じつは戦国武将たちの〝未完の夢〟を実現したもの…という側面もあったといえるでしょう。

はじめての上京のさい、謙信は「法名《ほうみょう》」をもらっています。「われは毘沙門天《びしゃもんてん》（注・仏法を守る四天王の一つ）とともにあり」という思いは、その時から強くなったようです。

以後、女性を近づけなくなったのも、そのような信仰と無関係ではなかったはずですが、信仰心が高まりすぎたのか、二十七歳の時、突然、出家しようとして、高野山に向かったこともあります。背後には、いろいろな事情があったのでしょうが、どうやら謙信は、よほど〝感情の量〟が多い人で、それが戦いに向かうこともあれば、信仰に向かうこともあり、そして時に、それが〝厭世《えんせい》的《てき》な思い〟に変容することも、あったのかもしれません。

度をこした飲酒も、あるいはそれが原因でしょう。謙信は、いつも梅干しや味噌や塩をつまみにして、大酒を飲んでいて、馬上でも杯を手放さず、「馬上杯《ばじょうはい》」と名づけられた遺品も残っています。

三十歳の時、二度目の上京をしていますが、この時は、近衛稙家《このえたねいえ》など、上層の公家との交流がありました。謙信が、歌道に励んでいたことは確かで、その時、近衛稙家から『詠歌大概《えいかたいがい》』という本をもらい、関白・近衛前嗣《このえさきつぐ》（前久《さきひさ》）の家臣の西洞院時秀《にしのとういんときひで》に、ある和歌の本を手に入れてほしいという依頼もしています。将軍・足利義輝《よしてる》のもとに、近衛家の人々とともに招かれ、夜が更けるまで酒を飲むこともありました。生涯を戦いに明け暮れた謙信にとって、和歌の修行や公家とのまじわりは、つかのまの心安らぐひと時だったのでしょう。

ここにあげた歌は、四十八歳の時、能登《のと》の七尾城《ななおじょう》を落としたあと詠んだもの…といわれています。歌意はこうです。

「野営して、明け方目が覚めてみると、自分が着ている鎧《よろい》の袖も　枕元に立てめぐらした楯《たて》の縁《ふち》も、すべて今年はじめて降った雪で、真っ白になっています」

壮烈な戦いの一場面が、墨絵のような美しい叙景歌になっていますが、当然のことながら、実際に闘っていた人々は、たいへんであったろう、と思われます。かりに戦国武将を一つの「仕事」として見れば、それは、なんとも過酷な「仕事」というほかありません。

四十一歳の時、謙信は脳卒中で倒れます。この時は、回復しますが、後遺症は残ったようです。

それから八年後の天正六（一五七八）年三月九日、軍議のあと、また酒を飲んでいた謙信は、途中、フラリと厠《かわや》に立ちます。しかし、なかなか帰ってきません。家臣たちが見に行くと、倒れていて、そのまま意識が戻らず、四十九歳で死去しました。現代の医師は、たぶん脳出血であろう、と診《み》ています。

上杉家は、関ヶ原の戦いでは徳川家康と戦っていますが、大名家として残ります。それも、謙信という「義」を貫いた生き方をした先祖の〝余慶《よけい》〟かもしれません。

35
細川ガラシャ

散りぬべき　時しりてこそ　世の中の
花も花なれ　人も人なれ

細川ガラシャ（明智玉子《あけちたまこ》）は、永禄《えいろく》六（一五六三）年、明智光秀の娘として、越前《えちぜん》の国で生まれました。十六歳の時、細川忠興《ほそかわただおき》に嫁ぎ、その翌年には長女に恵まれ、また、その翌年には長男にも恵まれています。

二人を結びつけたのは、あの織田信長です。一般に信長といえば、何でも軍事力で解決しようとした乱暴な人である…かのように思われていますが、実際は、それほど単純な人ではありません。信長は、自分の姉、妹、娘、養女などを、公家や武家や家臣に嫁がせ、さらには家臣たちの家を親戚にすることで、戦わずして政権を安定化させようとした…という点では、最初の天下人でもあるのです（田端泰子『細川ガラシャ』）。後に秀吉や家康も、その方法を見ならっています。

戦国時代の美女としては、お市の方が有名ですが、ガラシャも、たいへんに美しい女性であったそうです。しかも、ただ美しいばかりではありません。知性も、なみはずれて高い女性であったようです。たとえば、ルイス・フロイスは、ガラシャのことを、「繊細な才能と天稟《てんぴん》の博識において超人的」とまで称えています。

しかし、運命は過酷でした。二十歳の時、本能寺の変が起こり、そのあと十日ほどで、明智一族と重臣たちは、すべてこの世から姿を消してしまうのです。

ガラシャだけが生き残ります。「謀反人《むほんにん》の娘」を、細川家は離縁し、山の中に幽閉しますが、これはある意味、ガラシャを守るための、やむをえない処置であったでしょう。

二十二歳の時、豊臣秀吉から再婚が許され、忠興の正妻にもどったガラシャでしたが、その心は、すでにむしばまれていました。今日でいう「ウツ病」になっていたのです。

それを救ったのが、キリスト教の信仰で、二十五歳の時に洗礼を受け、「ガラシャ」という名前をもらいます。そのあとガラシャは、人がらが変って、快活で忍耐強く、謙虚で温順な人になった…といわれていますが、それもつかのま…、さらに過酷な運命が、ガラシャにおそいかかりました。

「関が原の合戦」の前、石田三成《いしだみつなり》は、大坂にいたガラシャを人質にしようとしたのです。逃げようと思えば逃げることもできたようです。しかし、ガラシャは、たぶん抵抗の意思を示すためもあってのことでしょう…、自害を決意しました。ただし、キリスト教は自殺を禁じています。ですから、家臣に長刀《なぎなた》で胸元を突かせて、「自害」しました。時に三十八歳です。

ここにあげた歌はガラシャの辞世で、歌意はこうです。

「散るべき時を知り、その瞬間を逃さずに散るからこそ、花は花といえます。花も人も、この世のものは、みな同じです。散るべき時を知り、その瞬間を逃さずに散ってゆくからこそ、花は花といえ、人も人といえるのです」

現在、日本人の平均寿命は、昔からすると考えられないほど伸びています。元気な老人が多くなったのは、とてもいいことですが、その一方、「引きぎわ」を忘れて、若い人たちに煙たがられている人も少なくないようです。

人々に称賛されていた立派な方が、「引きぎわ」をまちがえたばかりに、「晩節《ばんせつ》を汚す」という例も、残念ながら私は、いろいろと見てきました。私は、この和歌を、まずは自らへの戒めとして覚えておきたいと思うのですが、さて、実際は、どうなりますことやら…。

ちなみに、令和二（二〇二〇）年八月二十八日、内閣総理大臣の安倍晋三さんは、病《やまい》により、突然、辞意を表明されました。私は万感の思いで、その記者会見の中継を見つつ、ふと…このガラシャの歌を思い出したものです。

36
豊臣秀吉

なべて世に　仰ぐ神風　ふきそひて
ひびき涼しき　筥崎《はこざき》の松

豊臣秀吉は、天文《てんもん》六（一五三七）年、尾張《おわり》の国の百姓の子として生まれ、織田信長に仕えて頭角をあらわし、ついには「天下人《てんかびと》」となった武将で、日本人なら、その名を知らない人はいないでしょう。これほどの「出世」をとげた人物は、わが国の歴史上、空前絶後《くうぜんぜつご》です。

秀吉の生涯は、まことに英雄らしい逸話で彩られています。天正《てんしょう》十（一五八二）年、四十六歳の時の「中国大返《おおがえ》し（備中《びっちゅう》大返し）」は、とくに有名です。

毛利氏と対陣中であった秀吉は、主君・信長が本能寺の変で死去したことを知ると、すみやかに毛利と和睦《わぼく》を結びます。そして、今の岡山県から京都府まで、大軍を十日ほどで移動させ、間髪《かんぱつ》を容れず、主君の仇《かたき》・明智光秀を打ちました。ほんのわずかなあいだの出来事です。しかしそれによって、秀吉の前には、〝天下人への道〟が、大きく開くことになります。

天正十五（一五八七）年、五十一歳の時、九州に出兵しますが、秀吉はその時、驚くべきことを知ります。九州では、キリスト教徒によって、神社や寺院が破壊され、またポルトガルの商人が、日本人を〝奴隷として輸出〟していたのです。

日本人奴隷は、男も女も、手足に鉄の鎖をつけられ、満足な食事も与えられず、船の底に積み重ねられ、そのため、運ばれる途中で死亡する者も多かったといいます。まさにアフリカの黒人奴隷と同じあつかいを、かつて日本人も受けていたわけです、その事実を、私たちは忘れてはならないでしょう。

秀吉が「宣教師追放令《せんきょうしついほうれい》」を出したのも、そのような非道を正すためです。〝清く正しいキリスト教徒を、乱暴な秀吉が弾圧した〟というような誤った歴史認識は、今後、正されていかなければなりません。

その年の六月、九州からの帰途、秀吉が筥崎宮《はこざきぐう》で詠んだのが、ここにあげた歌です。

歌意は、こうなります。

「今は、暑いさかりではありますが、世界で仰がれる神々がいらっしゃる日本国の、その神々が吹かせてくださる風が、筥崎宮《はこざきぐう》の松に吹きつけ、その風の響きが今、涼しく鳴りわたっています」

秀吉が、わが国を「神国」と考えていたことは、この歌からもわかりますが、この時、秀吉は、こういう歌も詠んでいます。

「唐土《もろこし》も　かくやは涼し　西の海の　浪路《なみじ》ふきくる　風に問はばや」

（歌意・シナも、このように涼しいのであろうか。そのことを、西の海の波の上を吹いてくる風に、問うてみたいものです）

これは、それから六年後の朝鮮出兵を予感させる歌です。ちなみに秀吉の朝鮮出兵というと、これも一般には〝耄碌《もうろく》した秀吉が突如、妄想のような征服欲にかられて行った〟という誤った歴史認識が浸透していますが、最新の研究成果によると、それはまちがっています。

秀吉が朝鮮に出兵したのは、朝鮮を通って、最終的には明を征服するためです。その構想は、もとは信長のもので、それを秀吉は受け継いだのですが、それでは、なぜ信長や秀吉は、明を征服しようとしたのでしょうか？　大陸の歴代王朝が「中華《ちゅうか》」として君臨している東アジアの古い世界秩序を、根底から破壊するのが、その主な目的ではなかったか…といわれています。つまり、「華夷《かい》秩序《ちつじょ》」の破壊です。

また、その軍事行動には、キリスト教という〝排他的な思想〟と〝侵略的な軍事力〟を車の両輪として、そのころのスペインやポルトガルがすすめていた世界侵略に対する、カウンターの意図もこめられていました。そう考えると秀吉の朝鮮出兵は、三世紀ほど後の近代日本の苦闘の歴史と、何やら重なって見えてきます。

秀吉の辞世は、こういうものです。

「露と落ち　露と消えにし　わが身かな　なにはの事も　夢のまた夢」

（歌意・まるで露のように、この世に生まれ落ち、そしてまた、まるで露のように、この世にから消えていく…、それがわが身です。大坂でのさまざまなことも、今は夢のなかで見た夢のようです）

じつは、この和歌は、天正十五年、九州への出兵のあと、京都に聚楽第《じゅらくだい》が完成し、その時、フト詠んで、しまっておいたもの…といわれています。それから十一年後、いよいよ臨終が近いことを悟った秀吉は、「あの歌を…」と持ってこさせます。

そして年月日や署名を書き、さらに花押を半分ほど書いたものの、そこで力が尽きました。その翌日、わが国の歴史上、比類のない英雄は、六十三歳でこの世を去るのです。

第三章　近き代（近世）

十六世紀、スペイン・ポルトガルは、地球を分割して支配しようとしていました。今の歴史学会で、「デマルカシオン（世界領土分割）体制」と呼ばれるものです。

しかし、東アジアの一角で、その野望は、みごとに打ち砕かれます。豊臣秀吉の朝鮮出兵によって、二つの国は、わが国の〝武威《ぶい》〟に震えあがったのです（平川新「前近代の外交と国家」）。

二つの国は、それまで、「排他的な思想（キリスト教）」の流布と「侵略的な軍事力」の二つを、同時に用いて日本を支配する…という戦略をたてていたのですが、秀吉の〝武威〟を見せつけられると、それに恐れをなし、「侵略的な軍事力」の方は、日本に対しては使用不可能…と判断します。そして、まずは「排他的な思想」の流布によって日本を支配し、次に日本を先兵にしてシナを侵略する…という戦略に舵を切るのです。

スペイン・ポルトガルが、いかにしつこかったかは、三代将軍・家光の時代になっても、「排他的な思想」の流布を、あきらめていないことからもわかります。寛永十六（一六三九）年、幕府は二つの国との関係を断つのですが、それにもかかわらず、その翌年、マカオからポルトガル人が大挙して来航したのです。日本を侮《あなど》っていたのでしょうが、そのころの幕府は、幕末のころの幕府とはちがい、毅然として六十一名を処刑します。しかし、ポルトガルは、それに対して何の反撃もしていません。したくてもできなかったのです。そういう果断な処置が可能であったのも、そのころの日本に〝武威〟があったからで、もしも他の有色人種の国がそういうことをすれば、それを口実に軍事侵略を受けたことでしょう。

こうして、「徳川の平和」は確立され、わが国は、約二百年の「太平の眠り」に入ります。それは、たしかに幸せな「眠り」ではありましたが、それも、国内的には「排他的な思想」の流布を禁じつつ、対外的には「侵略的な軍事力」を防いで、ようやく実現したものであった…という事実を、私たちは忘れてはなりません。

やがて幕末のころになると、ふたたび白人諸国の軍船から砲声が響きわたり、わが国の「太平の眠り」は、「強制終了」となります。世界の軍拡競争から目をそらしているうち、かつては世界に輝いていた日本の〝武威〟は、いつのまにか消え去っていたのです。

37
契沖《けいちゅう》

たびにして　ふる里こひぬ　人はあらじ
などかりの世に　心とむらん

契沖《けいちゅう》は寛永《かんえい》十七（一六四〇）年、摂津国《せっつのくに》・尼崎《あまがさき》に生まれ、元禄《げんろく》十四（一七〇一）年に、六十二歳で没した真言宗の僧侶です。わが国の古典文学の研究で、めざましい成果をあげ、学問史の上で、皇学《こうがく》（国学）の創始者として知られています。

ここにあげた歌の、歌意はこうです。

「長い旅に出たら、〝故郷〟が恋しくならない人はいないでしょう。もしも人生が旅であるならば、私たちは今、その旅の途中…ということになります。ですから、そのなかで出会う、さまざまな出来事は、よくも悪しくも、すべて〝旅の途中の出会い〟なのです。どうして、その一つひとつにこだわりをもつ必要があるでしょう。いずれにしても私たちは、みんな恋しい〝故郷〟に、帰っていくのですから…」

人は、〝あるところ〟からやってきて、この世に生まれ、それぞれの人生を経て、また、その〝あるところ〟に戻っていく…。その〝あるところ〟を契沖は「故郷」と呼んだのです。

鎌倉時代の明恵上人《みようえしようにん》もそうですが、精神的に深く、また高い境地に到達した先人たちのなかには、なぜか幼いころから、家族との縁が薄かった人が少なくありません。契沖もそうです。

武家の家に生まれたものの、七歳の時に病にかかって死にかけ、その時、「天満天神《てんまんてんじん》」からの夢のお告げをうけて僧侶の道を志し、十一歳の時、寺にはいります。けれども、二十七歳の時、なぜか寺を去って、尋常ではない激しい修行をつづけ、そのあげく室生寺《むろうじ》の山の岩屋で、自分の頭を岩に叩きつけて、自殺しようとします。

心理学では、ほんとうに創造的な人ほど、しばしば「創造の病《クリエイティブイルネス》」に犯される、といわれていますが、たぶん契沖もその病におかされていたのでしょう。しかし、そのような病の、険しい坂道を登りきったあと、契沖の目の前には、日本の古典という、みずみずしい緑野が広がっていたのです。

そのころ水戸藩の徳川光圀《とくがわみつくに》は、『万葉集』の研究を下河辺長流《しもこうべちようりゆう》という学者に依頼していました。

長流は契沖の「師」です。しかし、長流は病気がちで、なかなかその仕事が進みません。そのような「師」に代わって『万葉集』の研究をつづけた成果が、契沖の有名な『万葉代匠記《まんようだいしょうき》』なのですが、この本は、長く封印されていた〝古代精神のタイム・カプセル〟を、いわば千年ぶりに〝開封〟したものです。

契沖の学問は、たんに国文学の研究を一新した…ということに、とどまるものではありません。その学問は、「復古神道《ふっこしんとう》」の出発点にも位置しているのです。そのことについて、のちに皇学（国学）の大成者として知られる本居宣長《もとおりのりなが》は、こう書いています。「私は契沖の文学研究の学説を知って、神道への目が開かれました」（『玉勝間』二）。

もしも契沖がいなければ、のちの賀茂真淵《かものまぶち》や本居宣長の学問は…、つまり皇学（国学）という学問は、たぶんこの世になかったでしょう。そうであったら、私たちは、私たちの国のすばらしい古典を、今も正しく読むことができないまま、日本人の心のなかは、いつのまにか文化的な〝外国の植民地〟になっていた…かもしれないのです。

今の日本を思うと、まだ文化的な〝外国の植民地〟というところまでは、いっていないようですが、それでも祖国を愛する…という心は、とても軽んじられていて、かなり危ういところにあるように思います。わが国の人々の心に、〝祖国を愛する〟という正しい心を呼び戻すため、今、私たちがなすべきことは、契沖にならって、まずは一人でも多くの人々が、わが国の歴史や文化についての正しい学問をしていくことでしょう。

38 大石良雄《よしお》（内蔵助《くらのすけ》）

とにかくに　思《おもい》ははるる　身の上に
しばし迷《まよい》の　雲とてもなし

大石良雄《よしお》は、万治《まんじ》二（一六五九）年に生まれ、二十一歳で赤穂藩《あこうはん》の家老になります。藩主は浅野長矩《ながのり》（内匠頭《たくみのかみ》）です。

元禄《げんろく》十四（一七〇一）年、幕府は江戸城に朝廷からの使者を迎えることになり、長矩はその接待役を命じられます。そこで長矩は、そういう儀礼にくわしい吉良義央《きらよしなか》（上野介《こうずけのすけ》）から、指導を受けることになるのですが、長矩は義央に、とりいることをせず（あるいは、とりいることができず）、義央にいろいろと苦しめられ、ついに三月十四日、江戸城の松廊下《まつのろうか》で、義央に斬りかかってしまいます。

すぐに切腹を命じられましたが、義央には何のおとがめもありません。そのころの「喧嘩《けんか》両成《りょうせい》敗《ばい》」（注・ケンカをした者は、両方処罰する）という慣習からすると、それは、おかしなことでした。

時に良雄は、四十三歳でしたが、良雄をリーダーとする赤穂の義士たちが、そのあと一年九か月におよぶ辛苦のすえ、元禄十五（一七〇二）年十二月十四日、義央の屋敷に討ち入ります。ふつうは「四十七士《しじゅうしちし》」と呼ばれますが、実際に打ち入ったのは四十六人ですから、正しくは「四十六士」です。

義士たちは、義央の首をあげ、それを泉岳寺《せんがくじ》にある主君・長矩の墓前に供えました。泉岳寺にいた義士たちは、やがて幕府から移動を命じられ、討ち入り装束《しょうぞく》のまま、大目付《おおめつけ》・仙石久尚《せんごくひさなお》の屋敷に移り、そののち細川、松平、毛利、水野の四家に預けられて、裁きを待ちます。

しかし、義士たちの処分は、なかなか決まりません。同情論が強かったせいですが、ようやく翌年二月になって、全員が切腹と決まりました。

ここにあげた歌は、元禄十六（一七〇三）年二月二日に詠まれた良雄の辞世で、歌意はこうです。

「いろいろなことがありましたが、私たちの、かねてからのモヤモヤした思いは、もはやスッキリと晴れています。それはまるで雲が消えて、晴れわたっている空のようです。そのような今の私たちには、もう何の迷いもありません」

二日後の二月四日。細川家にいた良雄たちに、幕府から使者が来て、切腹を申しわたしますが、それをうけて良雄は、「どのような処罰をされても文句のいえない私たちに、切腹を命じられたということは、まことにありがたいことです」とこたえています。武士にとって、斬首《ざんしゅ》は恥辱でしたが、切腹は名誉なことだったのです。

そもそも江戸時代…、仇討《あだうち》はいろいろとありましたが、主君の仇を討ったというのは、この赤穂事件しかありません。これは、それだけ特別な事件なのです。

長くつづいた太平の世に、突然あらわれた武士らしい武士たちの、涙なくしては語れぬ物語に、そのころの日本人は感激し、称賛し、それを長く語り伝えます。そして、いつしかその物語が、歴史を動かはじめるのです。

『源氏物語』を愛してやまなかったあの本居宣長《もとおりのりなが》も、一方では、赤穂義士の物語を愛していました。たとえば、宣長の少年時代の著述に、『赤穂義士伝《あこうぎしでん》』というものがあります。

そして、もちろん幕末の志士たちも、その物語を愛してやみませんでした。たとえば、吉田松陰には、こういう有名な和歌があります。

「かくすれば　かくなるものと　しりながら　やむにやまれぬ　大和魂《やまとだましい》」

（歌意・こういうことをすれば、こういうことになる…と、わかってはいても、志にしたがって、やむにやまれぬ思いで、あえて行動を起こすのが、〝大和魂〟をもった日本人です）

この和歌は、松陰がペリーの船に乗り込んで、アメリカに渡ろうとして失敗し、自首して捕えられ、下田から江戸へ護送される途中、泉岳寺の前で詠まれたものです。

宣長や松陰がそうなのですから、もしかしたら、その物語に感動できる感性があるのか…ないのか、ということは、その人に日本人らしい感性があるのか…ないのか、ということと、直結しているのかもしれません。

残念ながら近ごろは、義士や志士たちを、安易に「テロリスト」と呼ぶ〝心が日本人ではない人々〟が増えていますが、「義挙《ぎきょ》」と「テロ」は、ちがいます。そのちがいがわからない人は、たぶん「特攻隊」と「自爆テロ」のちがいもわからないのでしょう。

なぜ、そのような人が増えたのか…。それは、たぶん戦後の日本人に「義」というものが、ほとんど見えなくなってしまったから…かもしれません。

かつて小林秀雄は、戦後の歴史学や歴史教育で、この赤穂事件が軽んじられていることを、「どうも気にくわぬ」としながら、こう書いています。「(この事件を)歴史家が、たかが喧嘩《けんか》に過ぎなかったと言い去るなら、美術家が、光琳《こうりん》の『かきつばた』は、たかが屏風《びょうぶ》に過ぎぬというに等しいだろう」(「忠臣蔵」I)。

39 賀茂真淵《かものまぶち》

唐土《もろこし》の　人に見せばや　み吉野《よしの》の　吉野の山の　山《やま》さくら花《ばな》

賀茂真淵《かものまぶち》は、元禄十（一六九七）年、浜松に生まれ、明和六（一七六九）年に七十三歳で没した皇学者（国学者）です。三十二歳の時、京都に上って、荷田春満《かだのあずままろ》に入門します。しかし、春満は、わが国の古典文学を、儒教道徳の立場から見る傾向が強かった学者です。そのような見方からすれば、『伊勢物語』や『源氏物語』などは、ただの〝みだらな書〟ということにもなりかねません。それでは、わが国の古典文学の、ほんとうの真価を知ることなど、とてもできないでしょう。そのことについて、晩年の真淵は、こう語っています。

「春満は、学問も広く、才能もある人で、私は少年のころから、ついて学んできましたが、わが皇国（こうこく）の古代精神については、ことごとく心得ちがいをしています。それは、たぶん和歌や物語についての関心が足りなかったからでしょう」（明和五（一七六八）年六月十八日付・斎藤信幸あての書簡）

長年の和歌や物語の研究によって、晩年の真淵は、自信をもって、日本には日本独自の「道」があること、そしてそれは儒教の「道」より、はるかに優れたものであること、などを主張するようになります。真淵は、「天下は（儒教のような、かたちばかりで、つくりごとの多い）こまごまとした理屈」で治まるものではなく、自然にかたちづくられてきた「わが皇御国《すめらみくに》の古《いにしえ》の道」によって、はじめて「丸く平らか」に治まる、というのです（『国意考《こくいこう》』）。

真淵の前にも、「日本文明の独自性」を主張する学者は、いろいろいたのですが、それらの人々の書いたものを読むと、〝中身は、じつは儒教〟、または〝中身は、じつは仏教〟という場合が少なくありません。みずからの心のなかから儒教をぬぐいさる…というのみならず、世の中に向かって広く、儒教をはじめとする外来思想からの脱却を主張した学者は、たぶん真淵が、歴史上はじめての人ではないでしょうか。

そのような真淵の〝日本文明への自信〟を支えていたのは、何でしょう？　もちろん漢字で、むずかしい理屈を書いた本（漢籍《かんせき》）ではありません。繊細で美しい〝やまとことば〟で書かれた和歌や物語が、真淵の〝日本文明への自信〟を支えていたのです。その点について、今の知識人たちは、もっと注目した方がいいでしょう。

そうじて皇学者（国学者）は、みずからも歌を詠むものですが、私は真淵の歌は、特にすばらしい、と思っています。学者としての〝すぐれた知性〟と、歌人としての〝すぐれた感性〟を、あわせもっている人物は、国史の上でも、そうそういるものではありません。

ここにあげた歌の、歌意はこうです。

「シナの人々にも、見せてやりたいものです。吉野川のあたりの、山々に咲き誇る、この美しい山桜の花々を…」

この歌は、六十七歳の時、大和国への長期旅行で詠まれたものですが、そこにはシナ文明に対する〝日本文明への自信〟が満ちあふれています。その長期旅行の途中、真淵は伊勢神宮に参拝しました。

そして、参拝の帰途、真淵は松坂で、本居宣長と出会います。宣長は、時に三十四歳でした。二人の直接的な対面は、この時一度きりです。しかし、それは、のちに「松坂の一夜」と呼ばれ、日本文化史上の、いわば一つの〝事件〟として、後の世までも、長く記憶されることになります。

40 加藤枝直《かとうえなお》

天《あま》の原　照る日に近き　富士のねに
今も神代《かみよ》の　雪は残れり

加藤枝直《かとうえなお》は、江戸時代の皇学者（国学者）です。元禄五（一六九二）年、伊勢国の松坂に生まれました。

北畠家の遺臣の子孫ともいわれていますが、二十九歳のころ江戸に出ます。そして「大岡越前《おおおかえちぜん》」として知られる大岡忠相《ただすけ》のもとで、江戸町奉行所の与力《よりき》（今でいうと「警察署長」）をつとめます。『御定書百箇条《おさだめがきひやっかじょう》』という法律を編纂したり、観世《かんぜ》流の謡本《うたいぼん》を改定して出版したり、また、青木昆陽《こんよう》を大岡忠相に推薦したり…と、さまざまな活躍をした人ですが、なかでも、賀茂真淵を支援したことは、枝直の大きな功績というべきでしょう。学問で身を立てようと江戸に出て来た真淵を、枝直は八丁堀《はっちょうぼり》の自宅のそばに住まわせて、世話をしたばかりではなく、みずからも六歳年下の真淵に入門しています。

枝直は、とても長生きして、天明《てんめい》五（一七八五）年に九十四歳で亡くなっています。有名な加藤千蔭《ちかげ》という皇学者（国学者）は、枝直の息子です。

ここにあげた歌は、いかにも賀茂真淵の弟子らしく、スケールが大きく、かつ品格のあるものです。歌意はこうです。

「高天原《たかまがはら》からは、今もアマテラス大神《おおみかみ》の、み光がふりそそいでいます。そして、その高天原に、この世でもっとも近いであろう富士山の嶺には、今も神代から消えない雪が残っています」

この歌には、わが国の美しい自然と、それと一体化しているわが国の誇り高い歴史が、美しく結晶化しています。この歌を口ずさむと、なんとなく「神々しい気分」になるでしょうし、もしかしたら「お正月気分」を感じる人もいるでしょう。

「神々しい気分」と「お正月気分」が、同時に感じられるというのは、わが国の歴史をふりかえれば、ある意味当然のことです。そもそも「お正月」とは、日本人にとって〝神さまをお迎えしている期間〟だったのです（本書「18 和泉式部」を参照してください）。

たとえば、「門松《かどまつ》」を立てる習慣は、今も各地に残っています。この「門松」は、もともとは十一月ごろに氏神《うじがみ》さまを〝お祭り〟するため、山へ入って榊《さかき》を取り、それを家の門にさして、神さまをお迎えする準備をした習慣にはじまります。

平安時代には、すでにそういう習慣があったことは、はっきりしていますが、それが、いつごろはじまったものなのか…、正確には今もよくわかりません。ともあれ、それほど遠い昔から、そのような〝お祭り〟の習慣が〝今もつづいている〟というのが、私たちの国・日本なのです。

門松を立てて、家々で神さまをお迎えし、神さまがお帰りになると、門松を取りはらいます。ですから、「松のうち」というのは、ほんとうは〝神さまを家にお迎えしている期間〟のことで、とても〝神聖な期間〟なのです。

「太陽」「富士山」「神代」とくれば、なんとなくではあっても、それらのつながりが、私たちに〝ピン〟ときます。〝ピン〟とくる人が、たくさんいればいるほど、日本の未来について、私は安心できるのですが、さて…、読者の皆さまは、いかがでしょう？

41
谷川士清《ことすが》

何ゆゑに　砕《くだ》きし身ぞと　人問《ひとと》はば
それと答へむ　日本魂《やまとだましい》

谷川士清《ことすが》は、宝永《ほうえい》六（一七〇九）年、現在の三重県の津市に生まれています。家は、祖父の代から医師でした。

二十一歳の時、京都に遊学して、垂加神道《すいかしんとう》（注・山崎闇斎が唱えた儒学的な神道）を学び、二十六歳の時に帰郷すると、医師業のかたわら、家塾《かじゅく》を開き、わが国の古典を教えはじめます。すぐれた学術書を数多く書き残していますが、『日本書紀』全巻を注釈した『日本書紀通証《にほんしょきつうしょう》』や、五十音順の国語辞典『和訓栞《わくんのしおり》』などが、とくに有名です。

明和《めいわ》二（一七六五）年、士清が五十七歳の時のことですが、同じ伊勢国《いせのくに》の松坂に住む三十六歳の学者から、挑戦状のような手紙が届きました。そのなかには、こういうことが書かれています。

「あなたの書いた『日本書紀通証』は、まるで儒学者が書いた本のようです。神道の本意を取りちがえています。…そもそも、あなたが信じている垂加神道というものは、『古事記』や『日本書紀』を使って、結局のところ儒学を説いているようなものではないですか」

きびしい批判ですが、この手紙の差出人は、本居宣長です。自分の長年の研究成果を、そのころの感覚でいえば、息子ほどの年齢の者に、そこまでいわれたのですから、さぞかし士清は激怒したのではないか…と、ふつうは思うはずです。

しかし、士清は宣長の批判に対して、じつに穏やかに、いわば〝大人《たいじん》の風格〟で応じています。そして二人は、そのあと、年齢のちがいを超えて、心を通いあわせるようになるのです。

そのことは、のちに宣長が、自分の主著『古事記伝』のなかで、士清の学説を紹介していることからもわかります。江戸時代の一流の学者たちは、学閥《がくばつ》や面子《めんつ》、あるいは就職先や補助金などにしばられている現代の学者たちより、よほど率直で正直で公平で、しかも心の広い人が多いようです。

それは、たぶん多くの学者たちの一人ひとりの心が、日本人らしい「道」の上に立っていて、その「道」を究めようという点では、志を同じくしていたからでしょう。本居宣長は、師の真淵から、研究上、よい考えが浮かんだら、たとえ師の学説であろうと、ちがうものはちがう…といわなければならない、と教えられたそうです。

そして、宣長自身も、その晩年の随筆で、こう書いています。

「師の学説だからといって、それが、よくないことをわかっていながら、そのことをいわず、つつみかくして、不当にとりつくろうような態度をとる者がいます。それは、ただ師をのみ思って、道を思わない態度です」（『玉かつま』）

結局のところ、学問で大切なことは、学問をする者に「道」を思う心があるのか…ないのか、ということなのでしょう。「道」を思わず、地位や名声や人間関係、あるいは就職先や収入ばかりを思って行なう学問ほど虚しいものはなく、それどころか、そういう学問は、むしろ世の中に対して、かえって害になるのではないでしょうか。

宣長との交流が十年ほどつづいたあと、士清は、安永五（一七七六）年、六十八歳で没しています。士清は亡くなる前の年、自分の原稿を土に埋め、その上に「反古塚《ほごづか》」という石碑を建てていますが、その石碑の裏に刻まれたのが、ここにあげた歌で、歌意はこうです。

「もしも誰かから、『なぜあなたは、わが身が砕け散るほど、学問に励んだのですか？』と問われたならば、私は、こう答えるでしょう。『それは大和魂のため…』と」

士清はその生涯をかけて、真の「大和魂」を明らかにするため、みずからの「大和魂」を奮いつづけました。宣長の「しき嶋の　やまと心を　人とはば…」という有名な和歌は、たぶん士清の、この和歌を踏まえて詠まれたものでしょう。

42 本居宣長《もとおりのりなが》

しき嶋の　やまと心を　人とはば
朝日ににほふ　山さくら花

本居宣長《もとおりのりなが》は、江戸時代を代表する学者というばかりではなく、わが国の長い歴史を通じてみても、最高級の大学者です。一般には、『古事記伝《こじきでん》』の大著を完成させ、皇学（国学）という学問を大成したことで知られています。

私は、大学に入学したころ、宣長の『うひ山ぶみ』を読んで、いたく感動し、以来、ささやかながら皇学（国学）の思想を、歴史学の観点から研究しつづけ、すでに老境にいたっている一学徒ですが、なぜ私が、今も宣長の学問思想に感嘆してやまないか…ということを、お話ししはじめると、きりがありません。今、一点だけあげるとすると、それは宣長の文章のすばらしさにあります。

観念的、論理的な内容であるにもかかわらず、それは終始、やわらかい「和文《わぶん》」で書かれています。古代から現代にいたるまで、わが国の知識人たちが、観念的、論理的な文章を書く時は、ほとんどの場合、やたらと外来語を多用するのが、ふつうです（前近代は漢語、近代以後は翻訳語、あるいはカタカナ語）。

しかし、宣長は、やわらかい和文によって、高度に観念的、論理的な文章を、みごとに書きあらわしています。その点からしても、まちがいなく宣長は、「学者としては最上級の、ほとんど不世出の天才」（城福勇『本居宣長』）といっていいでしょう。

私が特にすばらしいと思うのは、宣長が平安文学の本質を「もののあはれ」と看取《かんしゅ》したことです。「もののあはれ」は、平安文学の本質というだけではなく、わが国の人々の〝心の基層〟に時空を超えて漂っている〝淡い哀しみ〟を、ひと言であらわした言葉ではないでしょうか。

「しき嶋」というのは枕詞《まくらことば》で、「にほふ」というのは「色美しく照り映える」という意味です。ですから、ここにあげた歌の歌意は、こうなります。

「もしも、誰かから〝宣長先生、日本の心とは、いったいどういうものでしょうか?〟と問われたなら、私は〝それは朝日に照り輝く山桜のようなものです〟と答えるでしょう」

まだ肌寒い、早春の暁闇《ぎょうあん》を想像してみてください。静寂につつまれた世界で、東の空が、ほのかに色づきはじめます。

世界は、みるみる新鮮な光に満たされてゆき、その眩《まぶ》しさのなかに、厳《おごそ》かにして慕わしい、華麗にして清楚《せいそ》な満開の桜が咲き誇っています。もしかしたら、かすかな風に、すでに花は、ハラハラ…と小雪のように散りそめているかもしれません。

そんな光景に出会った時、日本人なら誰でも、魂を奪われるような思いがすることでしょう。感性の豊かな人ならば、その光景のなかに自分の心身が美しく溶け入っていくかのような、甘美な一瞬さえ、感じることができるかもしれません。

「日本の心とは何か？」。その問いに、歴史や文化、そして信仰、学問、道徳、芸術などの面から、無数の事象を取り上げ、難解な論理を重ね、それを何万巻もの書物にすることも、不可能ではないでしょう。しかし、いくらそんなことをしてみたところで、その答えを語り尽くし、言い尽くすことは…、たぶん永遠にできません。

その問いに、宣長は、ただひと言「朝日ににほふ山さくら花」と答えます。なるほど、百万言を費やさなくても、もう、それでじゅうぶん…という気もします。

清々《すがすが》しく、慎《つつ》ましく、ほのかに温かい光をまとった桜…。そして夢のような一瞬の煌《きら》めきだけを残し、この世への未練なく、いさぎよく散っていく桜…。

そういう桜を、わが国の人々は、古来より、愛してやみませんでした。わが国の人々が「美しい」と感じるもののすべてが、桜に集約されているのかもしれません。

しかし、それは同時に、それに反するすべてのものを、わが国の人々が「醜い」と感じる、ということでもあるでしょう。春が来るたび、私は桜から、じつに多くのことを教えられる思いがします。

43
後桜町天皇《ごさくらまちてんのう》

まもれなほ　伊勢の内外《うちと》の　宮ばしら
天つ日つぎの　末ながき世を

第百十七代・後桜町天皇《ごさくらまちてんのう》は、現在のところ最後の女性天皇（女帝）です。独身で即位され、文化十（一八一三）年、独身のまま七十四歳で崩御《ほうぎょ》されています。神武天皇以来、独身で即位された女性天皇が、即位後に「婿《むこ》」を迎えられた例は、一例もありません。その点、後桜町天皇は、建国以来の皇位継承の伝統を、厳格に守られたわけです。

後桜町天皇の先代は、弟の第百十六代・桃園《ももぞの》天皇ですが、桃園天皇の御代《みよ》には、有名な「宝暦《ほうれき》事件《じけん》」が起こっています。「宝暦事件」とは、竹内式部《たけのうちしきぶ》という垂加神道の学者の思想的な影響をうけ、朝廷の権威を回復しようと志した若い公家たちを、こともあろうに公家の上層部の人々が、しつこく、かつ厳しく弾圧した事件です。

桃園天皇は「日本の主《あるじ》」としてのご自覚を強くもつ、聡明な方でした。そのご自覚にもとづき、若い公家たちから垂加神道の御進講《ごしんこう》を受けておられたのですが、公家の上層部がそれを、ムリやり中止させてしまいます。

桃園天皇は、時に十八歳でしたが、御進講の中止を強制された夜、不思議な夢をご覧になります。「日輪《にちりん》のような、人のかたちのようなもの」が夢にあらわれた、とおっしゃるのです。つまり、アマテラス大神が夢枕《ゆめまくら》にあらわれた…と、おっしゃったのでしょう。こうして婉曲的《えんきょくてき》に御進講の継続を求められたわけです。

しかし天皇がそれほど御進講を望まれていたのに、公家の上層部は、若い公家たちを朝廷から追放してしまいました。竹内式部も最後は島流しになり、その旅の途中で没しています。

そのあと桃園天皇は、ご無念のうちに二十二歳で崩御されました。桃園天皇の皇子《みこ》は、まだ五歳でしたから、その皇子の成長をまつため、桃園天皇の姉である後桜町天皇が即位されます。

これは古代の女性天皇（女帝）のご即位と、ほぼ同じパターンです。後桜町天皇のご在位は八年で、その御代《みよ》の明和《めいわ》六（一七六九）年には、第五十回式年遷宮が斎行されています。

ここにかかげた御製は、遷宮の二年前に詠まれたもので、若き女帝（時に二十八歳）の、何としても皇統を守る…という強い御決意がうかがわれます。

歌意はこうです。

「伊勢の内宮・外宮の大神さま、あらためて申し上げます。アマテラス大神の子孫によって継承されてきた皇統の行く末を、これからも永久にお守りくださいませ」

親王は無事に成長され、予定どおり後桜町天皇から譲位されて、即位されます。後桃園《ごももぞの》天皇です。しかし後桃園天皇は、なんと父の桃園天皇と同じく、二十二歳の若さで崩御されてしまいます。お子さまとしては、女性である内親王《ないしんのう》がお一方いらっしゃるだけでした。

こうして皇統は危機に直面するのですが、この時は、閑院宮家《かんいんのみやけ》から光格天皇《こうかくてんのう》が、九歳で皇位を継承され、ことなきをえました。閑院宮家は、かつて新井白石《あらいはくせき》が、万が一の時のことを考えて、新しく創設した世襲の宮家ですが、その白石の遠謀深慮《えんぼうしんりよ》が、わが国を救ったのです。

晩年の後桜町天皇は、光格天皇が「学問好き」であることを、たいそうお褒めになっていたそうです。もしかしたら後桜町天皇は、若き光格天皇のお姿に、失意のまま世を去られた亡き弟・桃園天皇の面影を、思い浮かべていらっしゃったのかもしれません。

44

高山彦九郎《たかやまひこくろう》

われをわれと　しろしめすかや　皇《すめらぎ》の
玉のみ声の　かかる嬉しさ

高山彦九郎《たかやまひこくろう》（正之《まさゆき》）は、延享《えんきょう》四（一七四七）年、上野国《こうずけのくに》の新田郡（現在の群馬県太田市）の土豪の家に生まれました。新田郡は南朝の忠臣・新田義貞《にったよしさだ》を生んだ土地です。

彦九郎は、十三歳の時に『太平記』を読み、自分の先祖が義貞の側近として活躍したことを知り、その時から熱い尊王の志を抱いた、と伝えられています。十八歳で、はじめて京都に上って、三条大橋《さんじょうおおはし》のあたりで、御所の場所を尋ねるのですが、教えられたその場所は、あまりに小さく、荒れはてていました。

将軍の居城である江戸城の巨大さや壮麗さとは、あまりに差があります。彦九郎は、地面に正座して、御所を伏し拝みつつ、涙したといわれています。

その姿をかたどった大きな銅像が、今、京都市の三条京阪の駅のそばにあるのですが、事情がわからない今の人々は、「土下座像」などと呼んでいるようです。「土下座」というと、何か個人的に悪いことをして、誰かに謝罪しているかのようで、適切な言い方ではありません。銅像の彦九郎は御所を「伏し拝んでいる」のです。もっとも彦九郎は、そのようにして、「臣民」としての力不足を、皇室にお詫びしているわけですから、「土下座」といっても、まったくのまちがい、というわけでもないでしょうが…。

そのあと彦九郎は、三十年もの間、皇室の権威を回復するため、全国を旅してまわり、志の高い人物と交流をつづけました。四十五歳の時には、緑色の毛の生えた亀を手に入れ、公家を通じて、それを時の光格天皇に御覧いただく、という栄誉にも浴しています。

緑色の毛の生えた亀は「文治《ぶんち》」の前兆を予言するもの…といわれていました。つまり彦九郎は、その亀の出現は、わが国で、近いうちに「武断政治」である武家の政治が終わって、「文治政治」である朝廷の政治に戻る予兆…と見たわけです。

そのさい、自分のことが天皇のお耳に達したことを知った彦九郎が、寛政《かんせい》三（一七九一）年三月、感激して読んだのが、ここにあげた歌で、歌意はこうです。

「私のことを、しっかり私であると、天皇さまは、ご認識してくださり、そして今回のことに関して、うるわしいお声まで、かけてくださった…と聞いています。なんと嬉しいことでしょうか」

しかし、彦九郎の活動は、やがて幕府から目をつけられ、しだいに追いつめられていきます。そのころ光格天皇は、父の親王に、太上天皇《だじょうてんのう》（いわば名誉天皇）の称号を贈ろうとされていましたが、幕府は、それを拒否します。世にいう「尊号事件《そんごうじけん》」です。天皇からの御要望を、幕府が正式に拒否したのが寛政四（一七九二）年で、翌年には、そのことにかかわった公家たちが、幕府から処罰を受けています。

その年、彦九郎は九州の久留米で自刃《じじん》しました。謎の多い死で、時に彦九郎は四十七歳でしたが、憤死《ふんし》といっていいでしょう。

西郷隆盛が残した漢詩の一節に、こういうものがあります。

「私は高山彦九郎先生の事跡を仰いでいます。ですから、みずからの修行につとめるばかりで、けっして、人を責めるようなことはしません」（原文・遥《はる》かに事跡を高山氏に追い、自ら精神を養ひて人を咎《とが》めず）

また、西郷には、「高山先生、山賊に遇《あ》う図に題す」という漢詩もあり、そのなかには、こういう一節があります。

「日本を変える大事業は、この人からはじまったのです」（原文・回天《かいてん》の創業、是《これ》、斯《こ》の人）。

西郷のみならず、幕末の志士のほとんどは、みずからの生き方の〝手本〟として、遠くは楠公（楠木正成）を仰ぎ、近くは彦九郎を仰いでいましたが、そのような幕末の志士の一人に、真《ま》木《き》保《やす》臣《おみ》（和泉《いずみ》・和泉守《いずみのかみ》）という人物がいます。保臣は、彦九郎が自刃してから二十年後に、その彦九郎の墓がある九州の久留米の地に生まれた志士です。

いうまでもなく、のちに保臣は、討幕運動の〝魁《さきがけ》〟となり、やがて禁門《きんもん》の変《へん》で敗れ、悲運のうちに天王山《てんのうざん》で自刃した志士です。久留米という地を同じくしつつ、時代を超えた二人の、よく似た生き方を見ると、何とも不思議な気分がしてきます。

45
上杉鷹山《うえすぎようざん》

春を得て　花すり衣《ごろも》　重ぬとも
我ふる里の　寒さ忘るな

上杉鷹山《うえすぎようざん》は、宝暦《ほうれき》元（一七五二）年、九州の小さな大名家の次男として生まれました。十歳で米《よね》沢《ざわ》藩主《はんしゅ》・上杉重定《うえすぎしげさだ》の養子となり、十七歳で藩主となりますが、その時、鷹山は米沢の春日《かすが》神社に、誓いの言葉を書いた文書を送っています。

四か条の文章ですが、その文末には、こういうことが書かれています。

「これらの誓いを、私は堅く守ります。もしも、それを破るようなことがあったら、私に神罰《しんばつ》をくだすとともに、わが家を滅ぼしてください」

鷹山の覚悟のほどが伝わってきますが、なぜそれほどの覚悟が必要であったのでしょう？　それは、鷹山が藩主になったころの米沢藩の財政が〝破綻《はたん》寸前〟だったからです。

まず鷹山は、まず徹底的な〝行政改革〟にのりだします。自分の生活を切りつめ、着物は木綿、食事は「一汁一菜《いちじゅういっさい》」とし、奥向きの女中も五分の一に削減しました。

人材の登用、治安の回復、産業の育成、教育（とくに道徳教育）の振興など、鷹山は、ありとあらゆる方法で、米沢藩の再建に力を注ぎます。大規模な公共事業によって、荒地を豊かな大地に変えることにも成功します。

しかし、いつの世も、偉大な改革者の前には、かならず〝抵抗勢力〟が立ちふさがるものです。若い鷹山をあなどった七人の重臣たちが、改革の中止を強要してきたこともあります。しかし、鷹山は、それに屈することなく、藩内の人々の意見を丁寧に聴取し、改革が支持されていることを確認すると、決然として二人の重臣に切腹を申しつけ、残りの重臣たちも厳しく処分しました。こうして、藩内の〝抵抗勢力〟は、一掃されるのです。

鷹山は、三十五歳の時に藩主の座を退きます。家督を新しい藩主に譲るさい、その訓戒として与えた三箇条の「伝国《でんこく》の辞《じ》」は、わが国の政治思想史上の「最高の到達点」（笠谷和比古『士（サムライ）の思想』）と称えられている文献です。七十七歳で亡くなりますが、そのころになると米沢藩の財政は、みごとに再建されていました。民衆は鷹山の死を知り、「自分の祖父母を失ったかのように泣いた」といわれています。

ここにあげた歌は、孫娘が夫と江戸で暮らすため、両親の家を出るさい、鷹山が書いて与えた手紙のなかに見えるもので、歌意はこうです。

「春がおとずれて、花の模様にいろどられた着物を、いく重にもまとうような季節がきたから……といって、ふるさとの米沢の山里ですごした寒い冬のことを、決して忘れてはなりませんよ」

今の世にも、人生の長い〝冬の時代〟が終わり、幸いにも人生の〝春の時代〟が訪れると、かつての〝冬の時代〟を、すっかり忘れてしまい、調子に乗って道を踏みはずしてしまう人が少なくありません。けれども、そういう人の〝春の時代〟は、アッという間に過ぎ去って、やがて、ふたたび〝冬の時代〟がおとずれます。

そして、またもや寒さに凍える、という結果になるのです。私たちも、たとえ〝春の時代〟をむかえても、決して〝冬の時代〟のことを忘れないよう、みずからを戒《いまし》めておかなければなりません。

46
光格天皇《こうかくてんのう》

敷島《しきしま》の やまと錦《にしき》に 織《お》りてこそ からくれないの 色もはえなれ

光格天皇《こうかくてんのう》は、明和八（一七七一）年、閑院宮典仁親王《かんいんのみやすけひとしんのう》の第六皇子としてお生まれになりました。閑院宮家というのは、東山天皇《ひがしやまてんのう》の第六皇子・直仁親王《なおひとしんのう》を始祖とする「世襲親王家《せしゅうしんのうけ》」です。

「世襲親王家」というのは、〝皇位を継承する資格のある宮家〟です。その閑院宮家が、宝永《ほうえい》七（一七一〇）年、新井白石の進言によって創設されたことは、広く知られています（それまであった伏見宮家《ふしみのみやけ》、桂宮家《かつらのみやけ》、有栖川宮家《ありすがわのみやけ》に、閑院宮家が加わったので、以後、世襲親王家は、四家になります）。

白石は、のちに自伝のなかで、そのことをふりかえり、「この国に生まれた身として、〝私は皇室の恩に報いることができた〟と思える第一の事業でした」（『折たく柴の記』）と書いています。それから約七十年後、白石の慧眼《けいがん》と実行力による新しい宮家の創設が功を奏し、皇統は、閑院宮家によって、危ないところで守られるのです。

その経緯《いきさつ》をお話ししましょう。安永《あんえい》八（一七七九）年、百十八代の後桃園天皇が、二十二歳の若さで崩御《ほうぎょ》されます。お子さまとしては、女性である内親王《ないしんのう》がお一方いらっしゃるだけで、次の皇位継承者は決まっていません。そのため朝廷は、崩御の事実を秘し、表むきは空位期間をつくらないように配慮しながら、次の皇位継承者を探します。

白羽の矢が立ったのが、閑院宮家の祐宮《さちみや》です。祐宮は、閑院宮家の始祖・直仁親王《なおひとしんのう》の孫にあたります。祐宮からすると、崩御された後桃園天皇は〝曽祖父のひ孫の子〟ですから、かなり血筋が離れています。しかし、祐宮が正統な〝神武天皇の男系男子の子孫〟であることは、まちがいありません。

こうして祐宮は、突如、次の皇位継承者になり、即位して光格天皇となられます。時に、まだ九歳の少年でした。

光格天皇の御代…、朝廷の神事や儀式は、つぎつぎと再興されます。一方、「御所千度参《ごしょせんどまい》り」や「尊号事件《そんごうじけん》」など、朝廷をめぐるさまざまな出来事も起こりますが、そうじていえば、その御代は、皇室の権威が飛躍的に高まった時代です。

やがて光格天皇のお孫さまの孝明天皇の御代《みよ》…、ついに朝廷は、久しぶりに政治の表舞台に立つことになるのですが、その御活躍の基礎を築かれたのは、まちがいなく光格天皇です。

ここにかかげた御製の、歌意はこうです。

「織物は、日本らしい華麗な織物に仕上げることが大切です。そういう基礎があればこそ、外国から来た紅《くれない》の色も、はじめて生きてくるのです」

まことに高い見識をお持ちの方であったことがわかります。今どきは、〝何でも外国にあわせていればいい〟と思っている人が少なくなく、その一例が、政治家や公官庁が無闇に〝カタカナ用語〟を使う…という、まことに軽薄な現象です。

安易な気持ちで、そういうことをしているうちに、私たちは、少しずつ日本人としての主体性を失っていきつつあるのではないでしょうか。もしも、日本人としての主体性を失うことと引きかえの「グローバル化」なら、そこからは織り上がってくるものは、たぶん「迎合」と「卑屈」という名の〝醜い織物〟でしょう。

47
二宮金次郎《にのみやきんじろう》

音もなく　香《か》もなく　常に天地《あめつち》は
書かざる経《きよう》を　くりかへしつつ

二宮金次郎《にのみやきんじろう》は、のちに「尊徳《そんとく》」と呼ばれる江戸時代の農政家です。天明七（一七八七）年、相模国《さがみのくに》（今の神奈川県）に生まれ、安政《あんせい》三（一八五六）年、七十歳で亡くなっています。

金次郎は十四歳の時に父を、十六歳の時に母を亡くし、たいへんな苦労を味わいましたが、そのような逆境のなかでも、決して学問を怠りませんでした。その勤勉さは、明治時代に国民の手本とされるようになり、やがて「修身《しゆうしん》」の教科書で紹介されます。

子供のころは朝から晩まで働いていたため、読書の時間がなく、山へ薪《たきぎ》をとりに行く途中、本を読んでいましたが、その薪を背負って読書をする姿が、近代になって銅像（石像）として全国の小学校に建てられました。私の通っていた小学校（熊本市立・慶徳小学校）にも、金次郎の小さな石像がありましたが、今はない風格のある小学校の校舎のおもかげとともに、その石像が、懐かしく思いだされます。

もっとも、金次郎の本領は、いうまでもありませんが、荒廃した農村の再生事業です。金次郎は多くの農村の再生に成功しましたが、その事業の基本は、村の人々の「自助《じじょ》」の精神を奮い起こすところにありました。

たとえば、今の栃木県の桜町の復興にとりかかった時、金次郎は小田原藩《おだわらはん》からの補助金を断ります。それまで藩から派遣されてきた再生担当者は、派遣されるたびに多額の補助金をバラまいていたのですが、すべて失敗に終わってしまい、事態は悪化する一方でした。

金次郎は、村への補助金のかわりに、利息のつかない資金を貸すことにします。それによって人々には、しだいに「勤勉」の心がよみがえり、やがて桜町は、みごとに再生をとげるのです。

さまざまな農村の、いわば「再生請負人《さいせいうけおいにん》」として、現場での成功体験を重ねつつ、金次郎は、神道、儒教、仏教を総合して、自分なりの考え方をもつようになります。それが、「報徳教《ほうとくきょう》」と呼ばれるものです。その「教え」は、ここにあげた歌に、よくあらわれています。歌意は、こうです。

「音もせず、香りもないけれど、いつも天地は、文字には、なっていないこの世の真理を、毎日くりかえして、私たちに教えてくれています（どうして人はそれに気づかず、文字にばかりに頼って、この世の真理を知ろうとするのでしょうか）」

金次郎は、「釈迦《しやか》も孔子《こうし》もみな人」で、そのため、すべてに「癖《くせ》」がある、といっています。ですから、金次郎にとっては「天地」こそが、唯一の「癖」のない「経」だったのです。

そのような金次郎は、また「敬神《けいしん》」と「尊王《そんのう》」の人で、このような歌も残しています。

「天地の　神《かみ》と皇《きみ》との　恵みにて　世を安く経《へ》る　徳に報えや」

（歌意・天と地に、あまねくいらっしゃる神々と、その御子孫である皇室のお恵みによって、私たちは、つつくがなくこの世で暮らすことができています。私たちは、それらの徳に、一人ひとりの生き方で、報いていかなくてはなりません）

人が正しく生きていくために、基本的には、むずかしい理屈は、じつは何もいらないのでしょう。「神と皇との恵み」に感謝し、一生を正直、勤勉、謙虚に生きる…。そのような生き方によって、「神と皇との恵み」の御恩《ごおん》に報いる…。日本人の正しい生き方とは、つまるところ、「感謝」と「報恩《ほうおん》」…、その二つに尽きるのではないでしょうか。

48

大国隆正《おおくにたかまさ》

すめらぎの　たがはぬ国の　春に逢《あ》ひて
御祖《みおや》の朝日　あふぐ尊さ

大国隆正《おおくにたかまさ》は、幕末維新期を代表する皇学者（国学者）です。寛政《かんせい》四（一七九二）年、江戸の津和《つわ》野《の》藩邸に生まれ、明治四（一八七一）年、東京で没しています。

隆正は「人の世」は「ニニギの尊《みこと》」からはじまる、と考えていましたので、ここにあげた歌の歌意は、こうなります。

「ニニギの尊から、皇統が絶えずにつづいているわが国で、新春を迎え、そのニニギの尊のご先祖のアマテラス大神を、初日の出として拝むことができる…。なんとありがたいことでしょう」

隆正は、はじめは儒学（朱子学《しゅしがく》）を学んでいましたが、二十歳代の半ばに長崎に遊学し、そのころから和歌の学問に専念しはじめます。さらに四十歳代になると、神道学者として、世に広く知られるようになります。

長崎に遊学した時、隆正は、吉雄権之助《よしおごんのすけ》というオランダ通詞《つうじ》から、西洋の自然科学を教えてもらいましたが、そのあと隆正は、西洋の自然科学の〝限界〟を感じるようになりました。西洋の自然科学は物質のことなら、いくらでも説明してくれるが、そもそも、なぜそれが存在するのか、という根本の〝理由《わけ》〟については、何も教えてくれない…と、隆正は考えたのです。

幕末のころ、隆正は、こんなことを書いています。

「西洋人は、死体を解剖して、その〝しくみ〟を説明しますが、いくら人体の〝しくみ〟を明らかにしても、人の〝心〟は解明できません。西洋人がやっている自然科学も、それと似たようなものではないでしょうか」(『学運論』)。

なるほど、いくら人の体を調べてみたところで、人の「心」を見ることもできなければ、人の「命」に触れることもできません。そういう物質の世界ではないところに、人を人として生かしている〝理由《わけ》〟があるのではないか…と考えるのは、ある意味、自然な考え方ではないでしょうか。

それでは、天地のすべての物質にとって、人の「心」や「命」にあたるものとは、何なのでしょう？　隆正にいわせれば、それこそが「神」でした。

「神」を知ることで、はじめて、すべての物質が存在している〝理由《わけ》〟を知ることができる…と、隆正は考えます。もしかしたら隆正は、わが国で「近代」という時代が、そろそろはじまろうという時代に生きつつ、いち早く、その近代という時代の〝限界〟を、見破っていたのかもしれません（拙著『大国隆正の研究』を参照してください）。

「初日の出」を拝む人に向かって、「あなたは、なぜ拝むのですか？　その科学的な説明をしなさい！」などという人は、たぶん昔も今もいないでしょう（たとえ外国人でも、「初日の出」を拝む日本人の気持ちが、わかる人は、わかります）。

ですから、せめて私たちも、「初日の出」を拝む時くらいは、昔の人々と同じ素直な心で、「御祖《みおや》の朝日」を仰ぎたいものです。

49 大隈言道《おおくまことみち》

妹《いも》が背に　眠る童《わらわ》の　うつつなき
手にさへめぐる　風車《かざぐるま》かな

大隈言道《おおくまことみち》は、本居宣長の『古事記伝《こじきでん》』が完成した年である寛政十年に、福岡の商家に生まれました。とりたてて世に知られることもないまま、慶応《けいおう》四（明治元・一八六八）年、七十一歳で亡くなりましたが、今では、同じ時代に生き、そして奇しくも同じ年に没した橘《たちばなの》曙覧《あけみ》とならんで、江戸時代を代表する歌人として知られています。

ここにあげた歌の、歌意はこうです。

「妻の背で、わが子が、かわいい手で風車をにぎりしめたまま、スヤスヤと眠っています。ふと風が吹くと、その子のにぎった風車が、カラカラと回っています」

なんということもない、日常の光景を詠んだ和歌ですが、なんと安らかで、幸せな思いにさせてくれる歌でしょう。安心しきって母の背で、すやすやと眠っている赤ちゃんの姿が、目に浮かぶようです。

そして風車は、まるでその母と子を、喜ばせようとでもしているかのように、一生懸命に回っているのですが、母と子は、そんなことには気づいてはいないらしいという…そういう風景を詠んだ歌です。なんとなく私には、その一生懸命に回っている風車が、〝人のよいお父さん〟の象徴のようにも思われます。

ここに詠まれたような、ほほえましくも幸福な光景が、古きよき時代の、わが国の街角や農村では、いたるところで見られていました。

そういえば…、近代化される前の日本を訪れた欧米人たちは、日本の親子の幸せそうなようすを、そろって絶賛しています。

たとえば、アメリカ人の動物学者で、明治十（一八七七）年に来日したモースは、こう書き残しています。「私は、いままでのところ、母親が赤ん坊にカンシャクを起こしているのを、一度も見ていない」「日本の母親ほど、辛抱強く、愛情に富み、子供に尽くす母親はいない」（『日本その日その日』）。

また、アメリカ人の教育者で、明治三（一八七〇）年、福井藩の招きで来日したグリフィスも、こう書き残しています。「日本人が非常に愛情の深い父であり、母であり、また、非常におとなしくて、無邪気《むじゃき》な子供をもっていることに、他の何よりも大いに尊敬したくなってくる」（『明治日本体験記』）。

これらは、どこか遠い外国の話でもなければ、何百年も昔の話でもありません。まぎれもない私たちの国の、それほど遠くない過去である明治という御代《みよ》の、実際のお話しなのです。

私たちは、「近代化」とともに…、そして「欧米化」とともに、〝何か大切なもの〟を置き忘れたまま、ひたすら走りつづけてきたのかもしれません。もしも私たちが、それを思い出したいのなら、それを、いつ、なぜ、どのようにして忘れてしまったのか…ということを、まずは、みずからの胸に問うところから、はじめるしかないでしょう。

50

橘《たちばなの》曙覧《あけみ》

たのしみは　妻子《めこ》むつまじく　うちつどひ
頭《かしら》ならべて　物をくふ時

橘《たちばなの》曙覧《あけみ》は、文化九（一八一二）年、現在の福井市に商家の子として生まれ、慶応四（明治元・一八六八）年、五十七歳で亡くなった歌人です。

曙覧の和歌には、わかりやすく清らかで、思わず口ずさみたくなる傑作が少なくありません。正岡子規《まさおかしき》は歌人としての曙覧を「前に万葉あり、後に曙覧あり」「実朝以後ただ一人なり」などと絶賛しています。曙覧の作品で、とくに有名なのは「独楽吟《どくらくぎん》」という五十二首の連作です。

五十二首すべてが「たのしみは…」と歌いはじめられ、いずれの歌にも、ふつうの生活のなかの、ささやかな「たのしみ」が巧みに歌われています。ここにあげた歌もその「独楽吟」のなかの一首ですが、家族と「頭《かしら》」をならべて、ものを食べている時が、私はとても楽しい…という、あらためて説明する必要もないほど、とてもわかりやすい歌です。

読み味わっていると、「家族で、楽しく食事をする」という、ごくふつうのことが、どれほど尊く、ありがたいことなのか…ということが、しみじみと心に沁《し》みてきます。それにしても曙覧は、なぜ「ごくふつうのこと」に秘められた「ありがたいもの」を、これほどまで、みごとに詠むことができたのでしょう?

それは、たぶん曙覧が、家庭的な不幸を何度も味わってきた人だからではないか、と思われます。曙覧が二歳の時、母は二十三歳という若さで死去し、十五歳の時には父が死去しました。二十一歳で結婚しますが、二十五歳の時には、長女が生まれてすぐに亡くなり、二十六歳の時には、次女が生まれてすぐに亡くなっています。三十歳の時には三女に恵まれましたが、その三女も、三年後には亡くなり、さすがにこたえたのか、曙覧はその年、旅に出て、本居宣長のお墓参りなどをしています。

しかしそのあと、曙覧の「家族運」は一転しました。三十四歳の時には長男に、その二年後には次男に恵まれ、その三年後には三男にも恵まれているのです。

二十二歳で家業を継いだ曙覧ですが、二十八歳になると、早くも家業を弟にゆずって「隠居《いんきょ》」の生活をはじめ、皇学（国学）の研究に励みます。貧しくとも清らかな生活がつづいたようで、きっと曙覧の家には、子供たちの楽しげな笑い声が、いつも満ちていたことでしょう。

その貧しい家に、突然、福井藩主・松平《まつだいら》春嶽《しゅんがく》が訪ねてきたことがあります。慶応元年のことで、江戸時代にあっては、ありえないようなことです。

春嶽は後に、その時のことを、こう書いています。

「家の汚いことは、たとえようもありません。しかし、曙覧の心は〝雅《みやび》〟です。私は御殿に住んでいますが、心は貧しく、曙覧に劣ります。それを思えば、私は顔が赤くなるような思いです」

曙覧は最晩年、幕末という歴史上の激動期に遭遇《そうぐう》します。そのような時代の空気は、曙覧を奮い立たせずにはおかなかったようです。曙覧には、こういう悲憤慷慨《ひふんこうがい》の歌もあります。

「国を思ひ　寝なれざる夜の　霜《しも》の色　ともしびよせて　見る剣《つるぎ》かな」

「皇国《すめぐに》の　御《み》ためをはかる　外に何《なに》　することありて　世の中にたつ」

幸いにも生きて明治維新という大業を目撃し、曙覧は慶応四（明治元年）に亡くなるのですが、亡くなる前には、こういう歌を残しています。

「あたらしく　なる天地《あめつち》を　思ひきや　吾が目昧《くら》まぬ　うちに見んとは」

（歌意・思いもかけず、天地があたらしくなる時代に遭遇しました。私が生きているうちに、そのような時代を見ることができるとは…）

「廃《すた》れたる　古書《ふるぶみ》どもも　動きいでて　御代あらためつ　時のゆければ」

（歌意・忘れ去られたかのような、わが国のさまざまな古典が、現実の世界に動きはじめて、古い時代をあらためていきます）

曙覧が三人の子に与えた遺訓は、「うそいうな、ものほしがるな、からだだわるな」の三か条です。「だわる」というのは、「だらける」という意味です。

ですから、それは、こういう意味になるでしょう。「子供たちよ、正直に生きよ。決して、ものをほしがるな。そして決して楽をして生きよう、などと思うな！」

第四章

新《あら》た代（近代）

明治維新といえば、まず西郷隆盛の名を思い出す人が多いでしょうが、西郷の義理の妹が、じつは大東《だいとう》亜《あ》戦争のあとまで存命で、西郷の思い出を語った録音テープも残っている…といえば、驚かれる方もいるでしょう。義妹とは、名を岩山トクといい、西郷の妻・イトの妹で、安政三年に生まれ、昭和二十七年、九十七歳で没した人です。

そのトクの孫娘たちが、トクの談話を整理して本にしたものがあるのですが、私はそれを読んで、〝ほんものの武士の姿〟を、ようやく少しだけ理解できた気がしました。それからすると、今の私たちがもっている〝武士のイメージ〟のほとんどは、〝小説やドラマでつくられたもの〟で、ほぼ〝にせもの〟です。

たとえば、武士の家庭教育ですが、じつは強制は、ほとんどなく、また「しかること」も「ほめること」も、ほとんどなかったようです。ただ大人が手本を見せて、自分の意志で自然にできるようにするのが、ふつうであったといいます。重視されていたのは、何より「気品」であったそうです。また、女性は忍従を強いられていた…というイメージもいつわりで、武家の女性たちは、言いたいことは言い、したいことはして、のびのびと暮らしていたようです。

この本には、西郷についても、他の本には見られない興味深い証言が、いろいろと見られます。たとえば、西郷は「やさしい顔」をした「よかにせ（注・美男）であったとか、「下々の者に対するほど、丁寧」で、「若い人が家を訪ねて来て帰るときなど、玄関で手をついて深くおじぎをした」とか、「いつも子供を相手に遊んでは、「冗談を言って皆を笑わせたり」していたとか、そういう些細な話なのですが、それら些細な話のなかから、かえって私の脳裏には、〝ほんものの武士の姿〟が、鮮明に浮かび上がってくるのです。

現代人には、よほどの調査と思索と経験を重ねないかぎり、〝ほんものの武士の姿〟は見えません。そして、それが見えなければ、幕末も明治も、ましてや明治維新という大業の本質も、とてもわからないでしょう。

武士たちは新しい時代を伐り拓くため、一身一家をささげ、そして、奇跡的に維新が成就したあとは、その成果を貪《むさぼ》るどころか、そろって世襲《せしゅう》の既得権益《きとくけんえき》を失い、〝失業〟してしまいます（秩禄処分《ちつろくしょぶん》）。今、目先の小さな地位、収入、面子などに、イジイジと執着している多くの現代人が、少しばかり本や史料を調べて、明治維新を〝さも、わかったかのような顔〟で論じている姿を見たら、たぶん天上界の志士たちは、呆れ顔で、苦笑するしかないでしょう。

51

孝明天皇《こうめいてんのう》

異人《ことびと》と　共《とも》ども払へ　神風や
正しからずと　わが忌《い》むものを

百二十一代の孝明天皇《こうめいてんのう》は、幕末の天皇です。第百二十代・仁孝《にんこう》天皇の第四皇子として、天保《てんぽう》二（一八三一）年に、お生まれになりました。

弘化《こうか》三（一八四六）年、お父さまの仁孝天皇が、四十七歳で崩御《ほうぎょ》され、十六歳という若さで践祚《せんそ》されますが、この年は、欧米諸国の侵略の魔の手が、はっきりと日本に忍び寄ってきた年でもあります。たとえば、この年にかぎっても、アメリカのビッドルが浦賀に、フランスのセシュが長崎に来航しています。

践祚された年、孝明天皇は幕府に対して「国の守りを強化してほしい」という文書を出されます。〝天皇が将軍に命令を出す〟というのは、江戸時代には、それまでなかったことで、いわば先例を破るものでしたが、孝明天皇のわが国の安全に対する危機意識は、それほど高かったのです。

そのあと、天皇は全国の神社や仏閣に、くりかえし〝わが国の安全をお守りください〟という祈りをささげられます。ここにかかげた御製《ぎょせい》は、御年《おんとし》三十二の時のものですが、ここにも、その大御《おおみ》心《ごころ》が、よくあらわれています。

歌意は、こうです。

「神々よ、日本に手をのばしてくる外国人を含めて、すべての〝正しくない〟と私が嫌っているものを、神風をおこして打ち払ってください」

幕末に盛んだった「攘夷《じょうい》」という考え方を、現在の人々は〝やみくもに外国人を排除する愚かな考え方〟のように思っていますが、それはちがいます。そのころの欧米諸国のアジア・アフリカ・オセアニアなどへの侵略は、〝正しくない〟ことです。その〝正しくない〟ことを〝阻止する〟というのが、つまり「攘夷」という考え方で、何もおかしな考え方ではありません。この孝明天皇の御製には、そのような意味での「攘夷」の思いが、よくあらわれています。

孝明天皇は、慶応二（一八六六）年、三十六歳で崩御《ほうぎょ》されますが、孝明天皇の思いにお応えして、幕末の志士たちは立ち上がり、結果的に明治維新をなしとげたともいえます。そして、明治維新がなしとげられたからこそ、わが国は、有色人種の世界で、はじめての近代国家をつくりあげ、国家と民族の、自由と独立を守ることができたのです。

もちろん、孝明天皇からその曾孫《ひまご》の昭和天皇の御代《みよ》まで、わが国は、欧米諸国が圧倒的な軍事力と経済力をもちつづける国際社会のなかで、きびしい試練を受けつづけます。その過程で、いく百万人もの方々が、一つしかない尊い命を、国にささげました。

そのような方々を、お祭りしているのが、靖国神社《やすくにじんじゃ》です。ですから、靖国神社は、いわば日本という国家と、わが民族の、自由と独立を象徴する神社ともいえるでしょう。

52

吉田松陰《しょういん》

身はたとひ　武蔵《むさし》の野辺《のべ》に　朽《く》ちぬとも
留《とど》め置かまし　大和魂《やまとだましい》

〝幕末の志士〟と呼ばれている人は少なくありませんが、吉田松陰《よしだしょういん》といえば、〝志士のなかの志士〟ともいうべき人物です。松陰の松下村塾《しょうかそんじゅく》からは、高杉晋作《たかすぎしんさく》や久坂玄瑞《くさかげんずい》など、明治維新という大業をおしすすめた偉大な人物が、数多く輩出《はいしゅつ》されています。

安政六（一八五九）年十月二十七日、松陰は、数え年で三十歳という若さで処刑されるのですが、ここにあげた歌は、処刑の前日に書きあげた『留魂録《りゅうこんろく》』という遺著の冒頭に書かれているものです。

歌意はこうなります。

「たとえ私の身は、武蔵野の野原で朽ちはてようと、私の魂だけは（どうか神さま）永遠にこの世にとどめて、祖国・日本を護りつづけさせてください」

この本を書き上げた翌日、松陰は処刑されるのですが、処刑場への呼び出しの声を聞いても、松陰は、まだ筆を持っていました。そしてその瞬間の心を、「このほどに　思ひ定めし　いで立ちは　けふきくこそ　嬉しかりける」という和歌にしたのですが、読み返してみると、「けふきくこそ」が字足らずです。そこで、その部分に、点を一つつけました。〝推敲《すいこう》したいが、もう…その時間がない〟という意味でしょう。

いよいよ刑場へ向かう時、さらに松陰は、自作の漢詩を読み上げます。そばにいた人が、それを記録したので、これが、松陰の最後の言葉として、歴史に残ることになりました。

こういう漢詩です。

「私はこれから、国のために死にます。死んでも、主君や両親に対して、恥ずべきことは何もありません。もはや私は、この世のあらゆることを、のびのびとした気持ちで受け入れています。私の人生のすべてを、今、神のご照覧《しょうらん》にゆだねます」

（原文・吾《われ》、今《いま》、国の為《ため》に死す。死して君親《くんしん》に背《そむ》かず。悠々《ゆうゆう》たり天地の事《こと》。鑑照《かんしょう》は明神《めいしん》にあり）

そして松陰は、そばにいた役人に、やさしい言葉で、これまで世話になったことへの礼を言い、着座して鼻をかみ、心静かに首をうたれます。

その様子を見ていた役人は、あとで「あれほど、落ち着きのある最期をとげた者は、これまで見たことがなかった」と書き残しています。

江戸で松陰が処刑された日、萩にいた松陰の父母は、二人同時に不思議な夢を見ました。母は、松陰が晴れやかな顔をして帰ってきた夢を、父は、自分が首をズバリとはねられる夢を見ます。のちに松陰の父は、その夢が何とも心地のいい夢で、「首を斬り落とされるというのは、こんなに愉快なことだったのか」と思っているうちに目が覚めた…と、語っています。おそらく松陰の「留魂《りゅうこん》」は、まずは父母のもとに帰ったのでしょう。

ちなみに、松陰の遺体は、江戸に葬られ、今は世田谷《せたがや》の松陰神社にお墓があるのですが、故郷の萩にも、お墓があります。萩のお墓には、何も入っていない…という説もあり、遺髪《いはつ》が入っている…という説もあって、私は、判断しかねていました。

しかし、平成二十八（二〇一六）年の九月のある朝、ゼミの学生たちと萩を訪れ、松陰のお墓にお参りし、そのあと学生たちに向かって「このお墓には、遺髪が収められている、という説もありますが…」と言った途端、後ろの方から、「ありますよ」という大きな声がしました。人気のない墓所で、突然、大きな声が響いたので驚いて、ふり返りました。

見ると、私たちの後ろに、一人の老人が立っています。聞けば、松陰のお墓の管理をしている地元の有志の方だそうで、なんでも近年、台風でお墓が崩れ、有志で募金をして、修復したのだそうですが、そのさい、お墓のなかから、「髪」のようなものが出てきた、とおっしゃるのです。

私の長年いだいていた疑問は、おかげで解けたわけですが、それにしても、あの時、あの場所、あの話のタイミングで、なぜあの老人は、私たちの後ろに立っていたのでしょう? C・Gユングのいう「同時性《シンクロニシティ》」というのは、ああいう現象をいうのかもしれませんが、今思い返しても、その時のことが不思議でなりません。

53
佐久良東雄《さくらあずまお》

死に変り　生き変りつつ　もろともに
橿原《かしはら》の御世に　かへさざらめや

佐久良東雄《さくらあずまお》は、幕末の歌人で志士です。文化八（一八一一）年、常陸国《ひたちのくに》の名主《なぬし》・飯島平蔵《いいじまへいぞう》の長男として生まれ、九歳の時、『万葉集』が好きなことで知られる観音寺の住職の弟子になります。住職が没するとその跡を継ぎ、「天保《てんぽう》の飢饉《ききん》」のさいには、蔵書を売りはらって民衆を救いました。天保十二（一八四二）年、三十一歳の時には、同志とともに鹿島神宮《かしまじんぐう》の神域に、桜の苗木を千株を奉納していますが、のちに「桜（佐久良）東雄」と名乗るようになるのは、この時の奉納にちなんでのことです。

その翌年には、平田篤胤《ひらたあつたね》に師事し、さらにその翌年の天保十四（一八四三）年、三十三歳の時には、思い切って僧侶をやめてしまいます。東雄はそのさい、読経ののち、法衣と数珠《じゅず》を火中に投じ、そののち潔斎《けっさい》にはいり、さらに鹿島神宮におもむいて、禊《みそぎ》を行ないました。この時を境に、「桜靫負東雄《ゆきえ》」と名乗るようになります。

三十五歳の時には、伊勢神宮に参拝し、京都に上ったあと、大坂の坐摩《いかすり》神社の神職となります。ここで東雄は、出版事業を開始します。本居宣長や平田篤胤の本を、世に広めはじめたのです。また、そのころ、公家の中山家から依頼を受けて、のちの明治天皇のご誕生を祈願したりもしています。

嘉永六（一八五三）年、ペリーが来航すると、東雄は、こういう和歌を詠みました。

「皇《きみ》がため　よもの丈夫《ますらお》　筆棄《ふです》てて　つはものとらむ　時ぞこの時」

（歌意・皇室のため、全国の男らしい男たちは、もはや言葉や文字の世界を棄て、手に武器を取ろうではありませんか。今や〝その時〟が来たのですから…）

万延《まんえん》元（一八六〇）年、「桜田門外《さくらだもんがい》の変」が起こり、その事件の中心人物・高橋多一郎《たかはしたいちろう》と、その息子が大坂にやって来ます。関西でも決起しようとしていたのです。しかし、うまくいかず天王寺《てんのうじ》で自刃しました。その父子を、潜伏《せんぷく》中、かくまったのが東雄です。

東雄にも追手が迫ります。捕まる直前、東雄は息子の石雄《いしお》（巌）あての長い遺書を、福羽美静《ふくばよししず》に託していますが、それは、まことに鬼気《きき》迫る遺書です。こういうことが書いてあります。

「いったん朝廷に事ある時は、一命を捨てて、御恩《ごおん》に報いなさい。そうしないなら、私の子孫ではありません。御恩に報いるならば、私は死んでもあの世からお前を助けます。しかし、そうではなく、もしもお前が逆賊《ぎやくぞく》に味方するようなら、私はあの世から、お前を取り殺すでしょう。…くれぐれも学者になろうとか、詩人なろうとか、歌詠みになろうとか、そんな目先の自分のことばかりを考えてはなりません。そういう者は狂人です。ただひたすら、楠公のような生き方をしたい、と願いつづけなさい。願って努力しなさい」

すさまじい遺書というほかありません。しかし、これが、明治維新をなしとげた志士たちの心なのです。

ここにあげた歌の、歌意はこうなります。

「私は、何度死んでも、何度も生まれかわります。そして、同志たちとともに、なんとしても日本を、神武天皇の御代の時のような、すばらしい国に戻すつもりです」

これは、まさに楠公（楠木正成）の「七生報国《ひちしようほうこく》」の精神でしょう。

東雄は捕らえられて江戸に送られ、伝馬町《てんまちょう》の獄舎にいれられますが、出された食事を拒否し、そのまま獄舎で没します。時に五十歳でした。

「徳川の出す食事などいらない」と言って、餓死《がし》したと伝えられています。司馬遷《しばせん》の『史記』には、義を守って餓死した伯夷《はくい》・叔斉《しゆくせい》という義人《ぎじん》の伝記が書かれていますが、おそらく東雄は、その故事にならったのでしょう。

54 伴林光平《ともばやしみつひら》

闇夜《やみよ》行く　星の光よ　おのれだに
せめては照らせ　武士《もののふ》の道

伴林光平《ともばやしみつひら》は、文化十（一八一三）年、河内国《かわちのくに》に生まれました。父は僧侶で、光平はその次男ですが、父は光平の生まれる六十日前に亡くなっています。女手一つで育てられた光平ですが、その母も、光平が六歳の時に亡くなってしまいます。こうして光平は、河内国の西願寺の住職の養子として育ちます。

十六歳の時、上京して西本願寺《にしほんがんじ》の寮に入り、そのあとも、薬師寺《やくしじ》で学んだり、また浜松藩の儒学者から、朱子学を学んだりしました。二十六歳の時から、皇学（国学）を学びはじめ、翌年、因幡国《いなばのくに》の加知弥《かちみ》神社の神職・飯田秀雄《いいだひでお》の門人になります。

秀雄の次男の年平《としひら》とは、兄弟のように仲良くなるのですが、かねてから光平は、僧侶としての名前は捨てたい、と考えていましたので、年平から新しい名前をつけてもらうことにします。年平が考えたのが、伴林光平という名前です。

皇学（国学）の学問にはげむ光平は、つぎに加納諸平《かのうもろへい》という大家について学び、二十八歳の時には江戸に出て、伴信友《ばんのぶとも》という大学者のもとで学びはじめます。

しかし、西本願寺は、光平の学問の傾向を嫌がりました。光平の兄に圧力を加え、光平は河内に呼び返されてしまいます。その時、信友は、荒廃している歴代天皇の御陵《ごりょう》の調査を光平に依頼しています。それが、のちに光平の『野山のなげき』という名著につながるのです。

こうして、ある意味、いやいや僧侶をつづけていた光平ですが、四十一歳の時にペリーが来航しました。わが国は、いよいよ激動の時代に突入し、光平も、志士としての活動を開始します。

万延元（一八六〇）年、四十九歳の時、還俗《げんぞく》しますが、そのさい漢詩をつくっています。そのなかに、こういう一節があります。

「もと、これ神州清潔《しんしゅうせいけつ》の民、誤って仏奴《ぶつど》となり、同塵《どうじん》を説く」

「私は、もともと神国日本の清潔な国の国民であるのに、まちがって仏教の徒となり、和光同塵（注・仏や菩薩が日本の神として出現している）の説を、世間で唱えていた」という意味です。

特に「これ神州清潔の民」という言葉は、よく知られています。〝清潔好き〟という、わが国の国民性を語るさい、かつてはよく使われていた言葉です。

そのころ光平は、長男への手紙のなかで、「千巻、万巻の本は、ただ忠孝を教えるためにあります。文字の意味を知り、漢詩を書いたり、和歌を詠んだりするばかりの人は、真の〝学者〟ではありません」とも書いています。いくら「知ること」ができていても、「行なうこと」がともなわなければ、ほんとうの〝学者〟ではない…というのです。

文久三《ぶんきゅう》（一八六三）年、孝明天皇の大和への行幸《ぎょうこう》が発表されると、光平は、同志とともに、王政復古を実現しようと考え、八月十七日、大和で挙兵します。「天誅組《てんちゅうぐみ》の変」です。

しかし、その翌日、京都では政変がおこり、光平たちとは政治路線の異なる人々が、京都の政界の主役になってしまいます。こうして「天誅組」は、決起してすぐ、現在の奈良県の山中で孤立してしまうのです。


ところで、光平は、妻が死去したあと、後妻を迎えていました。その後妻に、幼い二人の子の養育を託して、挙兵に加わったのですが、戦いをつづけながらも、光平は、子供のことが心配になって、一度、自宅に帰ったことがあります。

すると、その後妻は、子供たちを捨ててどこかに消え去り、子供たちのゆくえも、わからなくなっていました。光平は、こう書き残しています。

「もとより私は、自分の命などは、捨ててかかっています。しかし、子供たちのゆくえだけは、どうにも心配でなりません」

今も昔も、〝時代劇の主人公の妻〟のような女性は、そうそう…いるものではない、ということでしょう。

ここにあげた歌は、挙兵のいきさつ記した『南山踏雲録《なんざんとううんろく》』という名著に書かれています。文久三年九月二十五日、捕えられて、駕籠《かご》で奈良の獄へ送られるさいに詠んだもので、歌意は、こうです。

「私は、深い夜の闇の道をすすんでいます。せめて星の光よ、私の行く道だけでも、照らしてはくれませんか。私の行く道が、武士らしい正しい生き方を、はずれないように…」

光平は、奈良の獄から京都の「六角《ろっかく》の獄」へ送られますが、獄中でも、本居宣長の『直毘霊《なおびのみたま》』や『万葉集』を、まわりの人々に講義していたそうです。九州の志士・平野国臣《ひらのくにおみ》も同じ獄にいて、志を同じくする二人は和歌のやりとりをしています。

しかし元治《げんじ》元（一八六四）年二月、光平は処刑されます。時に五十二歳でした。

小林秀雄は、「明治維新の歴史は、普通の人間なら涙なくしては読むことは、決してできないものだ」（「歴史と文学」）と書いています。その言葉は、光平や平野国臣の人生を思う時、より心に響いてなりません。

残念ながら、今の日本には、明治維新の歴史を読んでも、一粒の涙も落とせないであろう「普通の人間」ではない人々が、かなり増えています。どうしてそうなったのか？　その原因は、さまざまでしょうが、私は、こう思っています。わが国を故なく敵視する内外の人々が、日本人の心に対して長年にわたり、さまざまな手段を使って、質《たち》の悪い工作をしつづけてきたことが、その大きな原因の一つであろう、と。

55 平野国臣《ひらのくにおみ》

みよや人　嵐の庭の　もみぢ葉は
いづれ一葉《ひとは》も　散らずやはある

幕末の志士は、みな皇室を大切に思う人ばかりでしたが、そのなかでも、とくに皇室をお慕いする心において、「第一等」と称えられているのが平野国臣《ひらのくにおみ》です。国臣は、文政《ぶんせい》十一（一八二八）年に、福岡藩の武士の次男として生まれ、十四歳で養子にいき、のちにその家の娘と結婚して、一男二女の父となります。

けれども、日本のことが心配でたまりません。そこで、とうとう三十歳の時に妻子と離縁し、わが国の政治を、本来の正しい姿にもどすため、危険の多い志士活動をはじめるのです。

その活動のさなか、国臣は、幕末史上の有名な場面に立ち会っています。幕府に追いつめられた薩摩藩の西郷隆盛が、月照《げつしょう》とともに錦江湾《きんこうわん》に身を投げて自害をはかったことがありますが、その時、国臣は同じ船に乗っていました。

国臣は、二人の救助にあたります。月照は、手遅れでした。しかし、西郷は息をふきかえします。もし、この時、西郷が死んでいたら、その後の日本は、どうなっていたでしょう。

国臣は、薩摩藩を頼みにしていました。何度も薩摩藩を動かそうとするのですが、薩摩藩は相手にしてくれません。その悔しい思いを詠んだのが、次の歌です。

「我胸《わがむね》の　燃ゆる思《おもひ》に　くらぶれば　煙はうすし　桜島山《さくらじまやま》」

幕末の志士で、和歌や漢詩をつくった人は多いのですが、こと〝歌人〟という観点からすると、私は、たぶん国臣が「第一等」の人ではないか、と思っています。福岡の獄に入れられていた時には、こういう歌も詠んでいます。

「君がよの　安けかりせば　かねてより　身は花守《はなもり》と　なりけんものを」

これは「天皇さまの国・日本が、安泰の時代に生まれていたなら、私は静かに桜を守って、暮らしていたでしょうに…」という意味です。

私の好きな歌の一つですが、この和歌を収めている歌集は、もとはすべて紙を捻《ひね》って「こより」をつくり、それを文字の形にして、紙に貼りつけて〝書かれ〟たものです。なにも好きで、そんな面倒なことをしていたわけではありません。

獄では筆記用具を与えられなかったので、しかたなく国臣は、すさまじい手間をかけて、その方法で多くの論文や歌集を〝書いて〟いたのです。国臣の「紙捻本《こよりぼん》」は、現在、愛知県の古橋懐古館《ふるはしかいこかん》に収められています。

福岡の獄から解放されると、国臣は、屈することなく「天誅組《てんちゅうぐみ》」の人々に呼応し、生野《いくの》で兵を挙げます。しかし、敗れて、今度は京都の獄に入れられます。

そのうち元治《げんじ》元（一八六四）年に、「禁門《きんもん》の変」が起こりました。志士たちが脱獄するのではないか、と恐れた幕府の役人は、すべての志士を殺害します。その時、国臣も処刑されました。時に三十七歳です。

ここにあげた歌は国臣の辞世で、歌意はこうです。

「さあ、世の人々よ、目をこらして見ておきなさい。嵐の庭の紅葉の葉は、やがて一葉も残らず、散ってゆくのですから…」

「嵐の庭の　もみぢ葉」…。それは激動の時代を、「赤き心（注・まごころ）で祖国のために生き、そして次々と散っては、皇国の土に還《かえ》っていった、志士たちの人生そのもののようです。

56 真木保臣《まきやすおみ》

三千年《みちとせ》の　昔のてぶり　立ち返り
かつあらた世と　ならんとすらん

真木保臣《まきやすおみ》は、文化十（一八一三）年、現在、福岡県久留米《くるめ》市にある水天宮《すいてんぐう》の宮司の家に生まれました。この神社は、全国の水天宮の総本社です。

子供ころは、『絵本楠公記《えほんなんこうき》』を愛読していました。保臣は、幕末の志士のなかで、誰よりも早く「討幕《とうばく》」と「王政復古《おうせいふっこ》」の主張を展開したことで知られますが、その背景には、子供のころの『絵本楠公記』の読書体験があったのではないか、といわれています。

三十二歳の時に水戸に遊学し、帰国後は久留米藩の改革に尽力しますが、反対派から嫌われ、四十歳の時に謹慎させられます。それから十年もの間、保臣は「山梔窩《くちなしのや》」という小屋で、厳しい謹慎生活をおくることになります。

幕末の志士といえば、私たちは、すぐに青年をイメージしますが、保臣は、子供も、そして孫もいたという点で、めずらしい志士です。さらには高齢の母と病弱な妻をかかえ、さらに娘の離婚、息子の乱行にも苦しめられています。「息子を切腹させるべきではないか」と思いつめ、寝られぬ夜もありました（のちに、その息子は志士として活躍し、立派な最後をとげています）。そのような、さまざまな〝家庭問題〟をかかえながらも、保臣の志は少しも衰えず、むしろ、ますます高く燃え上がっていきます。

五十歳の時、厳重な警備を突破して脱藩《だっぱん》し、期待をもって薩摩藩に向かいました。しかし、逆に薩摩藩から抑留され、そののち京都へおもむき、寺田屋で決起しようとしますが、またもや薩摩藩にとらえられ、久留米に送り返されます。

しかし、他藩の尽力で解放され、やがて長州藩とともに「禁門の変」で戦うことになるのです。御所《ごしょ》に向かって進軍する…というのは、ある意味、〝朝敵〟の行ないであり、保臣の心中は、苦悩に満ちていたことでしょう。

戦いの火ぶたは切られ、激闘がつづきますが、奮戦むなしく、長州藩は敗退します。保臣は天王《てんのう》山《ざん》に退き、髪を整えたあと、切った髪を地中に埋め、同志十七名とともに自刃《じじん》しました。

保臣の辞世は、こういうものです。

「大山の　峰の岩根《いわね》に　埋めにけり　わが年月の　大和魂《やまとだましい》」

（歌意・天王山の峰の岩根に、私は、私の髪を埋めました。長年、私の身にそってきた大和魂とともに…）

そのころ保臣は「今楠公《いまなんこう》」と称えられていました。〝楠木正成の生まれ変わり〟という意味ですが、確かに保臣は、幼少のころから五十二歳で自刃するまで、楠公（楠木正成）を敬慕しつづけ、楠公のように生き、楠公のように散りました。

ここにあげた歌の、歌意はこうです。

「神武天皇《じんむてんのう》の建国以来、三千年ほど経つ日本国が、今や、そのはじまりの正しい姿にもどろうとしています。それは同時に、新しい世の中のはじまりでもあるのです」

明治維新を予言する歌といっていいでしょう。

明治四十四（一九一一）年、乃木希典《のぎまれすけ》は陸軍の演習のため、久留米を訪れますが、その時の宿舎は真木家でした。座敷に通され、真木家の人々が座布団をすすめると、乃木希典は、こういって、それを断ったそうです。

「ここは真木先生の御家であります。乃木などが座布団をしけるところではありません」

乃木希典の謙虚さに心打たれるとともに、それほどの偉人である保臣のことを、ほぼ忘れはてている今の日本が、残念でなりません。

57 入江九一《いりえくいち》

語らんと　思ふ間もなく　覚めにけり
哀れはかなの　夢の行方《ゆくえ》や

入江九一《いりえくいち》（杉蔵）は、天保《てんぽう》八（一八三七）年、長州《ちょうしゅう》藩に生まれました。明治維新のあと、逓信大臣《ていしんだいじん》などを歴任した野村和作《のむらわさく》（靖《やすし》）は九一の、実の弟です。吉田松陰の門人のなかで、とくにすぐれた人物を、「松門《しょうもん》の四天王《してんのう》」とか「松門の三傑《さんけつ》」などと呼ぶことがあります。そのどちらにも九一は数えられていて、まちがいなく松陰の門人を代表する人物の一人です。

安政五（一八五八）年、幕府の大老・井伊直弼《いいなおすけ》は、幕府の政治に批判的な人々を、つぎつぎと逮捕し、処罰していました。力で議論を封じる、いわゆる〝恐怖政治〟で、その政治弾圧は一般に「安政の大獄《たいごく》」と呼ばれています。

日本中の人々が、口を閉ざして小さくなっていたのですが、九一と和作の兄弟が尊敬してやまなかった吉田松陰は、他の人々とは逆でした。幕府の悪政を正すため、今こそ堂々と長州藩から武装した人々を派遣し、幕府の要人を討伐《とうばつ》すべし…という、まことに大胆な主張をしていたのです。

あまりにも過激な計画のため、松陰の門人たちも呆れはててしまい、協力しないどころか、松陰を止めにかかります。長州藩も、慌てて松陰を投獄しました。

しかし、九一と和作の兄弟だけは、そういう松陰から離れることなく、その次に松陰がたてた過激な計画を実現しようと、奔走《ほんそう》しはじめるのです。そのため藩政府は、九一と和作も投獄してしまいます。

気の毒なのは、その二人の老母・満智《まち》でした。早くに夫を亡くし、二人の息子と、その下の妹の三人を、女手一つで育ててきたのですが、頼りの二人が獄舎にいれられ、しかも藩からは、二人の分の食費まで請求されます。

獄舎から、ノミとシラミだらけの二人の着物を抱えて帰り、洗濯して返すのも満智の仕事でした。近所からは白い目で見られ、昔からの知人たちも、満智に近づかなくなります。

しかし満智は、そんな苦難に屈することなく、訪れた人に、こう語っていたそうです。

「松陰先生ですら、獄舎に入れられているのです。まして私の息子たちが投獄されることなど、何ほどのこともありません」

松陰は、満智のその言葉を伝え聞いた時、その〝心意気《こころいき》〟に感動し、激しく泣きました。明治維新という大業《たいぎょう》は、このような名もなき庶民の〝心意気〟によって支えられていたことを、私たちは、決して忘れてはならないでしょう（拙稿「二人の息子を尊王の志に捧げた入江満智」・『別冊 正論』十六号を参照してください）

松陰の死後、九一は、松陰の魂を宿したかのように激しく生き、「禁門《きんもん》の変《へん》」で若い命を散らします。時に、二十八歳でした。ここにあげた歌の、歌意はこうです。

「夢に松陰先生があらわれたので、私が語りかけようとすると、その瞬間、夢が覚めました。悲しく、はかない、あの夢は、いったいどこに消えてしまったのでしょう」

九一の弟・野村和作（靖）は、晩年『追懐録《ついかいろく》』という母を顕彰する本を編纂し、そこに兄の遺稿集を添えています。また、靖の墓は今、東京にある松陰の墓の隣に、まるで寄り添うにして建っています。

偉大な母と兄と、そして敬慕してやまない恩師…。靖は生涯、三人の恩を忘れることはなかったのです。

58 久坂玄瑞《くさかげんずい》

白真弓《しらまゆみ》　ひきなかへしそ　大君《おおきみ》の
へにこそしなめ　ますらをの友

久坂玄瑞《くさかげんずい》（義助《ぎすけ》）は、天保《てんぽう》十一（一八四〇）年、長州藩の藩医《はんい》の家に生まれています。十四歳の時に母が死去し、翌年には兄と父が死去し、十五歳で家督《かとく》をつぎました。

吉田松陰が主宰する松下村塾《しょうかそんじゅく》で学びはじめるのは、十七歳の時です。松陰は玄瑞を、周防《すおう》と長州の若者のなかでも、「第一流の人物」と称えるようになり、やがては高杉晋作《たかすぎしんさく》とともに「松門の双璧《そうへき》」といわれるようになります。

十八歳の時に、玄瑞は松陰の妹・文《ふみ》と結婚しました。文は十五歳です。玄瑞は新妻とともに、松陰の実家の杉家で暮らしはじめるのですが、二人で暮らした時間は、それほど長くはありません。時代が、それを許さなかったのです。

二十歳の時、師であり兄でもある松陰が処刑されます。玄瑞は、ほかの松陰の門人たちとともに松陰の志を継ぐことを誓い、幕府による開国を追認しようとしていた長州藩の政策を、厳しく批判し、その政策を転換させることに成功します。

そのあとも玄瑞は、品川ではイギリス公使館を焼き討ちし、京都では天皇の賀茂社《かもしゃ》・石清水八幡宮《いわしみずはちまんぐう》への行幸《ぎょうこう》（天皇が外出されること）を成功させ、馬関（下関）では関門海峡を通行する外国船を砲撃するなど…、神出鬼没《しんしゅっきぼつ》の活動をします。それらは、すべては松陰の遺志である「攘夷」を実現するためでした。

さらに玄瑞は、京都にのぼり、孝明天皇の大和への行幸を実現しようとするのですが、あまりにも早い展開が〝反動〟を生みます。二十四歳の時、「八月十八日の政変」が起こり、京都から長州藩の勢力が武力で追い払われてしまうのです。

それに対して長州藩では、〝こちらも武力をもって京都に迫り、長州藩への誤解を解き、京都の政界への復帰をはかろうではないか〟という意見が強くなりました。こうして京都を舞台にして、「禁門《きんもん》の変《へん》」がおこるのです。

玄瑞は、漢文も和文も、みごとに書く才人でしたが、ここにあげた歌は、おそらく「禁門の変」の前に詠まれたもので、歌意はこうです。

「白い檀《まゆみ》の木でつくった弓を、今こそ引きましょう。決してあとにはもどりません。なぜなら天皇さまのおそばにあって、大義のために討死《うちじに》するのは、男のなかの男の本懐とするところ…。そうではありせんか、同志の方々！」

長州藩は、御所に向けて進撃を開始します。そして薩摩藩・会津藩と激突し、ついに敗れました。この時、玄瑞は、寺島忠三郎《てらしまちゅうざぶろう》とともに鷹司邸《たかつかさてい》で自刃しています。時に二十五歳でした。

西郷隆盛は、維新後、こう語っています。

「今、俺が少しばかり手柄があったからというて、皆にチヤホヤされるのは、額に汗が出るような気がする。もし東湖《とうこ》先生や久坂玄瑞その他の諸先輩が生きておられたら、とうてい、その末席にも出られたものじゃない」

59 高杉晋作《たかすぎしんさく》

弔《とむら》わる　人に入るべき　身なりしに
弔う人と　なるぞはづかし

幕末の英雄・高杉晋作《たかすぎしんさく》の名を聞いたことがない…という人は、まずいないでしょう。晋作は天保《てんぽう》十（一八三九）年、萩《はぎ》城下に生まれ、十九歳で吉田松陰の松下村塾に学んでいます。

その翌年、江戸に遊学するのですが、遊学中に、松陰が江戸に送られてきます。晋作は、伝馬町の獄に入れられていた松陰のお世話を、いろいろとさせてもらいつつ、手紙で教えを乞いました。

「どういう時に死んだらよいのでしょう?」という晋作の問いに、松陰は、こう答えています。

「死とは好むものでもなく、また憎むものでもない。……死んで自分が〝不滅の存在〟になる見込みがあるなら、いつでも死ぬ道を選ぶべきです。また生きて、自分が〝国家の大業〟をやりとげることができる見込みがあるのなら、いつでも生きる道を選ぶべきです」

松陰が「安政の大獄」で処刑されたあと、晋作は「先生の仇《かたき》」を討つ、と誓います。そして、めざましい活動を、つぎつぎと実行に移していくのですが、そのようすを、まぢかで見ていた伊藤博《ひろ》文《ぶみ》は、晋作の動きを、こう表現しています。

「動けば雷電《らいでん》のごとく、発《はっ》すれば風雨《ふうう》のごとし」

なるほど、稲妻のように迅速《じんそく》な行動力と、風雨のように強烈な突破力…、それが晋作の魅力でしょう。とりわけ、「功山寺《こうざんじ》挙兵《きょへい》」は、わが国の歴史を明治維新へと、大きく前に進めたものとして、よく知られています。

そのころ、守旧派に支配されていた長州藩は、二千名ほどの兵を動員してきたのですが、晋作は、八十人ほどしか動員できませんでした。しかし、晋作はその兵力差をものともせず、あえて挙兵にふみきり、そして、奇跡のような勝利を収めるのです。

もっとも、さまざまな戦いを経《へ》るうちに、晋作は多くの同志を失っています。晋作を支えつづけた下関の豪商・白石正一郎《しらいししょういちろう》の弟である白石廉作《しらいしれんさく》もその一人です。廉作は「生野《いくの》の変」で自刃したのですが、その死を悼《いた》んで、晋作は、こういう和歌を詠んでいます。

「遅れても　遅れてもまた　君たちに　誓《ちかい》し言《こと》を　吾《われ》忘れめや」

（歌意・死に遅れても、また死に遅れても、私は、君たちに誓った言葉を、決して忘れず、志の実現のために戦いつづけます）

志に殉じていった恩師や同志たちへの強い思いから、やがて晋作は、それらの人々の慰霊の場をつくってはどうか…と思いつきます。やがて慶応《けいおう》元（一八六五）年、下関に「桜山招魂場《さくらやましょうこんじょう》」が創建されました。社殿が完成した時、晋作が詠んだのが、ここにあげた歌で、歌意はこうです。

「ほんとうは、私が、皆さんから弔われる身になるはずだったのに、今は、私が皆さんを弔っています。死に遅れてしまい、まことに武士として、恥かしいかぎりです」

のちに東京にも、「招魂社《しょうこんしゃ》」がつくられることになります。いうまでもなく、それが今の靖国神社です。

60

野村望東尼《のむらぼうとうに》

武士《もののふ》の　大和心《やまとごころ》を　よりあはせ
ただひとすぢの　大綱《おおつな》にせよ

野村望東尼《のむらぼうとうに》は、文化三（一八〇六）年に生まれた歌人で、また、幕末の女性志士を代表する人物です。歌人としても志士としても、まことにすぐれた人物でした。

佐佐木信綱《ささきのぶつな》は、歌人としての望東尼を「平安朝の女歌人、新古今時代の女歌人」にひけをとらず、「やさしさこまやかなる女歌人としても、第一流の才」と絶賛しています。

また、女性志士としては、「望東尼のように自らの意志で勤皇運動に飛び込み、数々の同志たちから慕われる存在にまでなった例は、ほとんど見られない」と評価されています。（谷川佳枝子『野村望東尼』）。

しかし、望東尼の生涯は、苦難に満ちたものでした。福岡の黒田藩《くろだはん》の藩士の娘として生まれ、十七歳の時に結婚しますが、半年で離縁になります。二十四歳の時に再婚しますが、四人の子供は、ことごとく早死にしました。再婚相手にも、子供がいたのですが、その子供たちにも次々と先立たれ、五十四歳の時には夫も亡くし、ついに尼になります。

勤皇運動に身を投じたのは、五十七歳ごろからです。高杉晋作を、自分の隠居所（平尾山荘《ひらおさんそう》）にかくまったことで、よく知られています。

望東尼の下女としてはたらいていた山路（吉村）すが子は、そのころ、晋作が語ったこういう言葉を記憶しています。「大望ある身ではありますが、時おり、あまりに絶望的な時代状況を思って、いっそ自刃《じじん》して…と、思う時もあります」

晋作のような英雄でも、絶望のあまり自刃しようと考えていた時もあったわけです。しかし晋作は、そのような絶望をくぐりぬけ、そのあと長州藩にもどり、わずかな手勢《てぜい》で兵を挙げます。

先にもお話しした「功山寺挙兵《こうざんじきょへい》」です。晋作はその内戦で、奇跡的な勝利を重ねます。こうして、明治維新という大業の重い扉が、ついに開きはじめるのです。私は、歴史が明治維新へと向かう最大の分岐点を一つあげよ…といわれれば、まずは晋作の「功山寺挙兵」をあげたい、と思っています。

一方、福岡藩は、慶応元《けいおう》（一八六五）年になっても、まだ「佐幕《さばく》」の立場にとどまり、藩内の勤王派に厳しい弾圧を加えていました（乙丑《いっちゅう》の獄《ごく》）。そして、望東尼も六十歳の時、高齢の身で、しかも女性で、さらに尼であるにもかかわらず、姫島《ひめしま》に「島流し」になるのです。

姫島での獄中生活は過酷なものでしたが、十か月ほど経ったころ、晋作の指示を受けた長州藩の救出部隊が、姫島に潜入し、血を流すことなく、望東尼を救出します。そのあと望東尼は、長州藩で暮らしはじめ、すでに発病していた晋作の最期を看取ることになります。

病気療養中の晋作が「面白き　こともなき世に　面白く」と上の句を詠み、望東尼が「すみなすものは　心なりけり」と下の句をつけた話は有名です。晋作は、望東尼のことを慕い、「命の親さま」とまで呼んでいます。

ここにあげた歌の、歌意はこうです。

「心ある武士たちの〝やまと魂〟をより合わせ、一本の太い綱にして（その綱で、沈みゆく日本を、どうか救って）ください」

望東尼にはこういう歌もあります。

「あだ波の　いかにあるとも　いにしへに　うちかへさでは　あらじとぞおもふ」
（歌意・むやみに立ち騒ぐ波が、どのように押し寄せようとも、それを打ち返し、わが国を、いにしえの正しい姿に、もどさずにはおくものか…と私は思っています）

望東尼の「王政復古」への強い思いが知られますが、「王政復古《おうせいふっこ》の大号令《だいごうれい》」まであと一か月という慶応三（一八六七）年十一月、望東尼は六十二歳で没します。晋作が数え年二十九歳という若さで没してから、わずか半年ほどのちのことでした。

61
坂本龍馬《さかもとりようま》

月と日と　むかしをしのぶ　湊川《みなとがわ》
流れて清き　菊の下水《したみず》

坂本龍馬は、天保《てんぽう》六（一八三五）年に生まれ、慶応《けいおう》三（一八六七）年に暗殺された幕末の志士です。戦後は、司馬遼太郎《しばりようたろう》の小説やそれをもとにしたドラマなどの影響で、あたかも龍馬が、戦後的な〝欧米礼賛〟の〝リベラル派〟で、かつ〝経済第一〟の〝平和的主義者〟であるかのような…、そんなイメージが広まってしまいましたが、それはまちがっています。

また、龍馬が妻と高千穂《たかちほ》の峰に登った時、「天《あま》の逆矛《さかほこ》」を引き抜いたことをピックアップし、龍馬が、あたかも〝唯物思想〟をもっていたかのように語る戦後のサヨク歴史学者もいますが、その時の龍馬は〝あやしげな信仰〟を、少しからかったにすぎません。神々に対する信仰心は、当然もっていました。

その証拠に、高千穂の峰から降りたあと、龍馬は妻とともに「霧島《きりしま》のお社」に参拝しています。いずれにしても、戦後の龍馬像は、戦後の知識人たちが、自分たちの思想を龍馬に投影している部分が、かなりあります。

「幕末の志士」といえば、すぐに西郷隆盛や吉田松陰などを連想した時代は〝今は昔〟になってしまい、戦後の日本では、龍馬が一番の人気者です。けれども、その主な理由が、戦後的な価値観という〝型《かた》〟にあわせて、実際の龍馬像が〝切りそろえられた〟ところにあるとすれば、いくら人気者になっても、それは龍馬本人にとって、少しも嬉しいことではないでしょう。

戦後の龍馬像と、実際の龍馬とのちがいの、一例をあげます。龍馬には、「日本を今一度《いまいちど》せんたくいたし申し候《そうろう》」という有名な言葉があります。その言葉だけが独り歩きしていますが、じつはその言葉の前には「幕府の悪い役人たちと戦争し、うち殺して」とあるのです。つまり、そうすることによって「日本をもう一度洗濯したい」と書いているわけで、もしも竜馬が戦後的な〝平和主義者〟なら、そういうことはいわないはずです。

ちなみに、その一文のあとには、「私は、それらのことを神さまにお願いしています」と書いています。〝唯物思想〟であるはずがないのです。

また龍馬は、そのころの志士たちと同じように、南朝の忠臣《ちゅうしん》たちを慕っています。南朝の人々の和歌を集めた『新葉和歌集《しんようわかしゅう》』という歌集がありますが（本書「29 宗良親王」を参照してください）、龍馬が〝どうしてもそれを読みたい〟と書いた手紙も残っています。ここにあげた歌も、そういう幕末の志士らしい心情をもとに詠まれたもので、歌意は、こうです。

「楠木正成の忠義は、（湊川《みなとがわ》の墓碑《ぼひ》にも）『日月《じつげつ》』のように普遍的なものだといわれているが、ほんとうに、そのとおりです。その昔の、楠木正成の事跡を思えば、正成が討死《うちじに》した湊川の流れは、今も清らかに、菊（皇室）を、うるおしています」

「月と日」は、湊川にある楠公の墓碑の裏面の、朱舜水《しゅしゅんすい》の文章をふまえたものでしょうし、「菊の下水」は、正成の「菊水紋《きくすいもん》」をふまえています。龍馬には、「敬神」の念も「尊王」の念もあったわけで、そのことはまちがいありません。

明治維新が近づくと、龍馬は、土佐藩に「大政奉還」を説きつつ、一方では、一千挺《ちょう》の小銃を売りつけています。つまり、平和的な政権交代を説きつつ、一方では、内戦に備えて、軍事力を充実させるという〝したたかさ〟も、あわせもっていた人で、私は、そういうところが、いかにも〝幕末の志士らしい〟と感じています。

私たちが龍馬から学ぶことは、さまざまな〝戦後的な価値観の幻影〟ではないでしょう。その志の高い、しかも自由で豪快な〝日本男児らしい生き方〟をこそ、現代人は、学ぶべきではないでしょうか。

62 中岡慎太郎《なかおかしんたろう》

大君《おおきみ》の　辺《へ》にこそ死なめ　大丈夫《ますらお》の
都はなれて　何か帰らん

中岡慎太郎《なかおかしんたろう》は、天保《てんぽう》九（一八三八）年、土佐国《とさのくに》北川郷の大庄屋・中岡小伝次《なかおかこでんじ》の長男として生まれました。時に父・小伝次は五十八歳、母・丑《うし》は三十四歳ですから、当時としては父母が、かなり高齢の時の子といえます。

天保十二（一八四二）年、慎太郎が四歳の時のことですが、土佐で「天保庄屋同盟《てんぽうしょうやどうめい》」が結成されます。父の小伝次も参加していましたが、その「同盟」のもとになっている考え方は、まことに驚くべきものです。

庄屋は、古代の「天邑君《あめのむらきみ》」にあたるもので、天皇と百姓を結ぶ神聖な職業であり、天皇に直属している…、その点からいえば、庄屋は将軍や大名と対等である、というのです。ですから、「大御宝《おおみたから》（国民）」に対して、上から道理に背くような政治的な圧迫が加えられたら、庄屋は武器をとってでも、それに抵抗しなければならない…ともいっています。

それらを、〝日本的な人権思想〟〝日本的な抵抗権の思想〟などと呼んでもいいでしょう。この「天保庄屋同盟」を源として、土佐には二十年後の文久《ぶんきゅう》元（一八六一）年、「土佐勤皇党《とさきんのうとう》」が結成されます。「土佐勤皇党」の血盟文には参加者の署名が、ずらりと並んでいるのですが、慎太郎の名前は、十七番目にあらわれます。時に慎太郎は、二十四歳です（ちなみに坂本龍馬の名前は、九番目に見えます）。

二年後の文久三（一八六三）年、土佐藩で土佐勤皇党への〝血の粛清《しゅくせい》〟がはじまると、慎太郎は、すぐに脱藩します。もしもその時、慎太郎がグズグスしていたら、のちの薩長同盟《さっちょうどうめい》もなく、したがって明治維新の大業も成就することはなかったでしょう。

脱藩のあと慎太郎は、「禁門の変」に出陣したり、薩長同盟に尽力したり、また「陸援隊《りくえんたい》」を結成したり…、まさに東奔西走《とうほんせいそう》の日々を過ごすのですが、脱藩から四年後の慶応《けいおう》三（一八六七）年、大政奉還の後の、混沌とした政情の京都で、龍馬と一緒にいたところを突然、刺客に襲われ命を落とします。時に三十歳でした。

ここにあげた歌は、二十七歳の時、「禁門の変」へ出陣する前夜、死を覚悟し、父にあてて書いた「遺書」のなかに見えるもので、歌意はこうです。

「天皇さまの、お近くで死ねれば、私は満足です。私は男のなかの男でありたい、と思っています。そのような私が、今のような緊迫した政情の都《みやこ》を離れて、どうして故郷に帰れるでしょうか」

幕末には、すぐれた志士が無数にいますが、慎太郎ほど高い見識と、すぐれた交渉力を、あわせもっていた人物は、きわめてまれです。その見識は、たとえば、こういう言葉からも知ることができます。

「万国公法《ばんこくこうほう》」（国際法）を妄信して、欧米との友好を説く人に対し、慎太郎は、こう反論しているのです。

「イギリス人も、こういっています。『永遠に変わらない法などない』と。圧倒的な軍事力の前では、『万国公法』など意味をもたず、小さな国には、ただ悲劇がまっているだけです」

また、日本の進むべき道については、こう述べています。

「留学生を出し、外国人を雇い、国の産業を盛んにし、軍事力を、急速に強化していくほかありません。欧米諸国は、世の道理など、本音ではどうでもいい、と思っているのですから…」

慎太郎の見識は、同じ時代のドイツの宰相・ビスマルクと同じです。明治六（一八七三）年三月、訪欧中の岩倉使節団が、ドイツでビスマルクと会ったさい、ビスマルクは、使節団に、こう語っています。

「国際法は、諸国の権利を保護する不変の取り決めだと言われている。しかし、列強諸国は、自国の利益になる時は国際法や条約を守るが、自国の利益にならないと思えば、あっさりそれを無視して武力に訴える。諸君、それが国際社会の現実である。…諸君は国際法や条約のことばかり気にするよりも、富国強兵して実力をつけることに尽力していただきたい」

慎太郎の〝政治的なリアリズム〟は、十九世紀の世界だけでなく、今もそのまま通用するはずです。現代の〝脳内、お花畑〟のような、政界、財界、官界、学界の人々は、そろって中岡の爪の垢《あか》でも煎じて飲んだ方がよいでしょう。

ところで、この時代、かなりの知識人でも、〝警戒すべき欧米の国々〟といえば、イギリスとロシアと見ていたのですが、慎太郎は、早くもアメリカに対して、強い警戒心をもっています。慎太郎は、「アメリカには恐ろしいところがある」と、まるで百年先を見通すかのような言葉を残していて、その先見の明には、驚くほかありません（以上の見解は、慶応二［一八六六］年十月の「論策」に書かれています）。

一方、政治的な交渉力も、慎太郎には卓越したところがあり、元陸援隊《りくえんたい》士・田中光顕《たなかみつあき》は昭和二（一九二七）年、八十五歳の時、こう回想しています。「交渉事で障害になる人物があらわれた時は、慎太郎が行けば、短時間に、意のままに説き伏せて帰った」

もしも慎太郎が、もう少し長生きをしていれば…、西郷、大久保、木戸、岩倉などと並ぶ大政治家になっていたかもしれません。幕末史上、その早逝《そうせい》を「惜しい…」と思う人物は少なくありませんが、慎太郎を思う時、私には、ことさらその思いがつのります。

63

松平春嶽《まつだいらしゅんがく》

なき数に　よしやいるとも　天翔《あまがけり》
御代《みよ》を守らむ　皇国《すめぐに》のため

松平春嶽《まつだいらしゅんがく》（慶永）は文政《ぶんせい》十一（一八二八）年、江戸城内の田安《たやす》家に生まれました。田安家は、一橋家、清水家とともに御三卿《ごさんきょう》と呼ばれる家で、徳川家のなかでは、御三家《ごさんけ》につぐ名門です。田安家は、八代将軍・吉宗の二男の宗武《むねたけ》からはじまりますが、宗武は賀茂真淵《かものまぶち》にも学んだ文化人として知られています。その宗武の七男が、「寛政の改革」で知られる松平定信《まつだいらさだのぶ》で、春嶽はその定信を、とても尊敬していたそうです。

十一歳の時、こわれて越前《えちぜん》（福井）藩の十六代藩主になりました。越前藩は、三十二万石の雄藩です。

春嶽が二十六歳の時、浦賀にペリーが来航します。はじめは春嶽も、そのころの多くの人々と同じように、欧米諸国を〝武力で打ち払うべし！〟と主張していたのですが、越前藩は、その方針を、どの藩よりも早くあらため、安政《あんせい》三（一八五六）年、春嶽が二十九歳の時には、藩全体の意見を「開国」と決めます。

しかし安政五（一八五八）年、幕府は天皇の許可がないまま、日米修好通商《にちべいしゅうこうつうしょう》条約《じょうやく》を調印し、また幕府内でも〝次の将軍を誰にするのか〟という大問題がおこりました。その二つの問題をめぐって、わが国は激動の時代をむかえます。

同じ年、春嶽は大老《たいろう》・井伊直弼《いいなおすけ》の政治を公然と批判したため、まだ三十一歳という若さで隠居を命じられ、霊岸島《れいがんじま》で謹慎生活にはいります。翌年には、信頼してやまなかった側近の橋本左内《はしもとさない》が、幕府の手によって処刑されます（時に左内は、まだ数え歳で二十六歳でした）。

春嶽の謹慎生活は、足かけ五年にもおよびました。しかし、文久《ぶんきゅう》二（一八六二）年、三十五歳の時に「政事総裁職《せいじそうさいしょく》」という、いわば〝総理大臣格〟の立場に立ち、政界に復帰します。そのころ春嶽のそばで腕をふるったのが、熊本藩出身の横井小楠《よこいしょうなん》という学者です。勝海舟が小楠を、西郷隆盛と並ぶ人傑として高く評価していたことは、よく知られています。

そのころ、すでに政治の中心は京都に移っていました。文久三（一八六三）年、春嶽も京都におもむくのですが、京都では、〝欧米諸国を武力で打ち払うべし！〟という声が激しさを増しており、もはや春嶽の手にはおえません。

そこで三月、春嶽は辞表を出し、福井に帰ってしまいます。しかし、その激しい声の中心であった長州藩が、八月十八日、京都の政界から強引に追放され、春嶽は十月になって、ふたたび京都におもむきます。

春嶽と政治的な考え方の近い大名に、土佐藩の山内容堂《やまのうちようどう》（豊信《とよしげ》）がいますが、容堂はその年の九月から、藩内で長州藩の人々に近い「土佐勤皇党」の人々に対して、大規模な〝血の粛清《しゆくせい》〟を開始しました。その結果、二十七名が殺され、獄中で二名が病死しています。

これによって土佐藩は、武市半平太《たけちはんぺいた》（瑞山《ずいざん》）などの優秀な人材を失うのですが、一方の春嶽は、そのような大規模な〝血の粛清〟など、一度もしていません。春嶽の美点は〝人材を大切にする〟ところにあり、春嶽のおかげで、幕末の世で活躍できた偉人も少なくなく、その点でも春嶽は、明治維新に大きく貢献しているのです。

春嶽が京都におもむいたころ、主流になっていた政治構想は、天皇のもとで力のある大名が、合議して政治をすすめていこう、というものでした。その構想を実現しようと、春嶽は「参与《さんよ》」という役職につきます。

しかし、せっかくのその構想も、わずか二か月で崩壊します。幕末の政局は、混迷の度を深めます。しかしそのような情勢のなか、春嶽が大切にしていた〝人材〟の一人である坂本龍馬などが、薩摩藩と長州藩の手を結ばせることに成功しました。こうして、ようやく時代は「大政奉還《たいせいほうかん》」から「王政復古」へと動きはじめ、わが国には、新しい時代の曙光《しょこう》がさしはじめるのです。

春嶽は、明治政府からも大切にされますが、明治三（一八七〇）年、四十三歳の時からは文筆生活に入り、幕末維新史の貴重な記録を多く残し、明治二十三（一八九〇）年、六十三歳で没しています。ここにあげた歌は、春嶽の「辞世の和歌」で、歌意はこうです。

「もしも私が、この世にいない人の一人になろうとも、私は、空を翔《か》けめぐり、今の明治天皇さまの御代をお守りしましょう。それが、つまりは神武天皇以来の天皇の国・日本を、お守りすることになるのですから…」

64
岩倉具視《いわくらともみ》

天地《あめつち》の　そぎたつきはみ　てらすべき
この日のもとの　もののふやたれ

岩倉具視《いわくらともみ》は、文政《ぶんせい》八（一八二五）年、京都の公家・堀河家に生まれ、十四歳の時、岩倉具慶《ともやす》の養子になりました。岩倉家は、村上源氏《むらかみげんじ》の正統である久我《こが》家からわかれて、江戸時代のはじめに独立した家です。

村上源氏といえば、古くは南朝の忠臣・北畠親房《きたばたけちかふさ》・顕家《あきいえ》の父子も村上源氏の流れです。岩倉家が久我家から独立して、その六代目にあたる尚具《なおとも》は桃園天皇《ももぞのてんのう》に仕えて、皇室の権威を回復するため力を尽くし、「宝暦事件《ほうれきじけん》」で、罪なくして処罰されています。尚具は、いつも子供たちに、こう語っていたそうです。「私が宝暦事件のさい摂関家《せっかんけ》（藤原氏）に処罰されたことを忘れず、皇室に忠義を尽くしてほしい」

尚具の無念の思いは、五代あとの具視にうけつがれます。嘉永《かえい》六（一八五三）年、ペリー来航の年、具視は二十九歳でしたが、関白・鷹司政通《たかつかさまさみち》に、今後の日本の外交について、意見を言上《ごんじょう》します。その時、熟練の朝廷政治家・政通は、岩倉について、「眼光《がんこう》人を射《い》て、弁舌《べんぜつ》流るるがごとし。まことに異常の器《うつわ》なり」と評したそうです。岩倉の政治家としての活躍は、ここからはじまります。

三十四歳の時には、八十八人の公家とともに、幕府寄りの関白のもとに押しかけ、その政治姿勢に抗議するという、大胆な行動を起こしました。その行動に励まされた孝明天皇は、外国との通商条約を許可しない、という決断をくだされます。

また、将軍・家茂《いえもち》と、皇女・和宮内親王《かずのみやないしんのう》との結婚を進めたのも、具視です。具視からすれば、それも朝廷の権威を高めよう、との思いから進めた話なのですが、この政策は朝廷の内外から〝幕府より〟との厳しい批判をあびました。

なにしろ、京都では〝幕府より〟と見られた人物が、つぎつぎと暗殺されていた時代です。具視は身の危険を感じ、官職《かんしょく》を辞め、さらに出家しますが、それでも、なお物騒《ぶっそう》な脅迫文が届くので、都を去って、身をかくすことにします。

霊源寺《れいげんじ》、西芳寺《さいほうじ》などを転々としたあげく、落ち着いたのが、洛北《らくほく》の岩倉村《いわくらむら》です。そのあと具視は岩倉村で、しばらく息をひそめて暮らします。

ここにあげた歌は、そのような生活のなか、元治《げんじ》元（一八六四）年に詠まれたもので、歌意はこうです。

「わが国は、天のはてから地のはてまでを照らす、アマテラス大神のお生まれになった尊い国です。そうであるのに、その国の力が、今は発揮されていません。発揮するには、すぐれた人物が必要なのです。どこかに頼もしい武士は、いないものでしょうか…」

身はかくしていても、具視の志は少しも衰えません。新しい政治体制を構想しては、つぎつぎと文章にして、政界の中枢にいる人々に送りつづけます。慶応《けいおう》元（一八六五）年には、大名たちが天皇の前に集まり、政治の一新を誓うべきである…と主張しました。この構想は、いうまでもなく、その三年後に「五箇条《ごかじょう》の御誓文《ごせいもん》」となって実を結びます。

慶応三（一八六七）年四月、土佐の中岡慎太郎が…、つぎに坂本龍馬が訪ねてきました。さらに十月には、薩摩藩の大久保利通と長州藩の品川弥二郎《しながわやじろう》も訪ねてきますが、具視は大久保に「錦《にしき》の御旗《みはた》」の図を見せ、その製作を依頼しています。それは、もちろん、〝討幕戦〟に備えてのことでしょう。同じ月、「大政奉還」が行なわれますが、それは、かたちの上だけのことで、幕府は別の方法で、あいかわらず国政の中心に居座《いすわ》る気でいました。

そのような緊迫した情勢のなか、十一月になると、具視は政界に復帰します。そして具視の奮闘もあって、十二月九日、「王政復古《おうせいふっこ》の大号令《だいごうれい》」が発令され、そのあと日本は、ほんとうの意味で、新しい時代へと向かっていくのです。

そこへたどりつくまでには、何度も危うい局面がありましたが、そんな時も具視は動じず、「成《せい》敗《ばい》は天なり、死生《しせい》は命《めい》なり」と言い、酒を飲んで寝ていたそうです。薩摩藩や長州藩が、どれほどがんばっても、もしも朝廷内に具視がいなかったら、たぶん明治維新は成功しなかったでしょう。

西郷、木戸、大久保の「三傑《さんけつ》」が没しても、なお具視は、明治の政界で活躍をつづけました。明治十六（一八八三）年、五十九歳で没しますが、具視の最期を看取ったドイツ人の医師ベルツは、「公《こう》（具視）の全身は、ただこれ鉄の意志であった」と書き残しています。

65
松尾多勢子《たせこ》

つま木こる　斧《おの》のひびきを　しづの女《め》が
きぬたの音に　打そへて聞く

幕末には、いく人もの女性志士がいました。先にあげた野村望東尼《ぼうとうに》の名は、わりに広く知られていますが、松尾多勢子《まつおたせこ》も忘れてはならない女性志士の一人です。

多勢子は信濃国《しなののくに》の伊那《いな》に生まれ、十九歳で農家に嫁ぎ、病弱な夫をささえながら、十人もの子《こ》宝《だから》に恵まれ、良き妻・賢い母として、三十年ほど過ごします。やがて長男が立派な嫁をむかえ、孫も生まれ、〝主婦〟としてのつとめも、そろそろ終わりか…と思いかけたころ、時代は、ちょうど幕末をむかえていました。

皇学（国学）の教養が深かった多勢子は、皇国《こうこく》（日本）のゆくすえを思うと、いても立ってもいられなくなります。そして、とうとう五十二歳のとき、夫の許しをえて、一人で、風雲《ふううん》急をつげる京都へのぼるのです。

当時の五十歳代といえば、もう…立派な老人でした。多勢子は、表むきは「歌よみばあさん」というふれこみで、公家の屋敷に出入りしていましたが、じつは志士たちの連絡係をしていたのです。

武家でもなく、男でもなく、若くもない多勢子は、怪しまれることが少なく、やがて岩倉（具視）家の「女参事《おんなさんじ》」とまでいわれるようになります。しかし、何しろ命がけの活動でしたから、そのころの多勢子は、いつも短刀を手ばなせなかったそうです。

明治維新が成就すると、あっさりと故郷に帰り、ふたたび農業にいそしみます。仲のよかった夫を先に見送り、ひ孫の顔も見て、明治二十七（一八九四）年、八十四歳で亡くなっています。


ここにあげた歌は、男と女が、それぞれの自然な役割を果たすうちに生まれる美しい調和を詠んだもので、歌意はこうです。

「遠くから（カマドや炉などで焚くための）小枝を伐採する斧《おの》のひびきが聞こえてきます。そして私が家のなかで、槌《つち》で布を（やわらかくするために）打っていると、その台からも音がして、その二つの音が、まるで音楽のように、美しく交じりあって聞こえます」

女性志士というと、私たちは、すぐに近ごろの〝サヨク的な女性活動家〟を想像しがちですが、多勢子は、そういう人ではありません。

晩年の多勢子の様子が、こう記録されています。

「偉そうところがなく、女らしくて、人から好かれる〝やさし味〟があった」、「立派な主張があって、話も上手だったが、おしゃべりではなかった」

今どきの日本人では、なかなかイメージできないタイプです。しかし、少し前までのわが国には、多勢子ほどではないにせよ、それに近い〝みごとな女性たち〟が、民間には、とてもたくさんいたような気がします。

そういう、〝徳《とく》の高いおばあさん〟は、今はどこにいったのでしょう？（〝徳の高いおじいさん〟も、どこにいったのでしょう？）。町や村に〝徳の高いおばあさん〟〝徳の高いおじいさん〟がたくさんいて、若い人たちと、よく会話をしてくれれば、たぶん「心理カウンセラー」もあまりいらないでしょうし、「心の病」にかかる人も、今よりも、ずっと少なかったはずなのですが…。

66
太田黒伴雄《おおたぐろともお》

夜はさむく　なりまさるなり　唐衣《からごろも》
うつに心の　いそがるるかな

太田黒伴雄《おおたぐろともお》は、明治九（一八七六）年に熊本で起こった「神風連《しんぷうれん》（敬神党《けいしんとう》）の乱」の首領です。伴雄の師は、熊本の皇学（国学）者として知られる林桜園《はやしおうえん》ですが、桜園は「世の中のことは、すべて〝末〟のことであり、神さまのことが、すべての〝本〟である」と説いていました。熱烈な〝敬神〟の思想です。ですから、そのころの熊本では、桜園のもとに集まった人々のことを、「敬神党」とか「神風連」などと呼んでいたのです。

そもそも明治維新は、〝神武天皇の御代という国の原点に立ち返り、すべてを一からやり直します〟と宣言してはじまった大改革でした。ですから、「敬神党」の人々も、はじめは政府に期待していたのですが、やがてそれは、深い失望にかわります。彼らから見れば、明治新政府がやっていることは、ただの〝欧米化〟にすぎません。その〝証拠〟に、明治九年三月、新政府から「廃刀《はいとう》令《れい》」が出されます。

彼らの怒りは、頂点に達しました。そして、「欧米を撃退する前に、まず欧米化をすすめる今の政府を撃退しなくてはならない」と考えるようになったのです。

それでは、いつ決起するのか？　その日取りも神さまの御指示を仰ごう…ということで、一党は「うけひ」と呼ぶ一種のクジで、決起の日を決めました。そして明治九年十月二十四日の夜、百七十余名の一党は、日本古来の武具に身をかため、熊本にある近代的な軍隊施設を襲います。敵は、陸軍少将・種田《たねだ》政明《まさあき》以下、二千三百名です。

フイを突かれ、はじめこそひるんだ政府軍でしたが、当然のことながら、一党は、近代的な装備をもつ十倍余の政府軍の反撃にあい、一夜にして敗れ去ります。新風連がわの戦死者は二十八名でした。

ただし、きわめて特徴的なのは、そのあと新風連の人々が、次々と自刃《じじん》していき、その数、なんと八十六名にもおよんでいることです。伴雄も、自分の体を東方（注・天皇陛下のいらっしゃる方角）に向けさせ、「死して護国《ごこく》の鬼神《きしん》」となることを誓い、四十三歳で自刃しています。

ここにあげた歌の、歌意はこうです。

「夜がふけて、だんだん寒くなるように、今の世の中も、どんどん寒々としたものになってきました。寒さが厳しくなってくると、それに備えて槌《つち》で衣を〝打つ〟のが急がれます。それと同じことで、世の中が寒々としてきた今、日本を外国のような国にしようとする連中を、早く〝討《う》つ〟ことが急がれるのです」

日本古来の武器のみで、近代的な軍事施設に突入し、やがて自刃して果てる…。それから百年ほど後に三島由紀夫の事件が起こりますが、それは、まさに「神風連精神」を継ぐものであった、といえるでしょう。

67
西郷隆盛《さいごうたかもり》

ふたつなき　道にこの身を　捨小船《すておぶね》
波たたばとて　風吹かばとて

西郷隆盛は、文政《ぶんせい》十（一八二七）年、鹿児島の城下に生まれ、明治十（一八七七）年、同じ鹿児島の城山《しろやま》で亡くなっています。いうまでもなく明治維新の最大の功労者で、日本人なら、知らない人はいない英雄です。

「安政の大獄」から「西南《せいなん》の役《えき》」にいたる史上空前の激動期……、西郷のように、つねに時代の中心に位置しつづけた人は、ほかにいません。もしも西郷が、「安政の大獄」で、吉田松陰や橋本左内とともに処刑されていたとしても、すでにその時点で、歴史に名を残す人物になっていたでしょう。

しかし西郷が、いかにも西郷らしい〝風格〟を帯びてくるのは、「安政の大獄」からあとのことです。西郷は安政《あんせい》五（一八五八）年、清水寺の勤皇僧《きんのうそう》・月照《げっしょう》を守るため鹿児島に戻りますが、その途中、尊敬してやまない熊本藩の長岡監物《ながおかけんもつ》（米田是容《こめだこれかた》）を訪ねます。

その時、長岡は、西郷にこういう和歌を送っています。

「君がため　身は捨て小船　捨ててまた　思へばさわぐ　波風もなし」

（歌意・天皇さまのためと思えば、わが身などは、捨てられた小船のようなもの…。そうと思い定めれば、もはや心に波風が立つこともありません）

命からがら、薩摩藩にたどりついた二人を待ち受けていたのは、「月照を殺害せよ」という藩からの命令でした。しかも西郷が、その実行役を命じられます。

「同志を殺して、自分だけ生きのびるわけにはいかない」と覚悟を決めた西郷は、真冬の錦江湾《きんこうわん》に浮かぶ小船から、月照をかかえて海に飛び込み、入水《じゅすい》自殺をはかりました。同船していた平野国臣などが救助にあたりますが、月照は亡くなり、西郷は奇跡的に息を吹き返します。

ここにあげた歌は、入水前の西郷の辞世で、歌意はこうです。

「ただ一筋の正しい道のため、私は、捨てられた小船のように、わが身を捨てるつもりです。たとえ、波が立とうと…風が吹こうと…」

監物の歌に、とてもよく似ていますが、たぶんこれは、監物から送られた和歌への「返歌」として詠まれたものなのでしょう。

そのあと、あわせて五年ほどの、「島流し」の生活がはじまります。西郷の〝西郷らしい風格〟は、この間につくりあげられました。西郷の漢詩に、こういう有名な一節があります。

「いくたびも辛く苦しい思いをして、はじめてその人の志は、しっかりしたものになる」

（原文・幾《いく》たびか辛酸《しんさん》を歴《へ》て、志《こころざし》、始めて堅《かた》し）

世のなかでは「辛酸」をへると、そのせいで〝すり減る人〟や〝汚れる人〟がほとんどですが、しかし、西郷は、まことに稀有なことに「辛酸」によって〝磨かれた人〟です。

そして、その結果、その人格から、たぐいまれな光を放つようになるのですが、この一節を読むと、まるで西郷は「辛酸よ、いつでもまた来い。来て、私の志がどれほど堅いか、試してみるがよい！」といっている…かのようでもあります。西郷の〝志〟はあまりに高く、あまりに深かったといわざるをえません。

そのことが結果的に、のちの「西南《せいなん》の役《えき》」という悲劇につながっていくのでしょう。西南の役は、平安時代以来の長い〝武士の歴史の最後をかざる戦い〟であり、そして今のところ、わが国の〝最後の内戦〟です。

68 勝海舟《かつかいしゅう》

時ぞとて　咲《さ》きいでそめし　かへり咲《ざき》
咲くと見しまに　はやも散りなん

勝海舟（麟太郎《りんたろう》）は、文政《ぶんせい》六（一八二三）年、江戸の本所《ほんじょ》で、旗本の長男として生まれました。九歳の時、野良犬に睾丸《こうがん》を嚙《か》まれ、瀕死の重傷を負います。その時、無頼漢《ぶらいかん》の父・小吉《こきち》が命がけの看病をして、奇跡的に回復した話は有名です。「父性」という言葉を聞くと、私は小吉のことを思い出すのですが、この父子については、子母澤寛《しもざわかん》の『父子鷹《おやこだか》』という小説があり、それが何度も、映画やテレビドラマになっているので、ごぞんじの方も少なくないでしょう。

海舟は、二十三歳からオランダ語の勉強をはじめました。辞書がほしくてなりませんが、蘭和《らんわ》辞書『ズーフ・ハルマ』（五十八巻）は高額で、貧しい海舟には、とても買えません。そこで海舟は、それをもっている医師から一年十両で借り、二十五歳からその翌年にかけ、一年間かけて二組も書き写します。一組は自分のため、もう一組は売ってお金にかえるためです。

三十一歳の時、ペリーが来航します。老中首座《ろうじゆうしゆざ》・阿部正弘《あべまさひろ》は、いろいろな人から意見を求めたので、海舟も意見書を提出しました。そこで海舟は、早くも、わが国も「海軍」を創設しなければならない…と、主張しています。

正弘はペリー来航から四年後、三十九歳という若さで病死しますが、在職中、優秀な官僚たちを抜擢していました。岩瀬忠震《いわせただなり》、大久保一翁《おおくぼいちおう》などです。そしてその二人が、こんどは海舟を抜擢します。つまり正弘のおかげで、幕府のなかに〝徳川第一《ファースト》〟ではなく〝日本第一《ファースト》〟という、広い視野をもつ人々のグループが生まれたのです。

いわば「阿部派」といってもいいかもしれません。やがて海舟は、その「阿部派」を代表する人物になっていきます。

三十三歳から三十七歳までは長崎の「海軍伝習所《かいぐんでんしゅうじょ》」にいました。そして三十八歳の時、咸臨丸《かんりんまる》で太平洋をこえ、アメリカに渡ります。この時、ともにアメリカに渡ったのが福沢諭吉《ふくざわゆきち》です。福沢は、明治になって海舟を厳しく批判しはじめますが、その批判は、今日から見ると、あまり納得のできるものではありません。

そういえば、福沢は「大政奉還」の前年になっても、まだ〝徳川第一《ファースト》〟で、「大君のモナルキ」を主張していた人です。つまり、徳川家を西洋の絶対君主のような立場にして、そのもとで近代的な中央集権制の国家をつくればよい…と考えていたわけです。なるほど福沢は、〝豊富な新知識〟をもっていた人ではありますが、その〝発想の枠組〟は、〝古い〟といわざるをえません。いつの世も、そういうタイプの「秀才」は、少なくない気がします。

もしかしたら福沢と海舟は、もともと肌があわなかったのかもしれません。〝幕府内の開明派〟といっても、じつは、いろいろなのです。

四十二歳の時、坂本龍馬などが参加したことで知られる「神戸《こうべ》海軍操練所《かいぐんそうれんじょ》」の開設が公布されます。それは幕府の家臣だけを教育しようという機関ではありません。海舟は、そこで「日本海軍」を担う人材を育てようとしていました。しかし、〝徳川第一〟の人々によって、すぐに廃止されてしまいます。

こうして海舟は、政治の表舞台から、しばらく去るのですが、そのころ、海舟の弟子である龍馬たちの活躍によって「薩長同盟《さっちょうどうめい》」が成立し、幕府の命運は尽きようとしていました。窮地におちいった幕府は、ふたたび海舟を表舞台に立たせます。

そして慶応四（明治元・一八六八年）、四十六歳の時、海舟は西郷隆盛と会談して、「江戸城無血開城《えどじょうむけつかいじょう》」を成功させるのです。維新後の海舟は、「近代日本」の基礎が築かれていく姿を見つつ、徳川家の名誉回復や、徳川家の旧臣たちの救済に力を尽くしています。


海舟は長生きして、明治三十二（一八九九）年、七十七歳で亡くなっています。ここにあげた歌は、晩年、「このごろ元勲《げんくん》とかなんとか、自分で偉がる人たちに、こういう歌を詠んでやったよ」と言って紹介している歌で、歌意はこうです。

「今こそ…と思って、咲きはじめる花がありますが、そういう時、私はいつも〝これは、咲く時期でもないのに咲いたアダ花なのかもしれないな〟と思って眺めています。するとやはり、咲いたと思ったら、もう散っているではないですか…」

激動の時代…、海舟は、さまざまな人物の、さまざまな運命を、身近なところで長く見つづけてきました。そのような海舟にとって、一時の権勢におごる人々は、みな短命な「アダ花」のように見えたのでしょう。

69 中西君尾《なかにしきみお》

千早《ちはや》ふる　万《よろず》の神に　祈るなり
別れし君の　安かれとのみ

幕末には、勤皇の志士たちを命がけで応援した「勤皇芸者《きんのうげいしゃ》」と呼ばれる芸妓《げいこ》たちがいました。桂《かつら》小五郎《こごろう》（木戸孝允《きどたかよし》）と幾松《いくまつ》、また久坂玄瑞と辰《たつ》の仲は、よく知られていますが、その代表格といえば、やはり中西君尾《なかにしきみお》でしょう。

君尾は、弘化《こうか》元（一八四四）年、丹波国《たんばのくに》の侠客《きょうかく》の娘として生まれました。文久《ぶんきゅう》元（一八六三）

年、十七歳の時、京都の祇園《ぎおん》の置屋《おきや》に身をおき、花柳界《かりゅうかい》にあらわれますが、その美しさは「近くは京・大阪・遠くは江戸三界《さんがい》にも、ちょっと見つかるまい」といわれたほどでした。現代では誤解している人が多いようですが、芸妓はあくまでも「芸」を売るのが仕事です。〝ほれた男〟以外には、決して肌を許したりしません。

君尾が、はじめて〝ほれた男〟は、長州の井上聞多《いのうえもんた》（馨《かおる》）でした。

志士たちは座敷で、もちろんお酒を飲んで騒ぎはします。しかし、かたときも自分たちの〝天命〟は忘れていません。ですから、つい天下国家の話も出ます。

その話しを聞いているうちに君尾は、「この人たちを、お助けせな…」という覚悟を定めたそうですが、それは今風の軽い「覚悟」ではありません。命をささげる、という覚悟です。

ある日の朝、二階にへ上がった時、君尾は、高杉晋作が井上に、切腹の練習をさせている現場に出くわします。驚いている君尾に、高杉は「おぬしらも、自害《じがい》の稽古をしておけ」と言ったそうです。そのあと君尾は、ほかの芸妓から、「なあ…君尾さん、うちらも喉の突き方を、教えていただきましょ」と誘われています。深刻な話なのに、どこか微笑ましい感じがあるのは不思議ですが、それは、声をかける方にも、かけられる方にも、たぶん日本人らしい〝純粋な心〟が通っていたからではないでしょうか。

文久三（一八六三）年、井上がイギリスに密航するさい、君尾は鏡を送っています。翌年、井上は帰国し、その鏡を肌身離さずもって国事《こくじ》に奔走していましたが、ある夜、守旧派から襲撃され、メッタ斬りにされました。四十数か所を縫《ぬ》う瀕死の重傷でしたが、井上は蘇生《そせい》します。君尾の鏡が、井上の腹を守ったのです。

井上がイギリスに渡ったあと、君尾には、つぎの〝ほれた男〟があらわれます。吉田松陰門下の品川弥二郎《しながわやじろう》です。

「禁門の変」に出陣するさい弥二郎が、君尾に別れの和歌を書いて渡すと、十九歳の君尾は、すぐに「つたないながら…」と、返歌《へんか》を書いてわたしていますが、それがここにあげた歌で、歌意はこうです。

「わが国のすべての神々に、私は祈りをささげます。今、お別れする大切な方が、どうかご無事でありますように…と」

この話からも、彼女たちの深い教養がうかがわれるでしょう。ちなみに、戊辰戦争《ぼしんせんそう》のさいの「トコトンヤレ節」の作詞者は弥二郎で、作曲者は君尾ともいわれています。

君尾は、新撰組《しんせんぐみ》の近藤勇《こんどういさみ》からも、言い寄られたことがありました。近藤は、若い女性である君尾から見ると、男らしく魅力的な人物であったようです。しかし、ゆれる心をおさえつつ、君尾は、こういいます。「天皇さまの御代《みよ》にするために、お尽くしてくださるのであれば、私は、身も心もささげましょう」

なんと君尾は、大胆にも近藤に〝勤皇方《きんのうがた》に寝返ってほしい〟といったのです。近藤が、「いや…新撰組は、会津さまにしたがうものじゃ」というと、君尾は、「それはぞんじておりますが…」といいながら、大胆にも「尊皇の大義」を、とうとうと語りはじめ、そのため流石の近藤もあきらめた…という話が伝わっています。

幕末の祇園《ぎおん》では、「長州さまは、正成《まさしげ》をなさるそうな」と、噂されていたそうです。「正成」とは、いうまでもなく楠木正成のことですが、芸妓たちは、「正成をなさる」のひと言で、彼らが何のために命がけで行動しているのか、すぐに理解できたわけです。

明治維新というのは、世界史上的にみても、奇跡的な政治変革です。何しろ政治変革の主体となった武士たちが、変革の成就のあと、そろって世襲の既得権を失ってしまったわけで、そのような「無私の政治変革」は、世界の歴史上、例がないでしょう。なぜ日本人には、そのようなことができたのでしょうか？　君尾の話からもわかるように、それは、つまるところ、純粋な心と高い教養が、国民に広く共有されていたからではないか…と、私は思っています。

君尾は、弥二郎の子をさずかりますが、祇園で芸妓をつづけ、大正七（一九一八）年に七十五歳で亡くなっています。幸せな晩年でしたが、ある夜、京都を訪れた伊藤博文《いとうひろぶみ》が、あまりの来客の多さにたまらず、深夜に宿を抜け出し、なつかしい君尾に会うため、君尾の家の裏木戸《うらきど》を叩いたことがあります。

ほんものの「元老《げんろう》」と、いわば〝元老芸者〟…。老いた二人はその夜、若くして亡くなった志士たちの思いで話に、花をさかせたそうです。

70
明治天皇

目に見えぬ　神にむかひて　はぢざるは
人の心の　まことなりけり

明治天皇は、孝明天皇《こうめいてんのう》の第二皇子として、嘉永《かえい》五（一八五二）年九月二十二日（新暦では十一月三日〔明治節《めいじせつ》〕）にご誕生になりました。母は、中山慶子《なかやまよしこ》です。

慶応《けいおう》二（一八六六）年に孝明天皇が崩御《ほうぎょ》され、その翌年、十六歳の若さで践祚《せんそ》されます。以後、建国以来、最大級の国難にみまわれた時代にあって、それに雄々《おお》しく立ち向かわれ、つねに先頭に立って、国民を導きつづけられました。明治四十五（一九一二）年七月三十日に崩御《ほうぎょ》されます。六十一年のご生涯でした。

天皇のご生涯をひと言でいえば、〝近代日本の歩みそのもの〟といっていいでしょう。わが国の長い歴史のなかでも、幕末から明治にかけては、とくに優れた人物が、ぞくぞくとあらわれた時代です。しかし、「それらの人々のなかで、もっとも大切な人物を一人をあげてください」と問われば、心ある者なら、皆、すぐに明治天皇のお名前をあげるにちがいありません。世に「明治大帝《めいじたいてい》」とお呼び申し上げることがあるのも、そのご治績《ちせき》を考えれば、ごく自然なことです。

天皇は、秀れた歌人でもいらっしゃいました。そのご生涯のうちに詠まれた歌は、ほぼ十万首にのぼります。きわめて平明でありながら、しかし何人もまねすることができない「帝王の風格」に満ちた御製《ぎょせい》ばかりです。有名な御製には、たとえば、つぎのようなものがあります。

「さし昇る　朝日の如く　爽やかに　有《も》たまほしきは　心なりけり」

（歌意・日々、東から昇る朝日は、いつも爽やかな光を放っています。それと同じような心を、私たちも、いつももっていたいものです）

「大空に　聳《そび》えて見ゆる　高嶺《たかね》にも　登れば登る　道はありけり」

（歌意・大空を背景にして聳えている、巨大な山の頂にも、登ろうと思えば、登る道は必ずあるものです）

「四方《よも》の海　みなはらからと　思ふ世に　など波風の　立ちさはぐらむ」

（歌意・わが国をとりまく四方の海の、向こうにある国々は、みな兄弟のようなもの…と思っているのに、なぜそのつながりを妨げるかのように、波や風が立ち騒ぐのでしょうか）

「あさみどり　澄みわたりたる　大空の　広きをおのが　心ともがな」

（歌意・あさ緑色に美しく澄み渡って、無限に広がっている大空…、私の心も、そのようにありたいものです）

これらの和歌は、昔の日本人には、どれもなじみ深いものでした。できれば今も、…そしてこれからも、日本人なら、くり返し拝読したい御製ばかりです。

「西洋近代」の衝撃を受け、そのころの国民のなかには、祖国の伝統を軽視するような人々も少なくありませんでした。天皇は、そのことを、深く憂えていらっしゃいました。ですから、〝神を敬う心〟についても、たくさんの和歌をお詠みになっています。ここにかかげた歌は、明治四十（一九〇七）年に「神祇《じんぎ》」と題してお詠みになったもので、歌意は、こうです。

「神々は目には見えませんが、すべてのことをお見通しになっています。そのような神々に向かい合って、恥ずかしい思いをしないですむように、私たちは、ただひたすら誠の心をもって生きていきたいものです」

「大帝」と称えられる天皇ですが、じつは生涯〝神の目を畏《おそ》れる〟という謙虚な御《み》心《こころ》をおもちだったことがわかります。また、そうであるからこそ、まさに「大帝」なのでしょう。

〝神の目を畏れる〟という心がない人は、いつか平気で〝神をも畏れぬ〟ことを、いったりやったりするようになります。日本人は決してそうなってはならない…と、明治天皇は、今も国民を、強く戒めてくださっているのではないでしょうか。

71

昭憲皇太后《しょうけんこうたいごう》

みがかずば　玉もかがみも　なにかせん
学びの道も　かくこそありけれ

昭憲皇太后《しょうけんこうたいごう》は、嘉永《かえい》三（一八五〇）年、公家の一条家の三女としてお生まれになり、美子《はるこ》と名乗られました。「昭憲皇太后」は、崩御《ほうぎょ》のあとに贈られたお名前です。

慶応《けいおう》三（一八六七）年、十八歳で明治天皇の女御《にょうご》となられ、明治元（一八六八）年、正式に皇后となられます。翌年、十九日間の長い旅の末、ようやく東京に到着されます。

明治四（一八七一）年ごろになると、西郷隆盛や吉井友実《よしいともざね》によって、宮中の改革が行なわれました。皇太后は、あの西郷に対しても、時には厳しくお叱りになったこともあった、といわれています。

皇太后は、その御生涯で、ほぼ三万六千首の御歌を詠まれていますが、その和歌の師の一人に、福羽美静《ふくばよししず》という皇学者（国学者）がいます。美静は、大国隆正《おおくにたかまさ》の門人です。隆正は、皇学者とはいうもののその学風は、かなり儒学の色が強いものです。皇太后の御歌《みうた》に、道徳的なものが多いということは、よく知られていますが、それは、もしかしたら美静を通じて、隆正の学問が、どこかに影響しているのかもしれません。

明治九（一八七六）年、御年二十九歳の時、『フランクリン自伝』のなかの「十三徳」にもとづいて十二の徳目をあげ、それにちなんだ十二首の御歌を詠まれています。そのなかの「勤労」にちなんだ御歌は、ここにあげた御歌とよく似ていて、「みがかずば　玉の光は　いでざらむ　人のこころも　かくこそあるらし」というものです。

二年後の明治十一（一八七八）年、皇太后が、東京女子師範学校《とうきょうじょししはんがっこう》（現在の御茶の水女子大学）に下されたのが、ここにかかげた御歌で、歌意はこうなります。

「いつも磨いていなければ、宝石も鏡も、何の役にも立ちません。学問も、それと同じことで、いつも磨きつづけなければならないのです」

明治二十（一八八七）年には、華族女学校《かぞくじょがっこう》に「金剛石《こんごうせき》」「水は器《うつわ》」の御歌を下されています。これらの御歌は、戦前までは広く国民に親しまれていました。

現在でも、御茶の水女子大学には、女性の研究者が研究を継続できるようにと「みがかずば研究員制度」があります。また、学習院女子中等科・女子高等科の生徒たちは、今も「金剛石」「水は器」の御歌を、歌い継いでいるそうです。

皇太后は、東京慈恵《じけい》病院、日本赤十字社の活動にも、支援をつづけられ、悲運に散った維新の志士たちの、残された母や妻にも、心を寄せつづけられました。皇太后は、『女四書《おんなししょ》』という書物を愛読され、みずからの「徳」をみがくことを、いつも心がけていらっしゃったそうです。

皇太后のお考えは、今風のサヨク的な「フェミニズム」のように、どこか戦闘的で、妙にギスギスしたものではありません。おそらく皇后は、男は〝男の道〟をきわめ、女は〝女の道〟をきわめる…、それが結局は〝人の道〟をきわめることになる…と信じられ、おんみずから、その〝女の道〟を極限にまで高貴に、貫いてくださったのではないでしょうか。

「徳」の高い方に、人々は自然に頭《こうべ》を垂れ、その方を慕《した》うものです。古今東西《ここんとうざい》、老若男女《ろうにゃくなんにょ》、その点は変わりません。

偉大な明治大帝のかたわらには、いつも聡明で美しく、そして、かぎりなく慈悲《じひ》深い皇太后がいらっしゃいました。今、昭憲皇太后のお名前を知っている日本人は少なくなりましたが、もう一度、日本人みなが、そのお名前と、そしてその御歌を思い出す日がきてほしいと、私は願ってやみません。

72 宜湾朝保《ぎわんちょうほ》

くみかはす　まどゐの外の　紅葉《もみじ》まで
ゑひの盛《さかり》と　見ゆるけふ哉《かな》

「沖縄」という地名の語源は、今もよくわからないそうです。それについては、私の勝手な推測があります。

『日本書紀』には、イザナギの命《みこと》、イザナミの命《みこと》がお生みになった「大八嶋《おおやしま》」以外の島々は、「潮の泡が凝り固まってできたもの（原文・潮沫《しおなわ》の凝《こ》りて成れるものなり）」とあります。「おき」というのは、古代も今も同じ意味ですから、私は「沖縄」というのは、「沖の潮沫」で、それが「おきなわ」になったのではないか…、と勝手に思っているのですが、さて…、どうでしょう？

文政《ぶんせい》六（一八二三）年、その沖縄に生まれたのが、宜湾朝保《ぎわんちょうほ》（唐名・向有恒）です。琉球王国《りゅうきゅうおうこく》の政治家・歌人として知られ、「琉球の五偉人」の一人にもかぞえられています。

明治五（一八七二）年九月、琉球王国の使節団が東京におもむきました。この時、正式に琉球《りゅうきゅう》藩《はん》が置かれ、国王・尚泰《しょうたい》が藩主に任命されます（第一次琉球処分）。

朝保は、その使節団の「副使」でした。明治天皇に拝謁し、歌会にも呼ばれますが、その時、「紅葉、酔うがごとし」というお題をいただくと、すぐにここにあげた歌を詠んでいます。

歌意はこうです。

「お酒を酌み交わす、楽しい集《つど》いの席で、ふと外を見ると、今日は紅葉も、酒盛《さかも》りの最中のようです。たぶんそのせいで、真っ赤になっているのでしょう」

「赤」というのは、「赤き誠」を意味します。ですから、この歌には、「私たちは、海の向こうにはいるものの、これからは私たちも、天皇陛下に赤き誠を尽くしてまいります」という意味が込められています。

まことにみごとな和歌ですが、じつは朝保は、薩摩国の皇学者（国学者）・八田知紀《はったとものり》の弟子で、もともと和歌の素養が深い人物だったのです。琉球には、朝保の和歌の弟子が、数百名もいたといわれています。

そういえば、かつてＮＨＫで、琉球王国を、まるで「地上の楽園」のように描いたテレビ・ドラマが放送されたことがあります。しかしそれは、あまりにも事実とかけ離れています。

たとえば、琉球王国では、農民が人口の九割を占めていましたが、土地所有は許されず、しかも〝八公二民〟という重税に苦しんでいたのです。また、文字の読める農民は、ほとんどおらず、いつも役人から監視され、隣村との交流や結婚さえ禁止されていました。

「五偉人」の一人である朝保が、そのような現状を見かねて、正式に日本の「藩」になることを歓迎したのは、ある意味、当然のことでしょう。朝保は、『琉球語彙《りゅうきゅうごい》』という本を編纂し、日本の古代の言葉が沖縄に残っている、という貴重な研究も残しています。

残念なことに晩年は、しだいに「売国奴」あつかいされるようになりました。やがて命さえ危ぶまれる状況になりましたが、そんななか、朝保は明治九（一八七六）年、五十四歳で病死しています。

しかし、大正十一（一九二二）年生まれの沖縄県の元教師・仲村俊子《なかむらとしこ》さんは、平成二十六（二〇一四）年、九十三歳の時、ある雑誌のインタビューを受けて、こう語っています。「私は本当に明治政府に感謝しています。あのまま琉球王国がつづいていたら、私は農家の生まれでしたから、学校にも行けず文字も読めずに、野良《のら》仕事をしていたはずです」

その沖縄に、今、危機が迫っています。尖閣諸島《せんかくしょとう》で不法操業していた中華人民共和国の漁船が、取り締まりをしていた海上保安庁の巡視船に突っ込んでくる、という事件が起きたのは、平成二十二（二〇一〇）年七月のことです（尖閣諸島中国漁船衝突事件）。

先のインタビューは、その事件から四年後のものですが、中村さんは、こうも語っています。「チベットやウイグルの例を考えれば、ある日突然、ドアを開けたら中国兵が立っている、なんてこともありえるのです」

那覇市の波上宮《なみのうえぐう》には、明治天皇の銅像がありますが、中村さんは、波上宮に参拝するたび、明治天皇の銅像に「沖縄をお守りください」と祈っているそうです。尖閣諸島の周辺の波は、現在、ますます高くなりつつあります。

73
井上毅《いのうえこわし》

外《と》つ国の　千種《ちくさ》の糸《いと》を　かせぎあげて　大和錦《やまとにしき》に　織りなさばやな

井上毅《いのうえこわし》は、天保《てんぽう》十四（一八四三）年、熊本藩の下級武士の三男として生まれました。幼いころから頭脳明晰《ずのうめいせき》で、四歳の時、両親が詠んでいた『百人一首』を、いつのまにか暗記してしまったそうです。

西郷隆盛が、尊敬していた人物の一人に熊本藩の長岡監物《ながおかけんもつ》（米田是容《よねだこれかた》）という人がいます。その監物が病の床に伏した時、献身的に看病をしたのが、そのころ十七歳の井上でした。

井上は、まず儒学（朱子学）を徹底的に学び、そのあと、フランス、プロシアなどで法学や司法制度を学びます。帰国後は大久保利通《おおくぼとしみち》に認められ、やがては明治政府の中枢で、まさに「ブレーン」として、重要な仕事をするようになりました。

井上が国史の猛勉強をはじめたのは、明治十八（一八八五）年ごろです。わが国の法律は、外国の法律の直輸入であってはならず、わが国の伝統にもとづいて制定されなければならない…というのが、井上の考えでした。井上は、東京帝国大学の国史学の大家・小中村清矩《こなかむらきよのり》の教えを受けるともに、清矩の婿養子・池辺義象《いけべよしかた》を、自分の専任の助手にして、わが国の古典を徹底的に研究します。

ちなみに、清矩の師は本居内遠《もとおりうちとお》ですが、内遠の父は本居大平《もとおりおおひら》です。その大平の父は、あの本居宣長ですから、毅は、わが国の本質を究める上では、最高の知性の系譜を、正しく受け継いでいたことになります。

こうして起草されたのが、「皇室典範《こうしつてんぱん》」です。そこには、過去と現在と未来を貫く、皇室の不変（普遍）の「かたち」が、簡潔に、しかも的確に表現されています。

皇位は「男系男子」によって継承しなければならない、皇族の養子は禁止する…など、国史の徹底的な研究から導かれた六十二の条文は、いずれも重要なものばかりです。皇室の永久の繁栄を願う者であれば、それらの条文を繰り返して読み、その一つひとつにどのような思いが込められているか、深く考えておくべきではないか…と、私は思います。

しかし、毅がかかわったのは、「皇室典範」ばかりではありません。「大日本帝国憲法《だいにほんていこくけんぽう》」と、「教《きょう》育勅語《いくちょくご》」の起草にもかかわっているのです。この三つの重要な文書の、すべての起草に深くかかわったのは、毅しかいません。いわば毅は、明治という世界史上に光り輝く御代《みよ》の「国家プランナー」であったといえるでしょう。

ここにあげた歌は、「大日本帝国憲法」の完成後に詠まれたもので、歌意はこうです。

「いろいろな外国から伝わった無数の糸を、懸命に努力して一つにまとめあげて、日本にしかない美しい錦《にしき》を、織りあげてみせましょう」

しかし、長年の無理がたたったのでしょう…、毅は明治二十八（一八九五）年、働き盛りの五十二歳で病没しています。毅の死について、同じ熊本の出身で、明治から昭和にかけての大言論人・徳富蘇峰《とくとみそほう》は、「国家のために汗血《かんけつ》を絞りつくした」生涯である…と評しています。

74
東郷平八郎《とうごうへいはちろう》

えびす等《ら》が　寄せくる艦《ふね》は　沈めても
御稜威《みいつ》をあげよ　皇国人《すめらくにびと》

東郷平八郎《とうごうへいはちろう》は、弘化《こうか》四（一八四七）年、鹿児島の加治屋町《かじやちょう》に生まれ、昭和九（一九三四）年、八十八歳で亡くなりました。誰しも認める世界史上の英雄です。

西郷隆盛、大久保利通、大山巌《おおやまいわお》なども加治屋町の出身で、東郷は西郷を、生涯「先生」として尊敬していました。十七歳の時には薩英戦争《さつえいせんそう》に参加し、十九歳から二十一歳にかけては戊辰戦争《ぼしんせんそう》に参加しています。

三十一歳の時には、西南《せいなん》の役《えき》がおこっていますが、これには参加していません。なぜなら、そのころの東郷は、ほかならぬ西郷の力添えで、イギリスに留学していたからです。

一方、日本にいた東郷の二人の兄は西郷軍に参加し、一人は戦死し、一人は負傷しています。ですから、もしも東郷が日本にいたら、たぶん西郷軍に参加していたでしょう。そして、もしも東郷が戦死でもしていたら、のちの日本海海戦の勝利もなかったでしょうから、あるいは日本はロシアの「植民地」にされていたかもしれません。偶然とはいえ、西郷は東郷をイギリスに送ることによって、結果的にわが国を救ったことになります。

明治二十四（一八九一）年、東郷は軍艦「浪速《なにわ》」の艦長に就任しますが、その二年後、ハワイ王国が倒され、アメリカ人を大統領とする仮共和国政府がつくられます。要するに、アメリカのハワイ侵略です。

この時、ハワイに派遣された東郷が、アメリカに対して、少しも卑屈な態度をとらず、じつに毅《き》然《ぜん》とした態度で臨んだことは、よく知られています。そのため、アメリカとの摩擦をおそれる日本政府は狼狽《ろうばい》しましたが、かつての王国の人々からは慕われ、東郷がハワイを去るさい、人々は岸壁につめかけて、「トーゴー、トーゴー」と叫び、別れを惜しんだそうです。

ここにあげた歌は、日本海海戦のあと東郷が詠んだ歌で、歌意はこうです。

「不当に日本に侵入してくる外国人たちの、その軍艦は断固、沈めなくてはなりません。しかし、そういう措置をとるからこそ、私たち天皇国の民は、ますます天皇陛下のご威光を高めるような、立派な生き方をしなければならないのです」

この歌は、明治天皇の次の御製をふまえているのでしょう。

「国のため　あだなす仇は　くだくとも　いつくしむべき　事な忘れそ」

（歌意・日本に不当に進入してくる敵には、堂々と立ち向かい、勝たなければなりません。しかし、そのあとの敗者へのいたわりの心を、失ってはなりません）

そうじていえば近代の世界史において、もっとも国際法と道義を守って戦ってきたのは、わが国の軍隊です。そのことは、大東亜戦争にいたるまで変わりません。

それにもかかわらず、それを、まったく逆のものとして世界に宣伝しつづけている人々が、今は国の内にも外にも、ひしめいています。そのような虚偽の政治宣伝には、東郷のように毅然とした態度で臨まなければなりません。

なぜなら、そのような不当な宣伝は、わが国の先人たちに対する「名誉毀損《めいよきそん》」にほかならないからです。先祖に対する「名誉棄損」を、その子孫である私たちが、黙って見過ごしていてはならないでしょう。

75
東郷鉄子《てつこ》

いと重き　お役つとむる　その人を
守らせ給《たま》え　紫尾《しび》の明神《みょうじん》

東郷鉄子《てつこ》は、東郷平八郎の妻です。文久《ぶんきゅう》二（一八六二）年、海江田信義《かいえだのぶよし》（有村俊斎《ありむらしゅんさい》）の長女として、薩摩藩に生まれています。

父の弟は、薩摩藩士として、ただひとり「桜田門外の変」に参加し、井伊直弼の首をあげたあと自刃した、有村次左衛門《ありむらじざえもん》です。鉄子は十七歳の時、三十二歳の東郷と結婚します。

東郷は、しばしば乃木希典《のぎまれすけ》とならび称されますが、〝一組の夫婦としての人生〟にかぎっていえば、乃木夫妻のそれが、きわめて劇的であったのに比べ、東郷夫妻のそれは、じつに平穏なものでした。新婚のころは小さな家に山本権兵衛《やまもとごんべえ》や伊東祐亨《いとうすけゆき》が、よく押しかけ、車座になって夜遅くまで酒を飲んで楽しんでいたそうです。

そういう時、鉄子は三味線を弾いて、東郷たちの歌の伴奏をしたといいます。また、東郷の母の益子《ますこ》も加わって、手拍子を打ち、一緒に歌うこともあったようです。

ちなみに、東郷の母・益子は、故郷では「白梅の君《しらうめのきみ》」と呼ばれるほど美しい女性でしたが、それと同時に「女傑」としても知られていました。薩英戦争《さつえいせんそう》の時、初陣《ういじん》に臨む東郷を「敗《ま》くるな！」と言って送り出し、そのあと大鍋に汁をつくって、暴風雨のうえ、砲弾が飛び交うなか、その鍋を藩の砲台まで届けた…という逸話が残っています。

ここにあげた歌は、昭和天皇のために設けられた学問所の総裁に、東郷が任じられた時、鉄子が詠んだもので歌意は、こうです。

「とても重いお役目を、おおせつかった私の夫を、紫尾《しび》の明神さま、どうかお守りください」

「紫尾の名神」というのは、東郷家の先祖の武将です。東郷家では、その武将を代々、神として屋敷内に祭っていました。

昭和三（一九二八）年、鉄子は病気で寝たきりになります。そのあと、東郷は、こう語っていたそうです。「おテツを死なさにァ、ワシは死ねんわい」。妻を見送るまで自分は死ねない、ということですが、その東郷も昭和九（一九三四）年、寝たきりになります。

茶の間を隔てて、二人は別の部屋で病臥《びょうが》していました。ある時、東郷に見舞いの品として松の盆栽《ぼんさい》が届くと、東郷は付き添いの看護婦に紙とハサミをもってこさせます。そして、自分で、いくつもの小さな鶴を折り、それらを松の枝に留め、それを鉄子の部屋に届けさせました。それを見た鉄子は、ハラハラと涙をこぼしたそうです。


昭和九年五月、東郷は、おそらく暗雲漂う国の未来を憂いつつ、二十七日「もう一度なぁ…」という言葉を発して、その三日後の三十日、八十八歳で亡くなります。棺には、鉄子の髪が納められますが、その鉄子も、その七か月後、夫のあとを追うように、七十三歳で亡くなりました。

東郷の幼なじみの黒木為楨《くろきためもと》は、その国の女性たちが「勇敢で優しく謙虚でなければ、真に偉大な国民とはいえない」と語っています。明治の男たちが立派だったのは、その時代の女性たちが立派だったからなのでしょうか？　それとも、その明治の男たちが立派だったから、明治の女たちも立派だったのでしょうか？　そこは何とも…、即断しかねるところです。

76
乃木希典《のぎまれすけ》

うつし世を　神さりましし　大君《おおきみ》の
みあとしたひて　われはゆくなり

明治四十五（一九一二）年の七月三十日、明治天皇が崩御され、年号は大正へと変わります。九月十三日が御大葬《ごたいそう》の日です。明治天皇の御葬列《ごそうれつ》は、この日の午後八時、お弔いのために鳴らす大砲の音を合図にして出発しますが、乃木希典は、赤坂の自宅でその音を聞きとどけると、切腹して果てました。時に六十四歳でした。

ここにあげた歌は乃木の辞世で、歌意はこうです。

「この世を去られた明治天皇さまの、そのあとをお慕いして、私もあの世に、おともさせていただきます」

乃木は、嘉永《かえい》二（一八四九）年、下関の長府藩《ちょうふはん》（長州藩の支藩）の武士の家に生まれました。幼いころは泣き虫で、その上、左目を失明するという事故にもあいますが、十八歳の時、一念発起《いちねんほっき》します。

家出して萩におもむき、親戚の儒学者、玉木文之進《たまきぶんのしん》の家にころがりこんだのです。玉木文之進は、吉田松陰の叔父で、子供のころの松陰に厳しい教育を施したことで知られています。

乃木も、玉木文之進から厳しい教育を受けました。その七年前に松陰は処刑されていましたので、乃木は松陰のことを、直接には知りません。しかし、文之進とその夫人は、すべて松陰を模範として、乃木を教育したそうで、その意味で、松陰と乃木は、〝兄弟弟子《きょうだいでし》〟といえます。ただし、さすがの文之進も、松陰の猛勉強と同じものを、乃木には求めなかったようで、文之進は、いつも乃木に「寅次郎《とらじろう》（注・松陰）の半分勉強すれば、だいじょうぶぢゃ」といっていたそうです。

明治九（一八七六）年、陸軍少佐として九州の「秋月《あきづき》の乱」を鎮圧しましたが、そのころ萩では「萩の乱」が起こり、師の文之進は自刃《じじん》し、文之進の養子になっていた実の弟も戦死しています。そして、その翌年、「西南の役」が起こります。

その戦いで、天皇陛下から下された「軍旗《ぐんき》」を奪われたことが、乃木の終生の心の傷となったことは、よく知られています。五十三歳の時、休職となり、悠々自適《ゆうゆうじてき》の生活がはじまりました。

しかし、五十六歳の時、日露戦争が起こります。乃木は第三軍の司令官として、二〇三高地をめぐってロシア軍と激闘をくり広げました。乃木は二人いた息子を、二人ともその戦いで失っています。そして、ついに勝利をえてロシア軍を退け、その名を、東郷平八郎とともに、世界にとどろかせるのです。

晩年は学習院の院長として過ごしました。とくに迪宮《みちのみや》さま（のちの昭和天皇）に対して、「徳」を養っていただくよう、ご教育申し上げたことは、よく知られています。


ちなみに、私は平成二十四（二〇一二）年九月、学生たちと幕末維新の史跡を訪ね、山口県を訪れました。ちょうど明治天皇が崩御されて百年…、つまり乃木が殉死して百年という年でした。

乃木が殉死してから、ちょうど百年目の命日（九月十三日）、たまたまですが、私は学生たちとともに乃木の故郷・下関に泊り、翌日は萩におもむきました。当初の予定にはなかったのですが、雨のなか、学生たちと萩の玉木文之進の旧宅を、ふらりと訪ねました。その時、そこで案内をされていたボランティアのご婦人が、こんな不思議なことをおっしゃいました。

「ここをお守りしている私たちは、ふだんから蝶は松陰先生の魂だ…といっていたのですが、今日は朝から、たくさんの紋白蝶《もんしろちょう》が舞っていました。大切な方々がおいでになる…と思っていたら、皆さんがおこしくださいました。いったい皆さんは、どこからおこしになったのですか？」

驚いた学生たちが、いっせいに私の顔を見るのですが、私も驚いています。ですから私は、その時、「えっと、三重県の伊勢市…。伊勢神宮のある伊勢市の大学からまいりました」とお答えするのが、せいいっぱいでした。

第五章　今の代（現代）

平成十三年から二十年まで、私の勤務する皇學館大学の理事長は、上杉千郷《うえすぎちさと》という方でした。上杉さんは、大正十二年に岐阜県に生まれ、神宮皇學館大學《じんぐうこうがっかんだいがく》に在学中、学徒出陣《がくとしゅつじん》で海軍少尉となり、特攻出撃隊を率いて沖縄作戦に参加されますが、作戦の実行前に終戦を迎えられた方です。

理事長を退任して、伊勢市を去られる時、小さな送別会を開きました。平成二十年九月のことです。そこで上杉さんから、海軍時代のお話を、いろいろとおうかがいしたのですが、上杉さんは散華《さんげ》した戦友のことなどを語りつつ、時に涙されていました。幸い、上杉さんは、翌二十一年と二十二年、その思いを著書につづられていますので、その時にうかがった話の内容は、今もそれらの御著書で、ほぼ正確に再現することができます。

御著書のなかで、上杉さんは、神風特別攻撃隊・琴平隊・福山区隊の隊長として、六機を率いて出撃した椎根正中尉の雄姿を偲びつつ、こう詠まれています。

「かかる世を　我は願って　出撃せしか　椎根中尉は　夢枕《ゆめまくら》に問ふ」

上杉さんの夢に椎根中尉があらわれて、「こんな日本にするために、自分は出撃したのだろうか」と問うてくる、というのです。上杉さんは、「社会の今日の乱れ、彼等が願った日本は、こんな日本であったのか。…後につづけなかったことへの申し訳なさと、戦後の日本再建への努力の足りなさに慙愧《ざんき》の念に堪えない」と、書かれていますが、これが、あの時代を体験し、戦後の日本を生きぬいた元軍人が、最晩年にたどりついた心境であったか…と思えば、同じ日本人として、私も、英霊に対して申しわけない思いで、いっぱいです。上杉さんは、そのような思いを記した御著書を出版された直後、平成二十二年、お亡くなりになりました。時に八十七歳でした。

戦後、アメリカが日本に「安保タダ乗り」を許し、他の諸外国もわが国の底力を、どこかで恐れつづけ、その結果、わが国の人々が、長く平和と繁栄を享受することができたのは、なぜでしょう？　それは、かつて勇敢に、かつ忍耐強く戦い、散華された英霊の方々がいらっしゃったからではないでしょうか。あの方々の勇戦奮闘《ゆうせんふんとう》の姿が、長く諸外国の人々の記憶に残り、〝日本を侮《あなど》ってはならない〟との思いが無言のバリアーとなって、長く日本を守ってきたような気がします。その意味で、戦後の日本の平和と繁栄は、じつは英霊たちの残した〝貯金〟を使って実現したもの…ともいえるでしょう。

それにもかかわらず、戦後の日本人の、英霊に対する態度は、あまりにも礼を失しています。そのような無礼な態度の〝バチ〟があたって、英霊が、私たち子孫に残してくださった〝貯金〟も、さすがに今や、底をつきつつあるのではないか…と、私には案ぜられてなりません。

77 大正天皇

かきくらし　雨ふり出でぬ　人心《ひとごころ》
くだちゆく世を　なげくゆふべに

大正天皇は、明治十二（一八七九）年、明治天皇の第三皇子として誕生されました。生母は、柳原愛子《やなぎはらなるこ》です。九歳の時、皇后（昭憲皇太后）の実子とされ、その二年後に皇太子となられます。明治天皇の崩御《ほうぎょ》にともない、三十四歳で践祚《せんそ》されました。

生来、ご病弱でしたが、二十二歳の時、九条節子《くじょうさだこ》（貞明皇后《ていめいこうごう》）を皇太子妃《こうたいしひ》として迎えられると、ご健康も回復され、日露戦争のあとは、明治天皇の名代《みょうだい》として、全国各地をご訪問になっています。しかし、大正十五（一九二六）年、四十八歳という若さで崩御されます。

大正の御代は、わずか十四年五か月ですが、大きな戦争もなく、そのころ花開いた「大正文化」

は、今の日本文化の「源流」になっている、ともいわれています。しかし、この時代は、日本にとって大切な文化的な伝統が、急速に消えていった時代でもあります。

たとえば、漢学の伝統です。今、新聞に短歌や俳句の投稿欄があるように、昔の新聞には漢詩の投稿欄があったのですが、それが大正六（一九一七）年に、主要な新聞から消えています。

大正天皇は、まるでそのような時代風潮にあらがわれるかのように、千三百六十七首の漢詩をつくっていらっしゃいます。すばらしいものが少なくありません。一つ例をあげましょう。大正天皇の漢詩の研究者として知られる古田島洋介《こたじまようすけ》さんは、「子供たちに教えるのに一番いい」ものとして、「西瓜《すいか》」という御製をあげていますが、それは、こういうものです。

「清泉《せいせん》に濯《あら》ひ得《え》て、翠《みどり》、光有《ひかりあ》り。剖《わ》り来れば、紅雪《こうせつ》、正《まさ》に香りを吹く。甘漿《かんしょう》、滴滴《てきてき》、繁露《はんろ》の如《ごと》く、一たび嚙《か》めば、人をして神骨涼《しんこつすず》しからしむ」

この漢詩の意味は、こうなります。「澄んだ湧水《ゆうすい》で洗うと、果皮の緑色が鮮やかに輝き、割ってみれば、紅い雪が積もったような果肉から、すくさまかぐわしい香りが漂ってくる。甘い汁がポタポタと垂れるありさまは、あたかも、葉に繁くやどった露さながら…。一口食べただけで、身も心も爽やかになる」

確かに、それはスイカという庶民的な食べ物のおいしさを、見事に詠みあげたもので、そのような漢詩を、私はほかに知りません。

新聞から漢詩の投稿欄が消えた大正六年といえば、ロシア革命が起こった年です。そのあと、わが国の知識人たちは、どんどん「赤化《せきか》（共産化）」していきました。

大正七（一九一八）年には、東京帝大に「新人会《しんじんかい》」という学生運動の団体が結成され、やがてそこから共産主義の活動家が、たくさんあらわれます。そして、大正十一（一九二二）年には、日本共産党が設立されます。その正式名称は「コミンテルン日本支部　日本共産党」です。「コミンテルン」とは、ソ連のレーニンが、世界中の国で共産革命を起して、全世界を共産主義の国にしようとして創設した「共産主義インターナショナル（communist international）」（第三インターナショナル）の略称です。

こうして、学界や教育界からはじまって、政界、官界、言論界、ひいては軍部にも…、共産主義思想が、さまざまな〝変異〟をとげつつ、広く深く蔓延《まんえん》していきました。つまり、大正時代とは、わが国に、深刻な〝思想上の国難〟が、兆《きざ》しはじめた時代でもあったのです。

ここにかかげた御製は、大正九（一九二〇）年のもので、歌意は、こうなります。

「夕方になり、かき乱したように、あたり一面が暗くなって、急に雨が降り出しました。それと同じように人々の心が、どうしようもないなりゆきで、盛りの状態を終え、今、朽ちてゆきつつあります。そのことを、私は嘆かずにはおれません」

たぶん大正天皇は、〝思想上の国難〟の来襲を、敏感に感じ取っていらっしゃったのでしょう。残念ながら、その時代に降りはじめた〝赤い雨〟は、わが国の各界の人々を、いまだに〝赤く〟染めつづけています。

ただし、それに染まりきった人々は、不思議なもので、〝自分がそれに染まりきっている〟という自覚が、ほとんどありません。そういう人々を、情報史学の世界では、「デュープス（Dupes）」と呼ぶそうです。

78
杉浦重剛《すぎうらじゆうごう》

数《かず》ならぬ　身にしあれども　今日よりは
我身《わがみ》にあらぬ　我身とぞ思ふ

杉浦重剛《すぎうらじゆうごう》は、安政二（一八五五）年に近江国《おうみのくに》の膳所藩《ぜぜはん》の武士の家に生まれ、大正十三（一九二四）年、七十歳で亡くなった教育者です。昭和天皇に倫理のご進講をしたことから、「帝王の師」として知られています。

重剛は四歳の時、母の背中で、生涯忘れられない光景を目撃しました。梅田雲濱《うめだうんぴん》や頼三樹三郎《らいみきさぶろう》が、駕籠《かご》に入れられ、江戸に護送されている、という光景です。それは、あの「安政の大獄」の一場面でした。そのような「幼児体験」のせいもあってか、重剛は幕末の志士への敬意を、生涯もちつづけた人です。

とくに吉田松陰への敬意は、なみなみならぬものでした。五十四歳の時には、松陰について、このように語っています。

「松陰は、ふつうにいる〝世を嘆き、憤るタイプの人〟ではありません。一つの言葉、一つの行動…、それらのすべてが至誠《しせい》にもとづいている人です」（『松陰四十年』）。

「至誠」というのは、「誠の心が、きわまっていること」で、松陰が好んだ言葉です。

民間の一教育者にすぎなかった重剛に、「帝王の師」という大役が命じられたのは、重剛が六十歳の時です。人選を依頼された東京帝国大学の総長・山川健次郎《やまかわけんじろう》は、「恥かしいことであるが、今の帝国大学の教授のなかに適任者は一人もいない、しかし民間にならば、一人だけいる…」と言って、重剛を推薦します。

山川は、会津藩出身の元白虎隊士《びゃっこたいし》で、維新後にアメリカのイェール大学で物理学を学び、帰国して日本人初の物理学教授になった人です。共産主義思想に対しては、早くから警鐘を鳴らしていて、昭和四（一九二九）年、七十六歳の時、ラジオ放送で、共産主義者を「逆徒《ぎゃくと》」とまで呼んで、激しく批判しています。

共産主義は、二十世紀にかぎっても、世界中で少なくとも一億人以上の死者を生んだ恐ろしい思想です。今日、その惨禍《さんか》を知っている私たちからすれば、山川は、まことに先見の明のある主張をしていた、ということがわかります。しかし当時は、共産主義が、ほんとうは恐ろしい思想である…ということを、まだほとんどの人が知りません。とくに当時の〝高学歴エリート〟の人々のなかには、それに心酔してしまった人々が少なくありませんでした。

「民主主義」の〝進化〟した形態が「共産主義」である、とでも思い込んでいたのでしょうが、今から見れば、笑うに笑えない幻想です。そのような昭和戦前期の〝高学歴エリート〟の人々の思想状況を考えれば、山川が、そのころの東京帝国大学には「帝王の師」にふさわしい人材は一人もいない…といったことも、よく理解できます。

ここにあげた歌は、重剛がその「帝王の師」の大役を、つつしんで引き受けた時の感慨を詠んだもので、歌意はこうです。

「つまらない私ではありますが、今日からは、私の身は、私のものではない…との覚悟で、ご奉公してまいります」

大正七（一九一八）年、六十四歳の時からは久邇宮良子女王殿下《くにのみやながこじょうおうでんか》（香淳皇后《こうじゅんこうごう》）の修身科も担当することになりました。しかし大正九（一九二〇）年、皇太子殿下（昭和天皇）と良子女王殿下とのご婚約が発表されると、政界の大御所・山県有朋《やまがたありとも》がそれに反対します（「宮中某重大事件《きゅうちゅうぼうじゅうだいじけん》」）。

そのころ山県は、時の首相でさえ逆らえないほどの実力者だったのですが、重剛は、その山県に対して断固として、かつ根気よく抵抗しつづけます。やがて山県の方が折れることになるのですが、吉田松陰を尊敬する重剛が、吉田松陰の門人と対決したのですから、なんとも皮肉な話というほかありません。

重剛は、ある時「帝王学《ていおうがく》とは、どのような学問ですか？」と問われて、即座に「至誠《しせい》の学問じゃ」と答えています。「至誠」といえば、松陰を想起します。

松陰の「至誠」の心は、重剛を通じて昭和天皇にも伝えられ、それが昭和という苦難に満ちた激動の時代を、国の頂点にあって正しく導かれた「帝王」の、心の柱の一つとなっていたのかもしれません。とすれば、松陰の「留魂」は、昭和の日本も守っていた…ということになるでしょう。

79 与謝野晶子《よさのあきこ》

海恋《うみこい》し　潮の遠鳴《とおな》り　かぞへては
少女《おとめ》となりし　父母《ちちはは》の家

与謝野晶子《よさのあきこ》は、明治十一（一八七八）年、大阪の堺《さかい》の菓子商の三女として生まれました。本名は「鳳志《おおとりし》やう」で、情熱的な作風で知られる歌人として活躍し、昭和十七（一九四二）年に、六十五歳で亡くなっています。

ここにあげた歌の、歌意はこうです。

「ときどき私は、海が恋しくなります。なぜなら私は、潮の遠鳴りの音を数えながら、堺の父母の家で育ったのですから…」

今の学校では、晶子といえば「君死にたまふことなかれ」ばかり教えていますから、多くの人々は晶子のことを〝昔の反戦詩人〟くらいにしか思っていないようですが、それは晶子のほんの一面に過ぎません。たとえば、晶子は、明治四十三（一九一〇）年、潜航艇の訓練中に殉職した佐久間《さくま》勉《つとむ》艇長の一周忌に、その死を悼《いた》む十五首の連作「佐久間大尉を悼《いた》む歌」をつくっていますが、そのなかの一つに、こういうものがあります。

「大君《おおきみ》の　潜航艇を　かなしみぬ　十尋《とひろ》の底の　臨終《いまは》にも猶《なほ》」

（歌意・天皇陛下の潜航艇を沈めてしまった…と、佐久間艇長は悲しまれていたという。深い海の底で、息を引き取るそのまぎわまで…）

「天皇陛下の潜航艇」といっているのは、帝国陸海軍の兵器は、すべて天皇陛下のもの…という考え方からきています。いかにも晶子の〝明治の人らしい〟表現です。

〝明治の人らしい〟といえば、晶子は、じつは熱烈な〝尊皇〟の人でもありました。晶子は自分の父のことを、こう自慢しています。

「堺では、私の父ほど、皇室のことを思い、献身的に御奉仕《ごほうし》していた商家の主人はいなかった」

その父の〝心の遺伝子〟を、晶子は、確かに受けついでいました。

外来の革命思想を奉じる幸徳伝次郎《こうとくでんじろう》（秋水《しゅうすい》）の「大逆事件《たいぎゃくじけん》」を知った時、こういう和歌を詠んでいるのが、その証拠です。

「臣《おみ》たちに　ねぢけ人等《ら》も　まじれども　わが大君は　神にましけり」

（歌意・国民のなかには、心のヒネクレた人も混じってはいるが、それでも私はいうでしょう。天皇陛下は神にほかならない…と）

ですから晶子は、明治天皇が崩御された時、ひどく悲しんでいますし、昭和八（一九三三）年、皇太子殿下（今の上皇陛下）がご誕生になると、その喜びのあまり二十一首の和歌を詠んでいます。皇室の喜びと悲しみは、また晶子の喜びと悲しみでもあったのです。

一見すると晶子は、自由奔放《ほんぽう》な人生を送った人のようにも見えます。しかし、幼いころ、「潮の遠鳴り」を数えながら、心のうちに育まれた〝尊皇〟の心は、その生涯をとおして、けっして消えることはなかったのです。

80
若山牧水《ぼくすい》

幾山川《いくやまかわ》　越えさり行かば　寂《さび》しさの
はてなむ国ぞ　今日も旅ゆく

若山牧水《わかやまぼくすい》は、明治十八（一八八五）年に宮崎県に生まれ、昭和三（一九二八）年に四十三歳で没した歌人です。ここにあげた歌は、明治四十（一九〇七）年、二十二歳の時、中国地方を旅した時に詠まれた歌で、のちに第一歌集『海の声』に収められ、今でも、牧水を代表する名歌として知られています。

歌意はこうです。

「さびしい思いを、胸にいだいて旅に出て、いくつもの山を越え、いくつもの川を渡ってきましたが、私のさびしさは、まだ消えません。ああ…これから、どれほどの山を越え、川を越えたら、さびしさのない国に、たどりつくことができるのでしょうか…。私は、そういう思いで、今日もさすらいつづけています」

この歌は、ドイツの詩人・ブッセの詩「山のあなた」にヒントをえたものだといわれています。明治三十八（一九〇五）年、上田敏《うえだびん》は、さまざまな西洋の詩を、優美で洗練された国語に翻訳して、訳詩集『海潮音《かいちょうおん》』を出版していますが、そのなかに「山のあなた」も収められているので、たぶん牧水は、それを読んだのでしょう。

『海潮音』の「山のあなた」とは、こういう詩です。

「山のあなたの空遠く　『幸《さいわい》』住むと人のいふ。噫《ああ》、われひと、尋《と》めゆきて、涙さしぐみ、かへりきぬ。山のあなたになほ遠く　『幸』住むと人のいふ。」

旅と富士を愛しつづけた牧水は、まさに〝日本の歌人らしい歌人〟といえます。ですから、もちろん皇室を思う心も強く、大正天皇の崩御の報に接し、その悲しみを歌った四首の連作もあります。

そのうちの一首は、こういうものです。

「うつし世に　をろがみまつる　稀なりし　わが大君《おおきみ》は　神去《かみさ》りましぬ」

（歌意・この世に生きている人で、拝みたくなるような人など、ほとんどいませんが、大正天皇はそういう方でした。その大正天皇が、おなくなりになってしまいました）

もちろん牧水は、お酒を愛してやまなかった歌人としても知られています。「白玉《しらたま》の　歯にしみとほる　秋の夜の　酒はしずかに　飲むべかりけり」は、よく知られている作品の一つです。

健康のために家族から止められても、牧水は、とうとう死ぬまで飲むのをやめず、没後に出版された歌集には、こんな歌が収められています。

「足音を　忍ばせて行けば　台所に　わが酒の罎《びん》は　立ちて待ちをる」

ビックリするのは、牧水が臨終の床につき、重態になってからも、毎日、三度三度、酒を飲むのをやめず、死去した九月十七日の朝も、一〇〇ｃｃの酒を飲んでいる、ということです。

それは担当の医師が記録に残していることなので、確かなことなのですが、ここまで徹底していると、もう…ある意味、〝おみごと〟というほかありません。

81
斎藤茂吉《さいとうもきち》

最上川《もがみがわ》　逆白波《さかしらなみ》の　たつまでに
ふぶくゆふべと　なりにけるかも

斎藤茂吉《さいとうもきち》は明治十五（一八八二）年、山形県の森谷家の三男として生まれ、昭和二十八（一九五三）年に七十一歳で没した歌人・医師です。十五歳の時に上京して、親戚の斎藤紀一の家に住むようになり、三十三歳の時、紀一の娘・輝子の娘婿《むすめむこ》になります。

中学生のころから、作歌には関心をもっていました。そして二十四歳の時には、すでに伊藤左千夫《いとうさちお》から、「一種の天才」と絶賛される作品を発表するようになります。

第一歌集『赤光《しやっこう》』が出版されたのは、三十二歳の時でした。茂吉は、この歌集で、近代の短歌史上に不動の地位を築きます。

『赤光』のなかでは、特に「死にたまふ母」と題する連作が、広く知られています。そのうちの一首を、あげておきましょう。

「みちのくの　母の命を　一目みん　一目みんとぞ　いそぐなりけれ」

今も、読む者の心に響いてやまない一首です。芥川龍之介《あくたがわりゅうのすけ》も、茂吉を絶賛して、「僕の詩歌に対する目は、誰のお世話になったのでもない。斎藤茂吉にあけて貰《もら》ったのである」と書いています。

一方、妻・輝子とは、不和と和解のくりかえしが、延々とつづきます。五十二歳の時、新聞にこういう記事が掲載されました。「銀座（ダンス）ホールの不良教師検挙《ふりょうきょうしけんきょ》で、有閑《ゆうかん》女群の醜行暴露《しゅうこうばくろ》」。そこに妻の問題行動が書かれていたのです。

以後、二人は別居生活に入りました。茂吉は、歌壇の論敵に対しては、きわめて攻撃的な人でしたが、妻に対しては、信じがたいほどの忍耐力を発揮しています。

そういう妻の「事件」のさなか、茂吉は、ライフワークともいうべき『柿本人麿《かきのもとのひとまろ》』という大著の執筆に没頭しはじめます。まるで鬱屈する思いを、噴出させるかのような仕事ぶりです。

大東亜戦争《だいとうあせんそう》のさいは、一国民として協力を惜しみませんでしたが、そのことについて茂吉は、戦後も、見苦しい弁明はしていません。その点、まことにいさぎよい態度というべきでしょう。

いさぎよい文士…といえば、小林秀雄《こばやしひでお》も、終戦直後の昭和二十一（一九四六）年、ある座談会で、大東亜戦争について、こう公言しています。「僕は無智だから反省なぞしない。利巧《りこう》な奴は、たんと反省してみるがいいじゃないか」（「コメディ・リテレール　小林秀雄を囲んで」）。

私は、まだ十代の時、小林のこの言葉に接して、衝撃を受けた記憶があります。「覚悟」というか、「度胸」というか…、ともあれ、小林がもつ知性と感性の、透徹した〝すごみ〟を感じたのですが、それにしても昭和二十一年の雑誌で、よくこの言葉が、占領軍の検閲《けんえつ》を受けず、雑誌に掲載されたものだ、と思います。

ここにあげた「最上川…」の歌は、昭和二十四（一九四九）年に発行された歌集『白き山』に収められているものです。戦後、さまざまな意味で傷つきながら、老いを迎えた茂吉は、故郷に戻りますが、その山河につつまれながらも、心のなかでは、さまざまな思いが尽きなかったのでしょう。

この歌には、近代短歌で、ことさら重視されてきた「写生」を超え、茂吉が、最後に到達した独自の清明な境地が、力強く詠まれています。歌意はこうです。

「最上川には、流れと逆の方向に強い風が吹いています。それがやがて吹雪《ふぶき》となり、川には逆白波が立ち、そして、しだいに夕暮れが近づいてきました」

吹雪のなか、川の流れに逆らう「逆白波」…。『万葉集』の心を継承して、自然と一体化しつつ、しかし最後まで、前向きに生きた茂吉の人生を彷彿とさせる歌です。

82 柳田国男《やなぎたくにお》

いにしへの　人の心を　明らかに
さとるさとりも　神のまにまに

柳田国男《やなぎたくにお》は、明治八（一八七五）年、兵庫県に生まれました。明治三十一（一八九八）年、伊勢湾を臨む岬に旅をしましたが、その折の体験を聞いた島崎藤村《しまざきとうそん》が、名作「椰子《やし》の実」をつくったことは、よく知られています。

三十六歳の時、『遠野物語《とおのものがたり》』を出版し、そのころから柳田の「日本民俗学」という学問が姿をあらわします。それまでの学問は、文字で書かれたものだけを頼りに「日本の心」を研究しようとしてきましたが、民間の伝承なども、その研究のために活用しなければならない…という柳田の主張は、なるほど画期的なもので、今もその方法論をめぐって、さまざまな議論が展開されています。

ここにあげた歌は、『神道と民俗学』という本の序文に書かれているもので、歌意は、こうです。

「私は長年、昔の日本人の心を、学問的に明らかにしようとつとめてきて、〝確かに、これはこういうことだ〟と発見することも、いろいろとあったのですが、その発見も、きっと神々が導いてくださったものなのでしょう」

柳田の十四歳のころの、印象的な逸話があります。近所の家の邸内に、その家の先祖のおばあさんを祭る小さな祠《ほこら》がありました。柳田は、その祠の中が見たくてたまらなくなり、ある春の日、こっそり開けてしまいます。なかには、きれいな蠟石《ろうせき》の珠《たま》があったそうです。

その時のことを、柳田は、こう回想しています。

「その美しい珠を、そうっと覗《のぞ》いたとき、フーッと興奮してしまって、何ともいえない妙な気持になって、どうしてそうしたのか、今でもわからないが、私はしゃがんだまま、よく晴れた青い空を見上げたのだった。すると、お星様が見えるのだ。今も鮮やかに覚えているが、じつに澄み切った青い空で、そこに、たしか数十の星を見たのである。…今、考えてみても、あれは、たしかに異常心理だったと思う。…そんなぼんやりした気分になっているその時に、突然、高い空で、鵯《ひよどり》がピーッと鳴いて通った。そうしたら、その拍子《ひょうし》に身が、ギュッと引きしまって、初めて人心地《ひとごこち》がついたのだった。あの時に鵯が鳴かなかったら、私は、あのまま気が変になっていたんじゃないか、と思うのである」(『故郷七十年』)。

これは昭和三十三(一九五八)年、亡くなる四年前、八十四歳の時の回想です。
柳田の著作は、今も多くの日本人に愛されていますが、その理由の一つは、おそらく、このような柳田の豊かな「感性」や「霊性」にあるのではないでしょうか。柳田の著作には、それを読む日本人に、かぎりない「なつかしさ」を感じさせる何かがあるのです。

その点、同じ近代の知識人であっても、福沢諭吉などとは、ずいぶんちがっています。福沢は、お稲荷さまの社の扉をあけ、祭られていた石を捨てて、別の石をいれ、お祭りの時に「『馬鹿め、オレの入れておいた石に、お神酒《みき》を上げて拝んでいるとは面白い』と、独《ひと》り嬉しがっていた」（『福翁自伝』）という人です。

もしかしたら近代日本の知識人は、学問思想の表面上のちがいを超えたところで、「福沢タイプ」と「柳田タイプ」にわけることができるのではないでしょうか。そのような観点から、現代の知識人たちを分類してみるのも、思想史研究の一つの試みとしては、おもしろいかもしれません。

柳田は、昭和三十七（一九六二）年八月八日、八十八歳で没しました。「日本とは何か？」と考えるさい、今も、そして将来も、柳田の残した膨大な著作群は、おそらく人々に汲むめども尽きせぬ示唆《しさ》を、与えつづけるはずです。

83
三好達治《みよしたつじ》

春の岬　旅のをはりの　鷗鳥《かもめどり》
浮きつつ遠く　なりにけるかも

三好達治は、明治三十三（一九〇〇）年、大阪に生まれ、昭和三十九（一九六四）年に六十五歳で没した詩人です。わが国の文学的な伝統を、近代詩に生かした独自の作風で知られ、「昭和における古典派の代表詩人」ともいわれています。

詩人ですから、その作品集は、いうまでもなく「詩集」なのですが、達治の第一詩集『測量《そくりよう》船《せん》』（昭和五年）の、はじめに載っているのは、ここにあげた歌です。これは昭和二（一九二七）年、二十八歳の春、伊豆の湯ケ島で療養中の梶井基次郎《かじいもとじろう》を見舞ったあと、下田から沼津へ向かう船のなかで詠まれもの…といわれています。

病気の友を見舞ったあとの、内なる静寂にみちた心と、その一方で、外の世界に広がる生命力にあふれた春の海…。この歌を読んでいると、〝いま〟というのは（あたり前のことですが）、いつも何かが終わりつつあり、何かがはじまりつつある瞬間なのだ…ということを、あらためて感じます。

私たちの人生も、たぶん大小の波が寄りあう海に、無心に浮かぶカモメのようなものなのかもしれません。波間に浮かび、揺られ、漂いながら…、そして、フトした瞬間…、人生というカモメは、どこか遠くへ飛び去っていきます。

なお、この詩集には、達治を代表する有名な詩も収められています。「太郎を眠らせ、太郎の家に雪ふりつむ。次郎を眠らせ、次郎の家に雪ふりつむ」という詩です。

達治は、少し変わった経歴の人で、陸軍の幼年学校《ようねんがっこう》から士官学校《しかんがっこう》に学び、そこを中退して、第三高等学校から東京帝大の仏文科を卒業した人です。大学の同級生には、小林秀雄《こばやしひでお》、堀辰雄《ほりたつお》などがいます。

昭和十六（一九四一）年、四十一歳の時、大東亜戦争《だいとうあせんそう》の開戦の報に接すると、〝軍人の魂〟に火が点いたのでしょうか…、達治は、しきりに「戦争詩」を発表しはじめます。『捷報《しょうほう》いたる』（昭和十七・一九四二年）のはじめには「十二月八日」と題する、こういう歌が載せられています。

「くにつあだ　はらへよとこそ　一億の　臣らのみちは　きはまりにたり」
（歌意・わが国に仇《あだ》なす外国勢力を、打ち攘《はら》うこと…、そこに一億の国民の、臣民《しんみん》としての道はきわまるのです）

この詩集に収められている「アメリカ太平洋艦隊は全滅せり」は有名です。また『干戈永言《かんかえいげん》』（昭和二十・一九四五年）も戦争詩を集めたもので、戦時中の達治は、高村光太郎《たかむらこうたろう》とともに、まさに「国民詩人」の双璧《そうへき》でした。

しかし、戦後になると、達治の「戦争詩」を批判する声が高まります。そして、それらの詩は、すべて世間から葬り去られてしまうのです。

それでも、達治の「戦争詩」を弁護する勇気ある文学者もいました。石川淳《いしかわじゅん》は達治の没後、こう書いています。

「ぐうたら詩人が、時勢に寸法《すんぽう》を合わせて作ったオソマツとは、いっしょにならない。また、この感動は月給取《げっきゅうとり》の職業軍人《しょくぎょうぐんじん》の逆上なんぞには似ない。…達治の心情となにか。しめやかな憂国の心である」

84

三井甲之《みついこうし》

ますらをの　悲しきいのち　つみかさね
つみかさねまもる　大和島根《やまとしまね》を

三井甲之《みついこうし》は明治十六（一八八三）年、山梨県に生まれ、第一高等学校を卒業後、二十二歳で東京帝国大学の国文科に入学します。入学の年、正岡子規《まさおかしき》がはじめた短歌結社「根岸短歌会《ねぎしたんかかい》」に入り、伊藤左千夫《いとうさちお》とともに、子規の文学活動の継承につとめ、二十六歳の若さで『日本及日本人《にほんおよびにほんじん》』の「歌壇《かだん》」の選者になっています。

そのあとも歌論や評論などの分野で活躍をつづけますが、昭和十五（一九四〇）年、「日本学生協会」の、会の歌として「神州不滅《しんしゅうふめつ》」などを作詞しました。ちなみに、この歌の作曲者は、近ごろ再評価されるようになった信時潔《のぶときききよし》です。

昭和の戦争は長くつづきますが、甲之は「神のまもり　おろかならねば　日《ひ》の本《もと》は　滅びず」（昭和十六・一九四一年）と信じていました。「おろかならねば」とは、「一通りではない」という意味で、「神さまの守る力は、一通りではないから、日本は滅びない」というのです。

しかし、昭和十六年、長男の弥彦が出征し、三年後にマーシャル群島で散華《さんげ》します。さらに、戦地で病をえて帰ってきていた二男・時人も、昭和二十三（一九四八）年に戦病死しました。

ここにあげた歌は、昭和二（一九二七）年に詠まれたものです。「蕨《わらび》機関長、故・福田氏をしぬびまつる」という詞書《ことばがき》をもつ九首の和歌の、最後に見えます。

歌意はこうです。

「立派な男たちの、愛《いと》おしい命が、つぎつぎと失われ、それらの方々の死が積み重ねられていきます。けれども、そのことによって、わが国は、これまでずっと守られてきたのです」

同じ歌は、昭和七（一九三二）年、河村幹雄《かわむらみきお》への「弔歌《ちようか》」のなかにも見えますが、この歌は、詠まれた時の経緯《いきさつ》を超えて、靖国神社や全国の護国神社《ごこくじんじや》に祈る日本人の、美しくも哀しい心を、みごとに歌いあげた名歌というべきでしょう。この歌は、日本人が日本人であるかぎり、永遠に歌い継がれるべき歌ではないか、とさえ私は思っています。

戦後の甲之は、脳溢血《のういっけつ》で左の手足の自由を失いながらも、なお本を読み、歌を詠みつづけました。昭和二十三年には、こういう歌を詠んでいます。

「たたかひに　やぶれてすべて　失へども　なほたもちをり　やまとことのは」

たとえ敗戦で、すべてを失っても、なおわが国には「やまとことのは」（国語）が残っている…、それを失わないかぎり、まだ日本はだいじょうぶ…という意味でしょう。

ルーマニアの思想家・エミール・シオランの「祖国とは国語」という名言を思い出しますが、国語とは、ある意味〝その国の文化そのもの〟です。逆から言えば、国語を失ったら、私たちは〝自国の文化そのもの〟を失うことになります。

甲之は、昭和二十八（一九五三）年、七十一歳で没しますが、その「墓碑銘《ぼひめい》」に刻まれている長詩には、こう書かれています。

「人は死すれども、ことばは生きて、いのちをつなぐ。…ことばこそ、かぎりなき生命のしるしなれ…わがいのちのしるしなり。ここにしるす、やまとことばは」

「やまとことば」の再生なくして、日本の再生は、たぶんありえません。その点、今の学校教育は、わが国の貴重な「税金」を投入して行なわれながら、もっとも大切なそこのところを、忘れてしまっているようです。

85
山口《やまぐち》多聞《たもん》

仇屠《あだほふ》る　矢猛心《やたけごころ》の　一筋に
わが身思はぬ　あはれ丈夫《ますらお》

山口《やまぐち》多聞《たもん》は明治二十五（一八八二）年、東京に生まれました。「多聞」というのは、楠木正成の幼い時の名前で、多聞の父が〝正成のような人になってほしい〟との願いをこめて、名づけたものです。

靖国神社の近くの小学校から開成中学に学びますが、そのころ級友たちが、ある教師に抗議するため、〝試験の答案を全員白紙で出そう〟と決めたことがあります。ところが、いざとなると、皆怯《ひる》んでしまい、結局その約束を実行に移したのは、山口だけでした。

十六歳の時、「海軍に入って、未来の東郷（平八郎）になる」と宣言します。やがて海軍兵学校《かいぐんへいがっこう》に進みます。東郷が「ネルソン精神」の権化であったように、山口も、また「ネルソン精神」の権化でした。「ネルソン精神」とは、〝見敵必殺《けんてきひっさつ》〟、つまり、敵を見つけたらみずからを顧みず、すかさず攻撃を加える、という精神です。

山口は部下に、こう語っていたそうです。「甲《こう》・乙《おつ》、決めがたい時は、自分は、より危険性があっても積極性をとる」

その精神が、みごとに発揮されたのが、昭和十七（一九四二）年六月のミッドウェー海戦です。大東亜戦争の天王山《てんのうざん》ともいうべき一大決戦でしたが、南雲忠一《なぐもちゅういち》ひきいる機動部隊《きどうぶたい》は、大切な空母をつぎつぎと失って大敗します。

しかし、そのような戦況のなか、山口の乗る空母・飛龍《ひりゅう》だけは、敵艦船に対して果敢に攻撃をつづけ、ついに空母「ヨークタウン」を沈めるのです。〝もしも南雲ではなく山口が、機動部隊全体の指揮をとっていれば、結果はちがっていたであろう〟との声は、戦後、日本でもアメリカでも、しばしばあがったところです。

孤軍奮闘《こぐんふんとう》をつづけた飛龍でしたが、敵からの猛攻撃を受け、やがて最期の時をむかえます。山口は飛龍と運命をともにし、五十年の生涯を終えました。

「山口多門《やまぐちたもん》少将《しょうしょう》御戦死《ごせんし》状況《じょうきょう》」には、その最後の様子が、こう書かれています。

「総員退艦《そういんたいかん》を始めてよりは、司令官（注・山口多門）は、艦長（注・加来止男《かくとめお》）、幕僚《ばくりょう》などと、いろいろ思い出話などせられありしが、艦長が月のいいのを見上げながら、『私は、月のとてもよい晩に生まれたそうですが、今日もまた、このいい月の下で、しかもこんな死に場所を得られましたことは、この上もない幸福です』と、ほほ笑みつつ申されたるに、司令官も『武人として、こんなにいい死に方のできるのは、ほんとうに幸福です』と、終始にこやかになし居られたり」

楠木正成とその弟・正季の、湊川《みなとがわ》での最期を彷彿《ほうふつ》とさせます。

ここにあげた歌は、真珠湾攻撃のさいの「九勇士《きゅうゆうし》」を称えた歌で、歌意は、こうです。

「ひたすら敵を倒そうと、はやりにはやる勇ましい心を、ただ一筋に貫き、わが身のことはかえりみず、散っていった男のなかの男たちよ。あなた方のことを思えば、私の心は震えます」

特攻隊の〝生みの親〟として知られる大西滝治郎《おおにしたきじろう》は、山口の親友でしたが、その戦死の報を聞いて、こう語ったそうです。

「まるで大艦数隻《たいかんすうせき》を失ったような思いだ。しかし、かつて楠木正成は、湊川で散ったが、その忠義の魂は、のちのち無数の正成を生み、それは、わが国の国民精神にとっては、神の泉のようなものになっている。今度の戦争での山口司令官の死も、それと同じである。山口司令官は、まず自分が死んでみせて、わが海軍を叱咤《しった》・指導されたのだ」

なぜ山口が、ミッドウェー海戦の総指揮をとらなかった（とれなかった）のか？　大きな組織のなかでの、そのような〝愚かな人の使い方〟こそ、今の私たちが先の大戦について、真に〝反省〟すべきことではないでしょうか。

86 黒木博司《くろきひろし》

忘れめや　君《きみ》斃《たお》れなば　吾《われ》が継ぎ
吾斃《たお》れなば　君つぎくるを

黒木博司《くろきひろし》は、大正十（一九二一）年、岐阜県下呂町《げろちょう》に、医師の次男として生まれ、海軍機関学校《かいぐんきかんがっこう》で学んだのち、あらためて海軍潜水学校《かいぐんせんすいがっこう》に入ります。小型の潜水艦の搭乗員になって、最前線で戦うつもりでした。

しかし、戦局は日ごとに悪化し、敵の空母艦隊が、大挙して日本を襲ってきそうな情勢になります。黒木は、魚雷《ぎょらい》一本で、まちがいなく敵艦を沈める兵器を開発し、それを実践に配備しなければ、劣勢をはねかえすことはできない…と考え、その開発と採用を求める意見書を、海軍首脳部に提出しました。

その意見書は、墨やインクで書かれたものではありません。すべて「血書《けつしょ》」…つまり、すべて黒木の血で書かれています。

魚雷一本で、まちがいなく敵艦を撃沈する兵器…というのは、その魚雷のなかに人が乗って操縦しながら、目標を定めて体当たりするからです。むろん乗組員は、生きて帰れません。ですから、海軍首脳部も、なかなかその兵器を開発する許可を出しませんでした。しかし、黒木の思いが、ついに海軍首脳部を動かし、魚雷を改造した特攻兵器が完成します。

「回天《かいてん》」と名づけられました。「回天」とは、「衰えた勢いをふたたび盛んにし、天下の形勢を変える」という意味です。

昭和十九（一九四四）年九月五日、周防灘《すおうなだ》の入り江の島で「回天」の訓練が開始されます。翌日、悪天候をおして、黒木は訓練をはじめるのですが、予定の時間になっても、黒木の「回天」は、浮かび上がってきません。七日になって、水深十五メートルの海底に泥をかぶって突き刺さっている「回天」が発見され、引き上げられます。黒木は、酸素が欠乏し、刻々と死が迫るなか、最後まで、冷静な報告書を書きつづけ、絶命していました。明治四十三（一九一〇）年に殉職した佐久間艇長と、よく似た最後です。時に黒木は、二十三（満二十二）歳でした。

ここにあげた歌の、歌意はこうです。

「私たちは忘れないでおきましょう。もしも君が先に戦死したら、私が、そのあとにつづくことを…。そして、もしも私が先に戦死したら、君があとつづくことを…」

黒木が「先生」と仰いでいた平泉澄《ひらいずみきよし》は、黒木のことを「神州《しんしゅう》の正気《せいき》の結晶」と評していますが（『悲劇縦走』）。しかし、そのような尊い方々が命を散らして守った日本は、今、どのような国になっているでしょうか？

平成十四（二〇〇二）年、私は岐阜県下呂市で行なわれた黒木たちを祭る「回天楠公祭《かいてんなんこうさい》」に参列し、黒木の妹さんに、ご挨拶したことがあります。気品の高い老婦人でしたが、その時、私の心には、なぜか〝申しわけない〟という思いが満ち、結局、短いご挨拶をしただけで、ほとんどお話しすることはできませんでした。

87
緒方襄《ゆずる》

死するとも　なほ死するとも　わが魂《たま》よ
永久《とは》にとどまり　御国《みくに》まもらせ

緒方襄《おがたゆずる》は、大正十一（一九二二）年に熊本県で生まれました。大東亜戦争が苛烈になり、学生も出陣することとなりましたが、その時、関西大学の学生であった緒方は、もっとも危険といわれていた海軍の航空隊を選び、やがて特攻を志願します。

そのころ、ロケット特攻機「桜花《おうか》」というものが開発されていました。これは「一式陸上攻撃《いちしきりくじょうこうげき》機《き》」という大きな飛行機から発進して、特攻攻撃をかけるもので、緒方はその「桜花」の搭乗員になります。そして昭和二十（一九四五）年三月、鹿児島の鹿屋《かのや》基地から出撃し、九州南方の洋上で散華しました。時に、二十四（満二十二）歳という若さです。

ここにあげた和歌は、出撃三十分前、緒方が海軍手帳《かいぐんてちょう》に鉛筆で走り書きしたもので、歌意は、こうです。

「たとえ死んでも生まれ変わり、そしてまた死んでも（たとえ何度生まれ変わろうと）、私の魂を、この世に永遠にとどめ、わが国を護らせてください」

緒方は、四人兄弟の二番目です。父は、すでに亡くなっていました。兄の徹《とおる》も海軍の軍人でしたが、緒方よりも三か月ほど早く、昭和十九（一九四四）年に散華《さんげ》しています。夫を亡くし、さらに頼もしい長男と次男を、つづけて祖国にささげたあと、緒方の母のもとに残されたのは、体の不自由な三男と、幼い妹だけでした。

しかし母は戦後も、泣き言は言いませんでした。戦没者の母として、テレビに出演した時の逸話が残っています。

その時、司会者は、母の口から、なんとか〝祖国を呪う言葉〟を引き出そうと必死だったようです。戦後のマスコミのそういう〝いやらしい体質〟は、今もまったく変わっていません。

しかし、そのようなマスコミの誘導に対して、緒方の母は凛《りん》として、かつ穏やかに、くりかえし、こう語ったそうです。

「私は、わが子の信念と行動に、以前も今も満足しています」

〝つらくてもそうこたえなければ、かけがえのない愛しい息子の立派な生き方を、母である私が踏みにじることになるではないか…。そんなことだけは、絶対にできない〟という、母の心理が、ほとんどの〝戦後の日本人〟には、わからなくなっています。戦前と戦後の日本人の〝心の断絶〟は、それほどまでに深刻なのです。

そのテレビを、たまたま保田與重郎《やすだよじゅうろう》が見ていました。そして、その時の感動を、こう書き残しています。

「その言葉はしずかで、沈痛《ちんつう》な語尾《ごび》の押さえも、まことに女らしく、私はその態度に、冒し難い、高貴な威厳を、美しく感じたのである。やさしく、おおしい女らしさの威厳というものを感じながら、私は激しく落涙《らくるい》した」(『緒方歌集』跋)。

ちなみに、戦後、長く「桜花」の戦果は、何もなかったかのようにいわれてきました。しかし、昭和二十(一九四五)年三月、「神雷部隊《じんらいぶたい》」の出撃にさいして、その護衛にあたった野口剛《のぐちたけし》さんは、平成二十五(二〇一三)年、雑誌のインタビューで、こう語っています。

「『桜花』の確実な戦果は、ごくわずかといわれていますが、私は一度だけ、敵艦に『桜花』が突入するところを見ました。敵艦に当たった瞬間は、真っ黒な火柱が立ち、言いようのない気持ちになりました」（「魂のサイレント・ネイビー」）。先の大戦でのわが国の戦いを、〝何もかも無意味であった〟とする戦後の風潮のもと、「桜花」の戦果も、〝なかったこと〟にされてきたわけですが、〝なかったこと〟ということが、じつは〝なかったこと〟なのです。

88 穴沢利夫《あなざわとしお》

散る花と　さだめを共《とも》に　せむ身ぞと
ねがひしことの　かなふ嬉しさ

穴沢利夫《あなざわとしお》は、大正十一（一九二二）年二月、福島県に生まれ、中央大学で学んでいましたが、昭和十八（一九四三）年十月、「在学徴集延期臨時特令《ざいがくちょうしゅうえんきりんじとくめい》」が発せられました。いわゆる「学徒出陣《がくとしゅつじん》」です。

これによって、約十万人の若者が、陸海軍に入隊します。穴沢は、陸軍に入り、特攻隊の隊員になりました。昭和二十（一九四五）年四月十二日、「隼《はやぶさ》」に搭乗して、鹿児島の知覧《ちらん》基地から出撃し、沖縄周辺の洋上で散華《さんげ》しています。時に二十四（満二十三）歳でした。

ここにあげた歌は、穴沢の「日記」に書かれています。四月二日、穴沢は、誘導機《ゆうどうき》が故障したため、やむなく基地に引き返します。「日記」にはその事実が書かれたあと「第三十振武隊《しんぶたい》と共に明日の出撃をはかる」との決意が記されているのですが、そのあとに、この歌が書かれているのです。

ですから歌意は、こうでしょう。

「私は、あの仲間たちと、ともに散ろう…と、かねてから願っていました。その願いがかなうことは、なんと嬉しいことでしょうか」

穴沢には、婚約者がいました。智恵子《ちえこ》といいます。その智恵子にあてた「遺書」は、今も読む者の心を揺さぶってなりません。その一部を抜粋します。

「あなたの幸せを希《ねが》ふ以外に何物もない。徒《いたずら》に過去の小義《しょうぎ》に拘《こだわ》る勿《なか》れ」

「あなたは過去に生きるのではない。勇気をもって過去を忘れ、将来に新活面《しんかつめん》を見出すこと」

「あなたは今後の一時一時の現実の中に生きるのだ。穴沢は、現実の世界には、もう存在しない」

そして、「今更《さら》何を言ふかと自分でも考へるが、ちょっぴり欲を言って見たい」として、「一　読みたい本」「二　観たい絵」を、それぞれいくつかあげたあと、最後に、「三」として、こう書かれています。

「智恵子、会ひたい、話したい、無性に」

出撃のさい穴沢は、白い飛行マフラーの下に、智恵子から送られたマフラーを締めていました。智恵子が「いつも離れない存在になりたい」と思って、穴沢に送ったものです。

その出撃のようすは、当時十五歳の知覧高等女学校の生徒・前田《まえだ》笙子《しょうこ》が書いた当時の記録で、よくわかります。

「どの機もどの機も、にっこり笑った操縦者が、ちらっと見える。二十振武隊の穴沢機が目の前を行き過ぎる。一生懸命お別れの桜花を振ると、にっこり笑った鉢巻姿《はちまきすがた》の穴沢さんが、何回と敬礼される」

大東亜戦争の戦闘終結から、七十数年の歳月が流れます。智恵子は、正確には「未亡人」ではありませんが、私は、ある戦争未亡人の、こういう和歌を忘れることができません。

「かくまでに　みにくき国と　なりたれば　捧げし人の　ただに惜しまる」（安藤てる子）

〝わが国は、これほど醜い国になってしまいました。何のために、私は、主人を国に捧げたのでしょうか…〟という歌意です。穴沢という婚約者を失った智恵子さんも、同じ思いではなかったでしょうか。

89

福田周幸《ふくだひろゆき》

若桜《わかざくら》　今を盛りと　咲きにほふ
共に散り行く　琉球《りゅうきゅう》の空

福田周幸《ふくだひろゆき》は、昭和二（一九二七）年に福岡県に生まれ、昭和二十（一九四五）年四月二十八日、沖縄本島周辺の敵の艦船を攻撃するため、第二国分《こくぶ》基地から出撃し、散華しました。時に十九（満十八）歳です。

福田の、母にあてた遺書の一節には、こうあります。

「私も、希望の特攻隊に入り、桜の花と散ることが出来る様になりました。今日までの御恩《ごおん》は、死しても忘れません。私の最後の親孝行は、必中攻撃《ひっちゅうこうげき》でありましょう。必ず敵の艦船に、体当り攻撃を行います。お母さん、御元気で暮らして下さい。弟・妹のことは、しっかりと、御願いいたします。村の皆々様にも、よろしく御礼を言って下さい。では、お先に失礼致します。又、靖国の庭で、会いましょう」

特攻隊として散華した方々の思いは、つまるところ、ここに書かれていることに尽きる気がします。この一文のあとに、ここにあげた歌が書かれています。歌意はこうです。

「まだ若々しい桜の花が、今や盛りと咲きほこり、色美しくかがやいています。その花が散るのとともに、私も、沖縄の空に散っていきます」

特攻隊として散華した方のなかには、十代の方も少なくないのですが、遺書を読むと、とてもその年齢とは思えない言葉が、少なくありません。満十九歳で散華した鹿児島県出身の本仮谷孝夫《もとかりやたかお》の遺書には、こうあります。

「桜の花が世の人に愛せられ、敬われるのは、惜しまれて散るからです。人間も、世の人に惜しまれて散る所《ところ》に良い所があるのです。人間、死に場所を逸《いっ》したら、ろくな最後はとげられません」

これが、十九歳の少年の言葉です。

和歌山県出身の田中泰夫《たなかやすお》の遺書には、「誠忠《せいちゅう》あって、何事も成《な》し得《え》ん事はなし」という力強い言葉が書かれていますが、この方は、昭和四（一九二九）年の生まれですから、十七（満十六）歳で散華したことになります。今で言えば、高校一年生です。

もしかしたら田中は、特攻隊で散華した隊員のなかでは、最年少ではないでしょうか。その遺影も残っていますが、幼さを残しながらも、しかし、あくまでも凛々《りり》しいその顔を見ていると、今さらながら〝戦後の日本の男〟が、どれほど尊く大きなものを失ったか、ということに気づかされ、暗澹《あんたん》たる…そして、忸怩《じくじ》たる思いになります。

靖国神社、護国神社の英霊に向かいあう時、私たちは、まずは感謝の祈りをささげるべきですが、それとともに、私たち一人ひとりが、今も祖国を守る責任を負っていることも、自覚しなければならないでしょう。そのような自覚が少しでも生まれれば、もしかしたら〝戦後の日本の男〟が失ったものを、今の私たちも、いくらかは思い出せるのではないでしょうか。

90 若尾達夫《わかおたつお》

若桜《わかざくら》 春をも待たで 散りしゆく
嵐の中に 枝を離れて

大東亜戦争のころ、鹿児島県内には、たくさんの特攻隊の基地がつくられています。しかし、今の人々に「それは、なぜ?」と聞いても、すぐに答えることのできる人は、ほとんどいません。いうまでもありません。沖縄に近いからです。

今、侵略の危機にさらされている尖閣諸島を含む沖縄の美しい海は、七十数年前、わが国の若者たちが、一命をささげて守ろうとした海でもあることを、日本人なら忘れてはならないでしょう。

鹿児島の特攻隊基地といえば、知覧が有名ですが、知覧の西の、東シナ海に面した吹上浜《ふきあげはま》にも、特攻隊の基地がありました。万世《ばんせい》の特攻基地です。

使用されたのは、昭和二十（一九四五）年の三月から七月までという、わずかな期間でしたが、そこから二百一人もの若者たちが沖縄に向けて出撃し、散華しています。子犬を抱いた写真で有名な荒木幸雄《あらきゆきお》（享年十八・満十七歳）も、万世から出撃した方です。

ここにあげた歌は、昭和二十年五月二十六日に出撃し、満二十一歳で散華した若尾達夫の遺書に記されたもので、歌意はこうです。

「春がくれば、桜は満開の時を迎えるはずですが、それを待つことなく、若い桜は散っていきます。祖国が嵐に見舞われているなか、祖国という枝を離れて、私たちは桜のように散っていくのです」

若尾は、大正十三（一九二四）年、横浜市に生まれ、昭和十九（一九四四）年、陸軍《りくぐん》委託学生《いたくがくせい》になりました。残された手記には、「人生観」と題する、こういう一文があります。

「自然はそのまま、変わりなくつづいている。ただ人間世界にのみに、生まれ死んでいくことが繰り返され、その間、歴史は常に、廻《まわ》り廻っていくけれども、人生…、それは、ある一点にすぎないものだ。永遠に生きることの不可能な人間にして、よしその命は断つとも、名は永久に止《とど》むこそ、われらの生きる途《みち》と思う」

また、若尾の出撃の翌日、五月二十七日に万世基地から出撃し、満十八歳で散華した三重県出身の早川勉《はやかわつとむ》は、こう書き残しています。

「咲いて牡丹《ぼたん》といわれるよりも、散りて桜といわれたい」

英霊たちの最後の望みは、多くの場合、武人として「名」を止めること…、つまり自分たちの「名誉」が語り伝えられることでした。しかし戦後、わが国の政界、学界、教育界、大手マスコミなどは、いまだに英霊たちに対する「名誉毀損《めいよきそん》」の発言をつづけています。いったい戦後の日本人は、何に怯《ひる》んでいるのでしょう？　何に媚《こ》びているのでしょう？

あの方々の死を「犬死《いぬじ》に」などと貶《おとし》める人々がいますが、少なくとも〝戦前の日本人〟は、あの方々の「名誉」は守っていました。もしも、あの方々の死を〝犬死に〟にした人々がいる…とすれば、それはほかでもない、〝戦後の日本人〟です。

肉体をもたない英霊たちは、命をかけて守ったそのような子孫たちの、そのような情けない姿を見ても、やさしい心で、黙して耐えているのでしょう。しかし、英霊たちとは、つまりは私たちの〝御先祖さま〟です。

その〝御先祖さま〟たちの「名誉回復」のため、私たち子孫には、声をあげる権利と義務があるのではないでしょうか。私たちが、知性と愛情にもとづき、今の世の中に対して、勇気をもって、一人ひとり、ちがうことは「ちがう！」と声をあげていけば、世の中の「空気」は、たとえ少しずつではあっても、きっとかわっていくはずです。

91
牛島満《みつる》

秋待たで　枯れ行く島の　青草は
皇国《みくに》の春に　甦《よみがえ》らなむ

牛島満《うしじまみつる》は、明治二十（一八八七）年、薩摩藩出身の父母の子として生まれます。生まれたのは、維新の英傑を生んだ加治屋町《かじやちょう》の近くです。

軍人の道を歩み、やがて陸軍中将（没後に大将）になります。大東亜戦争の戦況が悪化するなか、昭和十九（一九四四）年九月、第三十二軍の司令官に命じられ、沖縄に赴任しました。

ちなみに、先の大戦について、「本土決戦《ほんどけっせん》にはならなかった」などという人がいますが、そうではありません。正確にいえば、すでに硫黄島《いおうとう》での戦いが「本土決戦」ですし、ましてや沖縄県での戦いは本格的な「本土決戦」です。

硫黄島の民間人は約千人でしたから、戦争がはじまる前に避難させることもできたのですが、沖縄県の民間人は、約六十万人いました。全員を避難させることなど、とてもできません。それでも軍部は、せめて十万人でも避難させようと計画していたのですが、昭和十九年八月、多くの子供たちを乗せた対馬丸《つしままる》が、アメリカの潜水艦に撃沈されてしまいます。その計画の実現は、諦めざるをえませんでした。

アメリカ軍が来襲すると、その上陸を阻止するため、九州各地の基地から、連日のように特攻機が飛び立ちます。たとえば、沖縄戦では陸軍だけで、千機ほどの特攻機が出撃しています。しかし四月一日、とうとうアメリカ軍は沖縄本島に上陸してきました。そのため海軍は、戦艦大和《せんかんやまと》に沖縄への出撃を命じるのですが、その大和も、洋上で壮烈な最期をとげます。

牛島は、民間人の犠牲者を少しでも減らそうと、女性や子供を県の北部に避難させ、首里《しゅり》にあった軍の司令部も、県の南部の摩文仁《まぶに》の洞窟に移動させます。

最後まで、軍人たちも、そして多くの沖縄県民も、ともに勇敢に戦いぬきました。

男子の学徒で結成された学徒隊《がくとたい》には「鉄血勤皇隊《てつけつきんのうたい》」があります。女子の学徒で結成された学徒隊には「ひめゆり学徒隊」、「白梅《しらうめ》学徒隊」、「名護蘭《なごらん》学徒隊」、「瑞泉《ずいせん》学徒隊」、「積徳《せきとく》学徒隊」、「梯梧《でいご》学徒隊」があります。それらの少年少女たちは、「靖国神社で会いましょう」と言い交わして散っていきました。私たちは、そのような沖縄戦の正しい歴史を、敬意と愛惜の念をもって、長く後世に語りついでいかなければなりません。

海軍の大田《おおた》実《みのる》少将が、「沖縄県民かく戦えり。県民に対し、後世《こうせい》特別のご高配《こうはい》を賜わらんことを」という電文を送って自決したのは、六月十三日のことです。そして六月二十三日、牛島も洞窟の外で割腹し、側近の大尉がその首を落とし、沖縄での組織的な戦闘は、ここに終わります。

牛島は、時に五十九（満五十七）歳でした。ここにあげた歌は、牛島の辞世で、歌意はこうです。

「秋も来ていないのに、戦火で枯れはててしまった沖縄の青い草も、天皇さまの国・日本が、よみがえる時がくれば、また青々と茂るようになるでしょう」

しかし、真の意味での「皇国《みくに》の春」は、まだ来ていないようです。そしてそれが来ないまま、沖縄の美しい海の向こうから、今、新たな危機が迫りつつあります。

新たな危機は、主に大陸や半島から迫ってきているわけですが、令和二（二〇二〇）年七月二十三日、アメリカのポンペイオ国務長官は、公の場で「ニクソン訪中」（昭和四十七［一九七二］

年）以来のアメリカの〝対中外交〟は「失敗」であった、と明言しています。アメリカは見通しを誤った…という正直な反省で、もしかしたら、今後、アメリカ国内では、さらにさかのぼって、昭和戦前期から今日までのアメリカの〝対中外交〟の見直しも行なわれるかもしれません。

昭和戦前期、アメリカは〝親シナ、反日本〟の外交路線で、むやみに突き進み、日本を追いつめて開戦に踏み切らせ、最終的には原子爆弾まで投下して、徹底的に日本を叩きました。今日の情勢をみるかぎり、それもアメリカの「失敗」ではなかったでしょうか。

そのことを、アメリカ政府が公の場で、やがて認める日がくるような気がしてなりません。そういえば、すでに昭和二十六（一九五一）年五月、マッカーサーは、アメリカ合衆国議会上院《じょういん》の軍事外交合同委員で、こう証言しています。

「太平洋において米国が過去百年間に犯した最大の政治的過ちは、共産主義者を中国において強力にさせたことだと、私は考える」。「我々は（日本を）包囲したのです…したがって彼らが戦争に飛び込んでいった動機は、大部分が安全保障の必要に迫られてのことだったのです」。

昭和二十六年の時点から「過去百年」ということになると、すでに幕末のころから、アメリカのアジア政策はまちがっていた、ということになります。そのマッカーサー証言から、ほぼ七十年…、今ようやく、アメリカは百七十年ぶりに、そのアジア政策を見直しつつあるのかもしれません。

92
蓮田善明《はすだぜんめい》

ふるさとの　駅に降り立ち　眺めたる　かの薄紅葉《うすもみじ》　忘れえなくに

蓮田善明《はすだぜんめい》は明治三十七（一九〇四）年、熊本県植木《うえき》町に生まれました。広島高等師範学校《ひろしまこうとうしはんがっこう》を卒業後、岐阜や長野の中学で教え、昭和十三（一九三八）年には成城高等学校の教授に就任しています。その年、清水文雄などと『文藝文化《ぶんげいぶんか》』という雑誌を創刊していますが、その「創刊の辞」には、こういうことが書かれています。

「近ごろ〝日本精神〟ということが、よくいわれるが、その多くは、粉飾《ふんしょく》した政治論に過ぎない。国文学の研究は盛んだが、根拠のない〝分析〟や〝批判〟ばかりで、その〝精神〟は埋もれたままだ。古典の権威は、もはや地に堕《お》ちている。今、その復活を成しとげなければ、わが国の古典の〝精神〟は、滅びてしまう」（執筆者は、池田勉）。

その『文藝文化』に、昭和十六（一九四一）年、ある連載がはじまりました。作者は、まだ十七歳の少年でしたが、蓮田は「編集後記」で、その少年を「悠久《ゆうきゅう》な日本の歴史の申し子である。我々より歳は、はるかに少ないが、すでに成熟したものの誕生である」と絶賛しています。

少年は、すでに筆名をもっていました。三島由紀夫《みしまゆきお》といいます。

『古事記』から森鷗外にいたるまでの広い視野をもち、国文学者として、寸暇を惜しんで研究に励み、立派な著作を何冊も出版していた蓮田ですが、この人は、ただ口先や文章だけで、〝国を憂えているような人〟ではありませんでした。〝知ることと行なうこと〟が一体の人だったのです。

昭和十八（一九四三）年、陸軍中尉として招集され、インドネシアを転戦し、昭和二十（一九四五）年、マレー半島のジョホールバルで終戦を迎えますが、終戦直後の八月十九日、連隊長の「通敵《つうてき》行為《こうい》」に憤り、ピストルで射殺したのち、みずからもピストルで自決しています。時に四十二（満四十一）歳でした。

それから二十五年…、三島は自身が自刃する年に、蓮田を回想する一文を書いています。その一文には、二人の死の謎を解く鍵が秘められている、といわれています。

ここにあげた歌の、歌意はこうです。

「故郷の熊本の駅に降り立った時、ふと目に入った、あの薄い紅葉。それがなぜか、忘れられない」

熊本の田原坂《たばるざか》は、西南の役の激戦地ですが、今は広々とした公園になっていて、その片隅に、この歌を刻んだ蓮田の小さな歌碑が、ひっそりと建っています。

江《え》藤淳《とうじゅん》は、その晩年、その歌碑を前にした時、「電光のような戦慄」を覚えたそうです。そして、こう自問しています。「西郷の挙兵も、蓮田や三島の自裁《じさい》も、みないくばくかは『ふるさとの駅』の、『かの薄紅葉』のためだったのではないだろうか？」（『南洲残影《なんしゅうざんえい》』）。

93 重光葵《しげみつまもる》

願くば　御国《みくに》の末の　栄え行き
吾名《わがな》さげすむ　人の多きを

重光葵《しげみつまもる》は、明治二十（一八八七）年に大分県で生まれた外交官・政治家です。父は漢学者でしたが、重光が三歳の時、四十三歳という若さで引退してしまいます。そのため母が家計を支え、その苦労は、なみたいていのものではなかったそうです。「葵《まもる》」というのは、向日葵《ひまわり》が足元の小さな草花を守り、また誠実の象徴でもあることから、父が「葵」と書いて「まもる」と読ませる、珍しい名前をつけたのです。

幼いころから重光は、毎朝、身を清めたあと、床の間で東に向かって「教育勅語《きょういくちょくご》」を朗読するのが習慣でした。駐ソ連大使になったあとは、書斎に日章旗《にっしょうき》をかかげ、毎朝、礼拝しています。また、外国に赴任する時など、重要な仕事の前には、かならず伊勢神宮に参拝していました。

「欠点がないのが欠点」といわれる重光の人がらは、このような祖国への〝信仰〟によって、かたちづくられたものでしょう。

昭和七（一九三二）年、重光が上海《しゃんはい》の天長節《てんちょうせつ》の祝賀会に参列し、壇上に並んでいた時、朝鮮人のテロリストが、壇上に爆弾を投げつけます。重光は、爆弾が転がってきたのに気づいたのですが、国歌の斉唱中であったため、逃げるのは「不敬」と考え、動きませんでした。

動かなかったのは重光だけでなく、壇上のほかの人々も同じです。その結果、一名が死去し、多くの重傷者が出ました。

このテロで、重光は右足を切断することになるのですが、その後も、天皇陛下からいただいた義足をつけて、祖国のため、日本外交の最前線で戦いつづけます。「大東亜共同宣言《だいとうあきょうどうせんげん》」、終戦の工作、降伏文書の調印、マッカーサーとの交渉、国連への加盟など…、昭和史の外交の重大場面には、いつも重光の姿がありました。

ここにあげた歌は、昭和二十（一九四五）年九月二日、降伏文書の調印のあと詠んだもので、歌意はこうです。

「できることなら、これからの日本が立派に繁栄をとげ、（かつて恥ずべき「降伏文書」に調印した）私の名が、さげすまれるような、そんな時代がきますように…」

戦争回避を模索しつづけた重光を、ソ連は〝許しがたい存在〟と見たようです。コミンテルンの「敗戦革命《はいせんかくめい》」の戦略からすれば、重光は邪魔な存在だったからでしょうが、そのため重光は、ソ連の判事から強引に「戦犯」に指名され、四年七か月もの間、巣鴨拘置所《すがもこうちしょ》で自由を拘束されることになります。

もしも重光が四年七か月を拘束されていなければ、わが国の「戦後レジーム」は、かなり早い時期に終焉を迎えていたでしょう。というのも、昭和三十（一九五五）年、外務大臣として、ふたたび外交の場に返り咲いた重光は、日米安保条約の改定をめぐって、アメリカのダレス国務長官と交渉し、「対等の立場でアメリカとパートナーになること」を求めているからです。

昭和三十二（一九五七）年、重光は七十（満六十九）歳で没します。しかし、アメリカと対等の立場になるという重光のやり残した「宿題」は、今もなお日本の「宿題」でありつづけています。

94
昭和天皇

ふりつもる　み雪にたへて　色かへぬ
松ぞををしき　人もかくあれ

昭和天皇は、明治三十四（一九〇一）年、大正天皇の第一皇子としてお生まれになりました。二十一歳で摂政《せつしよう》となられ、大正天皇の崩御とともに二十六（満二十五）歳の若さで践祚《せんそ》されます。以後、第百二十四代の天皇として、苦難に満ちた激動の時代のなかで、常に「世の平らぎ」を祈られつつ、昭和六十四（一九八九）年、八十九（満八十七）歳で崩御されました。歴史的に見ると「大化の改新以後」では、ご歴代の天皇のなかで、もっとも長い在位期間です。

ここにかかげた歌は、昭和二十一（一九四六）年の「歌会始《うたかいはじめ》」にさいしての、御製《ぎよせい》です。大東亜戦争の戦闘が終わって五か月後の歌…というところに、注意してください。

歌意は、こうです。

「雪がどんどん降り積もり、寒さも厳しくなるばかりですが、そんななかでも、他の木々とちがって松の木は、いつもどおり青々とした色を失っておらず、まことに雄々しく、頼もしいかぎりです。人もそのように、生きていかなければなりません」

ここには、昭和天皇の、こういう大御心《おおみこころ》が秘められているでしょう。「日本は今、敗戦と占領という、歴史上かつて経験したことのない試練のなかにありますが、どうか国民よ…、日本人としての誇りを失わず、そして未来への希望も失わず、国を復興していきましょう」

そのころの陛下が、そのような思いを、強くもっていらっしゃったことは、昭和二十一年の「新日本建設の詔書《しょうしょ》」を読めば、よくわかります。世間では、それを「人間宣言」などといっていますが、その詔書のどこにも「人間」という言葉も「宣言」という言葉もでてきません。それは、戦後のジャーナリストが、勝手につけた名称にすぎないのです。

それから三十一年後の昭和五十二（一九七七）年、陛下は、ご会見で、その詔書を発した時の御自身の思いを、こうおっしゃっています。

「日本の国民が誇りを忘れては、非常に具合が悪いと思って、誇りを忘れさせないために、あの宣言を考えたのです」

しかし、そのような昭和天皇の大御心《おおみこころ》に反して、日本国民の「誇り」は、時間の経過とともに、しだいに失われていきます。そのことを象徴するのが、国難に殉じた英霊をお祭りする靖国神社への御親拝《ごしんぱい》が、昭和五十（一九七五）年以後、途絶えてしまったことです。

ことの発端は、その年の八月十五日、時の総理大臣・三木武夫《みきたけお》という人が、靖国神社への参拝のさい、それを「三木個人の参拝」と発言したところからはじまります。昭和五十四（一九七九）年になると、メディアが、「A級戦犯」の合祀を問題にしはじめました。

ちなみに、「A級戦犯」などというのは、占領中、GHQが「勝手につくった罪名」にすぎません。その何よりの証拠が、昭和二十八（一九五三）年に、「戦傷病者戦没者遺族等援護法《せんしょうびょうしゃせんぼつしゃいぞくとうえんごほう》」という法律が改正されて、占領中に「戦争犯罪者」として刑死になったり、獄死した人々にも、年金と弔慰金《ちょういきん》が支払われることになったことです。つまり、占領中、GHQの手によって刑死、獄死した人々は国内法上は犯罪者ではない…と、すでに昭和二十八年の時点で、正式に認められているのです。ですから靖国神社には、国内法上の「戦犯」など、そもそもお一方も祭られていません。

しかし、日本のメディアの事実にもとづかない、ほぼ総かがりの扇動に、近隣諸国が便乗し、それが〝外交カード〟にされてしまいます。その状況を打破しようと、中曽根《なかそね》康弘《やすひろ》という総理が、昭和六十（一九八五）年八月十五日、靖国神社に参拝するのですが、翌六十一（一九八六）年八月十五日は、中華人民共和国に「配慮」して、参拝を取りやめてしまうという、まことに情けない〝腰砕《こしくだ》けぶり〟を見せてしまいました。

その日、昭和天皇は、こういう御製をお詠みになっています。

「この年の　この日にもまた　靖国の　みやしろのことに　うれひは深し」

この御製について、〝元側近〟という人が、「昭和天皇は、A級戦犯の合祀に反対されていて、そのお気持ちを詠まれたもの」などと〝証言〟していますが、それは、かなり〝眉唾《まゆつば》もの〟です。なぜなら、参拝中止以後も、春秋《しゅんじゅう》の例大祭《れいたいさい》に皇室から「勅使《ちょくし》」が派遣されているからです。

それに加えて、今にいたるまで、皇族方の参拝もつづいています。この御製は、〝私が靖国神社に参拝できる環境が、どんどん失われていく〟という「うれひ」を率直に詠まれたもの…と解釈すべきでしょう。

残念ながら、平成の御代では、天皇陛下の御親拝《ごしんぱい》は、ついに一度も行なわれませんでしたが、それも心ある国民が非力で、反日メディアや近隣諸国からの〝言いがかり〟を、跳ね返す力がないから、そうなったのです。今のところ私たちは、靖国の英霊に対し、そして昭和天皇と上皇陛下と今上陛下に対し、みずからの非力を、深くお詫びするほかありません。

95
松尾まつ枝

靖国の　社《やしろ》に友と　睦《むつ》むとも
折々《おりおり》かへれ　母が夢路《ゆめじ》に

昭和十七（一九四二）年五月三十一日、わが海軍の小型潜水艦《こがたせんすいかん》三隻は、勇敢にもオーストラリアのシドニー湾に攻め込みます。生きて帰れる見込みは、ほとんどありませんでした。一隻に二人乗り込んでいましたから、その戦闘で六人の若者が散華しましたが、その中の一人が松尾敬宇《けいう》です。時に二十六（満二十四）歳でした。

その戦闘で、松尾たちの勇気に感動したオーストラリア海軍のグールド少将は、海軍葬《かいぐんそう》という立派なお葬式を出すことにします。「交戦中の敵国の軍人に対して、そんなに立派なお葬式を出してやる必要はない」という声もありましたが、少将は、こう語っています。

「勇気は一民族の私有物でもなければ、伝統でもない。これら日本の海軍軍人によって示された勇気は、誰もが認めるべきものであり、一様に讃《たた》えるべきものである」

少将もまた、みごとな〝武士道精神〟の持ち主であった、というべきでしょう。（それに比べて、戦後日本の政治家や官僚、教育界やマスコミの人々の多くは、こと「勇者」に対する人としての姿勢は、グールド少将とは正反対で、その点、まことに醜いといわざるをえません）。

昭和四十三（一九六八）年、松尾の母・まつ枝は、オーストラリアを訪れます。「勇者の母」を、人々はこぞって歓迎し、現地のマスコミは連日、その様子を感動とともに伝えました。

まつ枝は、シドニー湾で息子とともに散華した人々を慰霊したあと、戦争記念館で松尾の小型潜水艦と対面します。冷たい鉄の艦に、そっと手をふれたとき、奥の方から「〝お父さん〟〝お母さん〟という声」が聞こえてきたそうです。

オーストラリアのゴートン首相から、「立派なご子息をもたれてうらやましい」といわれた時、まつ枝は、こう応えています。

「私の子供は大きな孝行《こうこう》をしてくれました。……心から満足しています」

国の大事に一命をささげた勇者の母らしく、堂々とふるまいつつも、もちろん、まつ枝の心のなかには、他人にはうかがい知ることのできない哀しみが、満ちていたことでしょう。


ここにあげた歌の、歌意はこうです。

「息子よ、お前は今ごろ靖国神社で、戦友たちと仲よくすごしているのだろうね。けれども時折は、たとえ夢の中でもいいから、母のもとに帰ってきておくれ」

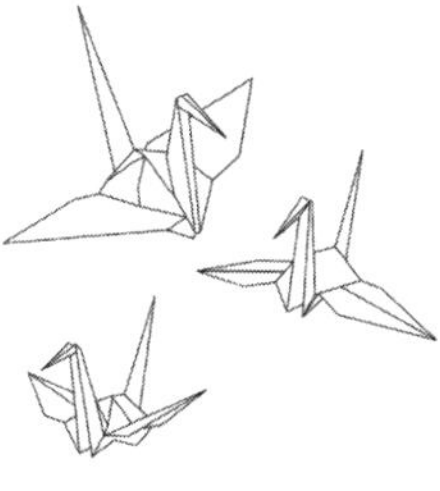

96

吉井 勇《いさむ》

萩に来て　ふとおもへらく　いまの世を
救はむと起《た》つ　松陰《しょういん》は誰《たれ》

吉井友実《よしいともざね》（幸輔《こうすけ》）という、幕末の薩摩藩の志士がいます。あの坂本龍馬も、まずは京都の薩摩藩邸で友実に会い、そのあと、はじめて西郷隆盛と会っています。龍馬が暗殺される前、〝民間の宿では危険だから、薩摩藩邸に居を移しては…〟とすすめたのも友実です。もしもそうしていれば、龍馬は暗殺されなかったかもしれません。

友実は、維新後は日本鉄道会社の社長などを歴任し、晩年には「伯爵《はくしゃく》」をさずけられました。明治二十四（一八九一）年、六十四歳で亡くなっています。

友実が亡くなった時、友実の孫は六歳でした。それが、のちに近代日本を代表する歌人の一人になる吉井勇です。

二十五歳の時、第一歌集『酒ほがい』を刊行すると、その名声は一挙に高まり、与謝野晶子も、勇の才能を、こう絶賛しています。

「私は、人麿—和泉式部—西行、そして勇—という順序をもって、日本の歌は、大きな飛躍を示したと信じています」

その『酒ほがい』に収められている傑作が、次の歌です。

「かにかくに　祇園《ぎおん》はこひし　寝るときも　枕の下を　水のながるる」

そのころ、白川の茶屋の奥の一間は、川に少し突き出していて、勇はそこに横になった時の感慨を詠んだわけですが、華やかな京の都…美しい芸妓《げいこ》たち…、そして酒と青春という、きわめて耽美《たんび》的《てき》な情景の底に、人生の深い哀しみが、ゆらゆらと漂っているかのような歌です。

もっとも、その〝哀しみ〟は、決して暗い哀しみではありません。それは、ひかえめでありながら、ゆるぎなく…、太古の昔から日本人の日々の暮らしのなかで、延々と紡《つむ》がれてきた〝清明《せいめい》な心〟から生まれる〝淡い哀しみ〟です。本書「12 在原業平」のところでもお話ししましたが、具体的には、たとえば、あの「埴輪《はにわ》」の素朴な微笑《ほほえみ》のようなもの…です。あの微笑に見える〝淡い哀しみ〟は、「かわいい」という日本的な感覚にも、つながっているような気がします。

かつて私は、『古事記』や『伊勢物語』などを読みつつ、何となく「かわいい」と感じることが、しばしばありました。そのような日本古来の〝淡い哀しみ〟をふまえているからこそ、勇の作品は、今も日本人に愛されてやまないのかもしれません。

勇は、こうも詠んでいます。「寂しければ　人にはあらぬ　雲にさえ　したしむ心　しばし湧きたり」（『天彦』）。寂しいから、人ではない雲でも、友人のように思う心がわいてくる…というのです。「人にはあらぬ」ものに「したしむ」ことも、日本人ならではの〝清明な心〟があればこそ、できることでしょう。

勇は、昭和十八（一九四三）年には、「生けるしるし　今日に現《あら》はる　目のあたり　大御軍《おおみいくさ》の捷《かち》をわが見つ」（『霹靂《へきれき》』）と歌っていました。大東亜戦争での勝利を、確信していたわけです。

しかし、残念ながら、その「捷」を見ることはできませんでした。終戦から二年後、勇は「（自分は）ひたすら謙虚に日本の風土の美を詠ずることを念願」している、と書いています。

また戦後、勇は「私は、文壇《ぶんだん》や歌壇《かだん》の現状に絶望しているので、何を読んでもおもしろくなく、何を書こうとする気にもならない」（『私の履歴書』）とも書いていますが、勇が「絶望」していたのは「文壇や歌壇」にかぎったことではなく、「戦後日本」そのものではなかったでしょうか。その点は、川端康成《かわばたやすなり》の「戦後」の心境と、よく似ています。

昭和二十（一九四五）年、川端は、島木健作《しまきけんさく》の追悼文を書いていますが、そのなかに、こういう一文があります。「私は、もう死んだ者として、あわれな日本の美しさのほかのことは、これから一行も書こうとは思わない」。また、昭和二十三（一九四八）年、ある雑誌の編集部から、「このごろ何か楽しいことはございませんか」と問われた時は、こう答えています。

「なにもありません。…私は、終戦後、ほとんど絶望しています。おそらくこの絶望のまま生を終えることでしょう」

しかし、吉井は、川端とは少しちがって、いつか誰かが立ち上がり、「今の世を」正してくれるのではないか、という希望をもちつづけました。ここにあげた歌は、昭和三十（一九五五）年、勇が夫人とともに萩を訪れた時、色紙に書いたもので、そこには、そのような吉井の思いが満ちています。

歌意はこうです。

「萩に来て、ふと思いました。今の世を、救うために立ちあがる現代の松陰は、どこにいるのでしょうか」

〝吉田松陰を称《たた》えて、それで終わり…ではいけない。問題は今だ！。今、松陰のように、命をかけて時代を正そうとする者は、いるのか、いないのか？〟と…、勇は少しイラ立ちつつ、世に問うているかのようです。今も萩にある松陰の墓の近くに、この歌を刻んだ歌碑が、ひっそりと立っています。

この歌から五年後、勇は亡くなります。時に七十五歳でした。

そういえば祇園は、かつては勇の祖父が命をかけて、馳《は》せた街でもあります。「艶隠者《やさいんじゃ》」と呼ばれていた勇ですが、その体のなかには、まちがいなく祖父の熱い血が流れていたのです。

97 三島由紀夫《みしまゆきお》

益荒男《ますらお》が　たばさむ太刀《たち》の　鞘鳴《さやな》りに
幾《いく》とせ耐へて　今日の初霜《はつしも》

三島由紀夫（本名・平岡公威《ひらおかきみたけ》）は、大正十四（一九二五）年（翌年が昭和元年）に生まれていますから、まさに昭和の御代とともに年齢を重ねた作家です。「ノーベル文学賞」の候補にもあげられるほど、その作品は高く評価されていました。

しかし、昭和四十五（一九七〇）年十一月二十五日（つまり、満四十五歳の時）、陸上自衛隊の市ケ谷駐屯地《いちがやちゆうとんち》のなかにある東部方面総監部《とうぶほうめんそうかんぶ》の総監室を「盾《たて》の会」の学生たちと占拠し、「憲法改正」を訴えたあと、自刃しています。刃を腹に立てる直前、三島は、人質にしていた陸上自衛隊東部方面総監・益田兼利《ましたかねとし》に対し、「自衛隊を天皇にお返ししなければ、日本は滅びます」と語ったそうです。

天皇のもとに国軍がある…そういう国のかたちに戻すこと、それが三島の悲願でした。いいかえれば、三島にとって「戦後体制」の本質とは、天皇と軍隊の正しい関係が失われたままになっている…というところにあったわけです。

ここにあげた歌は辞世で、歌意はこうです。

「男らしい男が、腰に差している刀を抜く時を、今か今か…と待っていましたが、なかなかその時は訪れず、その時を、どれほど耐え忍んだことでしょう。しかし今ようやく、まるで季節がめぐって、自然に初霜が降りるように、その時がやって来ました」

自刃《じじん》の四か月前、三島は、こう書いています。

「否定してきた戦後民主主義の時代二十五年間を、否定しながらそこから利益を得《え》、のうのうと暮らしてきたといふことは、私の久しい心の傷になっている。…私はこれからの日本に大して希望をつなぐことができない。このまま行ったら『日本』はなくなってしまうのではないか、という感を日ましに深くする。日本はなくなって、その代はりに、無機質《むきしつ》な、からっぽな、ニュートラルな、中間色の、富裕な抜け目がない、ある経済的大国が極東の一角に残るのであろう。それでもいいと思っている人たちと、私は口をきく気にもなれなくなっているのである」（「果たし得ていない約束」)

三島は、「戦後」という時代を、言葉で否定しておきながら、そこで「のうのうと暮らしてきた」自分を〝許せない〟と思っていたのです。「戦後」を批判する知識人や言論人は、いくらでもいます。しかし、そこまで誠実に「自分の生き方」と重ね合わせて、「戦後」を問い詰めた人が、他にいるでしょうか。もしも三島に「罪」があるとすれば、それは「誠実すぎた」という罪かもしれません。

三島の事件のことを、ほんどの同時代人は理解できませんでしたが、小林秀雄には、わかっていたようです。対談で、三島の言動を「病気」と酷評する江藤淳《えとうじゅん》に対して、小林は、こう言い放っています。

「そんなことというけどな、それなら吉田松陰は病気か。…三島はずいぶん希望したでしょう。松陰もいっぱい希望して、最後、ああなるとは、絶対思わなかったですね」(「歴史について」)。

平成のころ、「日本を取り戻す」という言葉が、一時、選挙のキャッチフレーズとして使われたことがありますが、…、いったい、その「取り戻す」べき「日本」とは何なのでしょう? 少なくとも「無機質な、からっぽな、ニュートラルな、中間色の、富裕な、抜け目がない、ある経済的大国」ではないはずです。

98 平泉《ひらいずみ》 澄《きよし》

空に星　野には花あり　人にして
貴きものは　誠なりけり

平泉《ひらいずみ》 澄《きよし》博士については、すでに学術的な伝記も出ていますし、学術的な研究論文も、たくさん出ています。もはや立派な「歴史的人物」であり、名前に敬称を付す必要もないのでしょうが、私は大学生のころ、平泉先生の講演を二度お聞きしたことがあり、講演のあと、ひと言ですが、お声をかけていただいたこともあります。

昭和五十九（一九八四）年二月、先生は九十歳でお亡くなりになりますが、雪深い白山神社《はくさんじんじゃ》で行なわれた神葬祭《しんそうさい》で、私は先生の棺《ひつぎ》を担がせていただいてもいます。ですから、なかなか敬称を略する気になれませんので、ここでは以下、「平泉先生」と書かせていただきます。

平泉先生は、福井県の平泉寺《へいせんじ》白山神社《はくさんじんじゃ》の神職の長男として、明治二十八（一八九五）年二月に、生まれました。十七歳の時に「大逆事件《たいぎやくじけん》」の判決が出て、たいへんな衝撃を受けます。そして以後、「身をもって、この凶悪思想《きょうあくしそう》をくいとめねばならない」と、考えるようになります。その時から帰幽《きゆう》されるまでを概観すれば、平泉先生の生涯とは、つまりは〝凶悪思想との戦い〟にささげられたもの…、といってよいでしょう。

二十一歳で東京帝国大学の国史学科に入学しますが、二年後、ロシア革命が起こります。この年、平泉先生が詠んだ歌は、こういうものです。

「身も亡び　家も廃れよ　ひたすらに　み国のために　我つくさなむ」

たとえ〝一身〟〝一家〟は滅びても、祖国のために尽くしたい…。そのころの平泉先生の危機感が伝わってきます。

しかし、その翌年（大正七〔一九一八〕年）には、東京帝国大学に「新人会《しんじんかい》」という学生団体が結成されます。これは戦後、日本共産党の下部組織になった団体です。

平泉先生は、二十九歳で東京帝大の講師に、三十二歳で助教授になります。その年、『中世における精神生活』『中世における社寺と社会との関係』など、学者としての先生を代表する著書が、つぎつぎと出版されました。

今日から見ても、それらは、いずれも歴史学の上で、画期的な学問業績です。そのことは、たとえば、「凶悪思想」に染まった戦後の日本史関係の学者たちでさえ、その研究成果を無視できず、それどころか、それらを密《ひそ》かに利用している、という事実からも明らかでしょう。

こうして学者としての基礎を確立した平泉先生は、昭和五（一九三〇）年、ヨーロッパに留学し、「凶悪思想」と戦うための研究を本格化させます。ドイツでは、リッケルトやマイネッケに会い、マイネッケから、その友人・トレルチの話を聞いて感銘を受け、イタリアではクローチェを訪ねて、三日間も語りあっています。

フランスに渡ると、一か月でフランス語をマスターし、フランス革命の研究に没頭します。「現在の我が国を動かすのはマルクスであるが、その根本はフランス革命にまでさかのぼる」という考えからです。イギリスでは、バークを研究しました。帰国後、バークに関する論文も発表しています。

残念ながら、帰国してみると日本では「凶悪思想」が、さらに荒れ狂っていました。昭和七（一九三二）年、東京帝国大学では、毎日のようにデモが行なわれ、教室から「天皇制を打倒せよ」という垂れ幕がさがっている…というヒドイありさまです。

一方、国際情勢も緊迫の度を強めていて、四十三歳の時には、シナ事変が起きます。平泉先生は、政界や軍部の要人たちと交流を深め、また私塾を開き、その教育の範囲を広げました。

その点、大学の外にも「教え子」の多い平泉先生ですが、もしも平泉の最愛の「教え子」は誰であったか…と問われれば、私は躊躇《ちゅうちょ》なく、黒木少佐であろう…と答えます。あの人間魚雷「回天」の創始者の黒木博司です。（本書「86 黒木博司」を参照してください）

しかし、黒木たちの散華《さんげ》によっても、大勢は挽回できず、ついに「玉音放送《ぎょくおんほうそう》」の日が来ます。五十一歳の平泉先生は、すぐに東京帝国大学に辞表を出し、以後は、民間の一学者として、国を守るため言論活動をつづけます。

ちなみに三島由紀夫が、昭和四十五（一九七〇）年十一月、憲法改正を訴えて、市ヶ谷で壮烈な自刃をとげましたが、そのころの知識人たちは、「サヨク」の人々はいうまでもなく、「保守」と見られていた人々でさえ、その事件に対して、そろって否定的でした（本書「97 三島由紀夫」を参照してください）。私の見るかぎり、その事件に対して肯定的な評価をしていたのは、保田與重郎《やすだよじゅうろう》、小林秀雄《こばやしひでお》、葦津珍彦《あしづうずひこ》、そして平泉先生くらいです。

平泉先生に、三島を論じた文章は残っていませんが、そのころの平泉先生を知る人から、私は直接、こう聞いたことがあります。

「あの時、平泉先生は、みずからの神社で、三島氏の慰霊祭を斎行《さいこう》されました」

ここにあげた歌は、「昭和五十二年春」、八十三歳の時に詠まれたものです。説明の必要は、もうないでしょう。

私は、カントの「私の上なる星空と、私の内なる道徳律《どうとくりつ》」という言葉を想起しますが、平泉先生はクローチェと語り合った時、「歴史と哲学」は「融合一致《ゆうごういっち》」しなければならない…という点で共鳴したそうです。とすれば…、この歌は、カントのその考え方を日本的な知性と感性で、美しく昇華したもの…ともいえるでしょう。

99
上皇后陛下

慰霊地《いれいち》は　今安らかに　水をたたふ
如何《いか》ばかり君ら　水を欲《ほ》りけむ

上皇后陛下は、昭和九（一九三四）年十月二十日、東京府（現・東京都）にお生まれになり、昭和三十四（一九五九）年、皇太子妃となられました。上皇陛下のご即位とともに皇后となられますが、マスコミの根拠のない誹謗中傷にさらされ、とうとう平成五（一九九三）年のお誕生日に、倒れられ、それからお声が出なくなられます。

症状が回復しないまま年が明け、平成六（一九九四）年の二月、上皇后陛下は、上皇陛下とともに戦没者の慰霊のため、硫黄島《いおうとう》を訪問されます。硫黄島は大東亜戦争の激戦地で、わが国の約二万人の将兵が、ほぼ玉砕《ぎょくさい》した島です。

昭和二十（一九四五）年二月十九日の朝、アメリカ軍は圧倒的な兵力で、硫黄島に襲いかかります。アメリカ軍は「五日で落とす！」と豪語していました。しかし、わが軍の将兵は、灼熱地獄《しゃくねつじごく》のなかでも最後まで、士気を高くたもちつづけ、三月二十六日まで組織的な抵抗をつづけます。そのみごとな戦いぶりの背後にあったのは、陸軍中将・栗林忠道《くりばやしただみち》のすぐれた作戦と、その「軍人勅諭《ぐんじんちょくゆ》」をもとに鍛えあげられた人徳です。

その人徳については、こういう話が伝わっています。栗林と〝どうしてもいっしょに死にたい〟と、硫黄島に渡ることを何度も願い出て、結局、許可されなかった貞岡という軍属がいます。その人が、戦後、栗林の人徳について、こう語ったそうです。「うちの閣下のそばで暮らすと、世間は醜くて…」

その戦いで、とくにわが軍の将兵を苦しめたのは、水の不足でした。何人もの生き残りの兵士から話を聞いた作家の山岡壮八は、「水！水！水！と叫ぶ亡霊の声が、いまだに消えず、ここまで聞こえて来そうな気がしてならない」と書いています。

その硫黄島の慰霊碑に、両陛下は、みずからお持ちになった水をヒシャクでささげられています。ここにかかげた上皇后陛下の御歌《みうた》は、その慰霊碑に参拝された時のもので、歌意はこうです。

「今はこの慰霊地に、安らかに水が湛えられています。しかし、あのはげしい戦いの時、皆さまは、どれだけ水をお飲みになりたかったことでしょう」

ちなみに、この時の上皇陛下の御製は、こうです。

「精魂《せいこん》を　込め戦ひし　人未《いま》だ　地下に眠りて　島は悲しき」

英霊を「精魂を込め戦ひし人」と、御嘉賞《ごかしょう》くださり、また遺骨収集の遅れを嘆いてくださっています。日本人が、ひとしく心すべき御製でしょう。

その硫黄島へのご訪問で、戦没者の遺族を前にされた時、上皇后陛下は、「ご遺族の方たちは、みなさんお元気でお過ごしですか」と、声を発せられます。お声は、その時、その場所で戻ったのです。

以後、両陛下は、海外の戦没者の慰霊の旅をつづけられます。サイパン、パラオ、ペリリュー、フィリピン、ベトナムなどです。

ちなみに、平成八（一九九六）年、「戦後五十年慰霊の旅」を終えられたあとの終戦記念日、上皇后陛下は、こうお詠みになっています。

「海陸《うみくが》の　いずへを知らず　姿なき　あまたの御霊《みたま》　国護《まも》るらむ」
（歌意・海でも山でも、どこにでも、姿のない英霊《えいれい》たちが、無数にいらっしゃって、今もわが国を守ってくださっています）

これは、靖国神社や全国の護国神社に鎮まる英霊たちに捧げられた至高《しこう》の御歌《みうた》ではないか…と、私は思っています。

100
上皇陛下

明け初むる　賢所《かしこどころ》の　庭の面《も》は
雪積《ゆきつ》む中に　かがり火赤し

上皇陛下は、昭和八（一九三三）年十二月二十三日、昭和天皇、香淳皇后《こうじゅんこうごう》の第五子として誕生されました。昭和天皇にとっては初の皇子です。

十一歳の時、「終戦」を迎えられた陛下は、「新日本の建設」という作文で、こう書かれています。「もっともっと、しっかりして、明治天皇のように皆から仰がれるようになって、日本を導いて行かなければならないと思います」

この時、おそらく上皇陛下は、これからおとずれる「戦後」という時代の〝苦難〟を予感されていたのでしょう。そして、それに雄々しく立ち向うご覚悟も固められていたのでしょう。

占領軍は、「旧・皇室典範《こうしつてんぱん》」をはじめ、皇室のあり方を規定した法令のほとんどを、また、あるいは皇室を支えるさまざまな組織や制度を、いずれも廃止したり、縮小したりしました。これによって、天皇や皇族は、御自身にかかわる「皇室典範」についての発言さえ、法的にいえば、できなくなります。

さらに占領軍は皇室財産を奪い、皇室を経済的に追いつめることによって、十四あった宮家のうち、十一宮家を臣籍降下《しんせきこうか》に追い込み、安定的な皇位継承を、むずかしいものにしてしまいます。

「戦後」という時代は皇室にとって、歴史上、戦国時代以上に〝苦難〟の時代であった、といっていいでしょう。

しかし、そのような「占領《せんりょう》遺制《いせい》」が、いまだにつづくなか、昭和天皇も上皇陛下も、御一身をかけて、皇室の伝統を護りつづけられました。その何よりの証《あかし》は、上皇陛下が「宮中《きゅうちゅう》祭祀《さいし》」に、きわめてご熱心であった、という事実です。

ここにあげた御製《ぎょせい》は、平成十七（二〇〇五）年の「歳旦祭《さいたんさい》（注・元旦の早朝のお祭り）」の時のようすを詠まれたもので、その時、御殿に雪が積もっていたことがわかりますが、御高齢のお体に、真冬の早朝のお祭りは、どれほどひびくことでしょう。けれども、陛下は、「民の父母」として、「民、安かれ」の祈りを、決しておろそかにはされませんでした。

「皇室は祈りでありたい」というのは、上皇后陛下のお言葉ですが、それは陛下の大御心《おおみこころ》を、代弁されたもの…と見るべきでしょう。いわば「祈り」こそが、神武天皇《じんむてんのう》以来、天皇のご本務なのです。

〝神々へ祈ること〟とともに〝国民に寄り添うこと〟も、上皇陛下が精励されてきたことです。

特に国民の苦難にさいして、みずからが先頭に立って、国民を激励されるご姿勢は、昭和天皇も上皇陛下も、そして今上陛下もかわりません。

上皇陛下は、平成二十三（二〇一一）年三月十一日の「東日本大震災」にさいして、地震発生のわずか五日後、国民への「ビデオ・メッセージ」を発表されていますが、そのあと上皇陛下は、上皇后陛下とともに、いち早く、しかも次々と、国民に対して物心とものの支援をつづけられ、また、各地の被災地への慰問の旅をつづけられました。

病をかかえ、しかもご高齢のお体で…と考える時、国民の一人として心がふるえる思いでしたが、それも、国民を〝わが子のように愛する〟という、皇室の伝統的な精神にのっとられてのことで、陛下としては、しごく〝自然〟な対応をされただけなのでしょう。

こうして神々に祈りをささげつづけられ、そして国民に寄り添いつづけられ、上皇陛下は、平成三十一（二〇一九）年四月に譲位《じょうい》され、新しい帝《みかど》のもとで令和の御代がはじまりました。一国民として、上皇、上皇后陛下の皇恩《こうおん》に深甚《しんじん》の感謝をささげつつ、お二方が、いく久しく、お健やかにお過ごしくださることを、ひたすら祈念してやみません。

おわりに

すでに縄文時代に、わが国の先祖は、わが国の国土で、わが国の言語を使用していたようです。それが、他の言語を使用する人々とは、かなり異なる〝日本人の脳のはたらき〟につながっているらしい…ということは、「はじめに」でお話しました。

それでは、さらにさかのぼって、日本語を使用する日本人は、そもそもどこから生まれたのでしょう？ その問題は、もはや歴史学の領域というより、科学の領域の問題でしょうが、そのことを考えるさい、一つの参考になる研究があります。ドイツの研究チームが遺伝学の専門誌（「The American Journal of Human Genetics」）に発表した論文で、わが国でも、平成二十八（二〇一六）年に紹介されている学説です。それによると、現在の「ヒト」より先にアフリカを出て、世界に広がった「ネアンデルタール人」に由来する遺伝子を、今の世界で、もっとも多く受けついでいるのが日本人だ…というのです。

ということは…、日本列島の外では、何万年もの間、治乱興亡《ちらんこうぼう》がくりかえされ、さまざまな人種が、無数に生滅していくなか、日本列島では悠久の歳月のなかで、比較的平和な時間が流れたことになります。その結果、日本には、今の「ヒト」以前の人類の遺伝子が、世界でもっとも濃厚に伝わり、それが現代にいたるまで、大きく変わることなくつづいている…ということになるでしょう。

はたしてそれが、どれくらい妥当な学説なのか…、今後の研究の進展に待つしかありません。しかしきわめて興味深い学説で、それが事実であるならば、人の脳に対して、日本語のようなはたらきをする言語が、今の世界で、なかなか他には見当たらないことも、なんとなく説明がつきます。

ともあれ…、それほど〝日本語の奥は深い〟のです。ですから、私たちは、幼いころから「国語」を、じゅうぶん学ぶ必要があります。しかし、近年の文部科学行政は、明らかに「国語教育」を軽視していますす。そのせいでしょうか…、「国際学習到達度調査」での日本の子供たちの「読解力」は、平成二十四（二〇一二）年は、世界で四位であったのに、平成三十（二〇一八）年になると、世界で十五位にまで転落しています。

そして、そのような国語力の低下が、現在、わが国の経済活動にも、悪影響をおよぼしはじめています。企業の管理職が、二十代社員の日本語能力の低さに悩まされている…というのです。たとえば、ある企業で、英語で書かれた仕様書を、若手の社員に翻訳させせようとしたら、〝英語はわかるが、英和辞典に書かれている日本語の意味がわからない〟と言って、（若手の社員が仕様書を）上司に突き返してきた、という話もあります（河合薫「九時十分前を理解できない若手を生んだ日本語教育軽視のツケ」／『日経ビジネスオンライン』・令和元年十一月十九日）。つまり、「聞く」「話す」「読む」「書く」などの点で、日本の一部では、すでに〝日本生まれ、日本育ちの日本人なのに、日本語が通じない〟という現象が、おこりはじめているのです。

国家にとって、国防や経済は、いうまでもなく重要です。しかし、国語を喪失してしまったら、その時点で、もう「国」そのものが〝気化〟していることになります。

国語の精華《せいか》が、わが国では和歌です。そのことは、古来、和歌を詠むことが〝わが国の道（「敷島の道」）〟とまでいわれてきたことからも、まちがいありません。

そうであれば、和歌に対する再評価がすすめば、ひいては国語の再評価にもつながるかもしれません。私が、本書を書いた理由の一つは、そこにあります。

拙いものながら、本書が、わが国の和歌の尊さと美しさを、読者に再認識していただくためのお役に、少しでもたつことになるのであれば、幸いです。そしてそのことを通じて、国語そのものの尊さと美しさを、ひいては、わが国そのものの尊さと美しさを、再認識していただくためのお役に、少しでもたつことになるのであれば、著者の幸い、それにまさるものはありません。

本書に収めた文章のほとんどは、平成十九（二〇〇七）年に創刊された『教育再生』という雑誌に連載した原稿をもとにしたものです。その雑誌は、平成二十八年に休刊になってしまいましたが、私は、創刊から休刊になるまで、ちょうど百回分の原稿を書きました。

もちろん、本書は、その雑誌に掲載されたものをそのまま、まとめたものではありません。「序章」は書下ろしですし、あらためてすべての文章に手を入れ、連載時には書いていた歌を削除したものもあり、今回、新たに執筆した項目もあります。

今回、私があらためて、その連載を一書にしようと思い立ったのは、令和二（二〇二〇）年の感染症の蔓延《まんえん》も、一つの要因になっています。ごぞんじのとおり、中華人民共和国の武漢《ぶかん》から感染が拡大した新しい感染症は、令和二年の年明けから全世界に、甚大な被害をもたらしました。

今のところ、わが国は海外から、その抑制に「奇妙な成功」（『フォーリン・ポリシー』・令和二年五月十四日）を収めた、と高く評価されています。不思議な話で、私などは、かつての自著『日本は天皇の祈りに守られている』のタイトルを想起したくらいですが、それでも、わが国にも多大の被害が出たことは、まちがいありません。

本書を執筆している時点でも、なお感染は収束していません。この感染症は、今後、これまで〝ふつうであったこと〟の多くを、〝ふつうではないこと〟に変えていくかもしれず、それにつれて、政治や経済も、文化や生活も、大きくかえていくことでしょう。

私の勤務する大学でも、令和二年の四月から、まったく先が見通せない状況のまま、すべての対面授業が中止になりました（「オンライン授業」のみ実施）。そのため、もともとパソコンが苦手な私が、しかも還暦を過ぎて、突然、はじめての「オンライン授業」や「オンライン会議」をせざるをえない状況に追い込まれ、若い先生方にお教えを乞いながらの悪戦苦闘の日々がつづいています。

もちろん、「県を越えての移動」や「不要不急」の外出も「自粛」となり、そのため私には、これまでの人生で、あまり体験したことのないような、〝不思議な時間〟が生まれました。それまでも時々、「あの和歌の連載を、いつかは本にまとめたいな…」とは思っていたのですが、そのような〝不思議な時間〟がはじまり、しばらくするうちに、それをやるなら「今では…」と思い立ったのです。

ボッカッチョ（一三一三―一三七五）は、ヨーロッパでペストが流行したさい、その避難先で『デカメロン』を書き、吉田松陰は、獄舎生活と自宅謹慎という生活のなかで『講孟余話《こうもうよわ》』を書きました。二人とも、「災い」を転じて「福」となしたわけです。

それらの偉人たちの顰《ひそみ》に倣《なら》い、私は〝感染拡大による自粛生活〟という「災い」を、和歌の本を出版するという「福」に転じよう…と、考えたわけです。もちろん私の場合は、あまりにもささやかな試みで、その点、まことにお恥ずかしいかぎりですが…。

ただし、古代から現代までの百首の和歌を、一人で解説した本は、近ごろは、あまり聞きませんから、そういう意味で、少しはめずらしい本になったかもしれません。もしも、本書を〝和歌を柱とした日本思想の一つの通史〟としても、お読みいただいたのであれば、本来、日本思想史の研究者の端くれである私としては、ある意味本望です。

本書を出版するにあたっては、慧文社社長の中野淳氏のお世話になりました。中野氏には、平成十三（二〇〇一）年の『大国隆正全集』の出版以来、もう二十年もご厚誼にあずかっています。また今回は、かつて私が西郷隆盛や吉田松陰について書いた著書を、何冊も編集していただいた櫻田真由美さんにも、編集のお手伝いをしていただきました。和歌の本らしい美しい仕上がりにしていただいたのは、櫻田さんのおかげです。

お二人のお力がなければ、本書が世に出ることはありませんでした。ここに記して、あらためてお二人に謝意を表するしだいです。

主な参考文献（複数の章にまたがるものは、いずれかの章に記し、重複をさけています）

全体にかかわるもの

○夜久正雄／山田輝彦『短歌のすすめ』（国民文化研究会・昭和四十六年）
○列聖全集編纂会『皇室文学大系』第一輯～第四輯（名著普及会・昭和五十四年［原版は『列聖全集』大正四年―六年］）
○有吉保『百人一首』（講談社・昭和五十八年）
○西内雅『國魂―愛国百人一首の解説』（錦正社・昭和六十年）
○『歴代天皇御製集―神祇 祭祀に関する御製』（日本青年協議会・平成二年）
○朝倉治彦／三浦一郎 編『世界人物逸話大辞典』（角川書店・平成八年）
○山田輝彦『短歌の心』（日本青年協議会・平成八年）
○宇野精一／國語問題協議會 編『平成新選百人一首』（明成社・平成十二年）
○小堀桂一郎『和歌に見る日本の心』（明成社・平成十五年）
○国民文化研究会／小柳陽太郎 編著『名歌でたどる日本の心』（草思社・平成十七年）
○松浦光修『やまと心のシンフォニー』（国書刊行会・平成十四年）
○渡部昇一『日本史百人一首』（育鵬社・平成二十年）
○松浦光修『日本は天皇の祈りに守られている』（致知出版社・平成二十五年）

「はじめに」に関わるもの

○塚本虎二 訳『福音書』（岩波書店・昭和三十八年）
○小沢正夫 校注・訳『古今和歌集』（小学館・昭和四十六年）
○角田忠信『日本人の脳』（大修館書店・昭和五十三年）
○岡田英弘『この厄介な国、中国』（ワック・平成二十三年）
○角田忠信『日本語人の脳』（言叢社・平成二十八年）

序章「今上陛下の御製・皇后陛下の御歌」にかかわるもの

○山口県教育委員会 編『吉田松陰全集』第四巻（岩波書店・昭和九年）
○松浦光修「近年の不遜な皇室批判を排す」（『アイデンティティ』・平成二十一年八月一日）
○松浦光修「天皇陛下〝ご学友〟の『廃太子』論に異議あり」（『正論』・平成二十一年十月号）
○今上陛下「目白キャンパスの思い出」（学習院大学史料館 編『学習院 日々の学び舎 学内に遺る歴史ある建築』［丸善プラネット・平成二十二年］所収）
○今上陛下「前近代の『御料車』—牛車と鳳輦・葱華輦—」（霞会館『御料車と華族の愛車』［霞会館・平成三十年］所収）
○今上陛下「『華ひらく皇室文化展』に寄せて—ボンボニエールの思い出」（『学習院大学史料館 ミュージアム・レター』第四〇号・平成三十一年三月二十日）
○小柳左門『皇太子殿下のお歌を仰ぐ』（展転社・平成三十一年）
○『靖国』七六六号（靖国神社社務所・令和元年五月八日）
○「両陛下、医療従事者にお労いのお言葉」（『祖国と青年』令和二年六月号）

第一章「上つ代（古代）」にかかわるもの

○片桐洋一／福井貞助／高橋正治／清水好子 校注・訳『竹取物語　伊勢物語　大和物語　平中物語』（小学館・昭和四十七年）
○小島憲之／木下正俊／佐竹昭広 校注・訳『万葉集』一～四（小学館・昭和四十六～五十年）
○馬淵和夫／国東文麿／今野達 校注・訳『今昔物語集』一～四（小学館・昭和四十六～五十一年）
○萩原浅男／鴻巣隼雄 校注『古事記』（小学館・昭和四十八年）
○西宮一民 校注『古事記』（新潮社・昭和五十四年）
○青木和夫／石母田正／小林芳規／佐伯有清 校注『古事記』（岩波書店・昭和五十七年）
○長谷川政春／今西裕一郎／伊藤博／吉岡曠 校注『土佐日記　蜻蛉日記　紫式部日記　更級日記』（岩波書店・平成元年）
○『柳田國男全集』一三（筑摩書房・平成二年）
○片野達郎／松野陽一 校注『千載和歌集』（岩波書店・平成五年）
○久保田淳／平田喜信 校注『後拾遺和歌集』（岩波書店・平成六年）
○稲岡耕二編『万葉集事典』（學燈社・平成六年）
○小島憲之／直木孝次郎／西宮一民／蔵中進／毛利正守 校注・訳『日本書紀』一～三（小学館・平成六～十年）
○小林達雄『縄文の思考』（筑摩書房・平成二十年）
○小林達雄『縄文人追跡』（筑摩書房・平成二十年）
○竹田恒泰『天皇の国史』（ＰＨＰ研究所・令和二年）

第二章「中つ代（中世）」にかかわるもの

○川田順『戦国時代和歌集』（甲鳥書林・昭和十八年）
○風巻景次郎／小島吉雄 校注『山家集 金槐和歌集』（岩波書店・昭和三十六年）
○岩佐正／時枝誠記／木藤才蔵 校注『神皇正統記 増鏡』（岩波書店・昭和四十年）
○峯村文人 校注・訳『新古今和歌集』（小学館・昭和四十九年）
○村田正志『南北朝と室町』（講談社・昭和五十年）
○平泉澄『明治の源流』（時事通信社・昭和四十五年）
○西垣晴次『お伊勢まいり』（岩波書店・昭和五十八年）
○樋口芳麻呂／糸賀きみ江／片山享／近藤潤一／久保田淳／佐藤恒雄／川平ひとし 校注『中世和歌集 鎌倉篇』（岩波書店・平成三年）
○井之元春義『楠木氏三代の研究』（創元社・平成九年）
○長谷川端 校注『太平記』①〜④（小学館・平成六〜十年）
○石川泰水／谷知子 著、久保田淳 監修『式子内親王集・建礼門院右京大夫集・俊成卿女集・艶詞』（明治書院・平成十三年）
○松浦光修『やまと心のシンフォニー』（国書刊行会・平成十四年）
○矢田俊文『上杉謙信』（ミネルヴァ書房・平成十七年）
○篠田達明『戦国武将の死生観』（新潮社・平成二十年）
○田端泰子『細川ガラシャ』（ミネルヴァ書房・平成二十二年）
○岡野友彦「式年中絶と復興」（『伊勢の神宮と式年遷宮』［皇學館大学出版部・平成二十四年］所収）
○深津睦夫／君嶋亜紀 著『新葉和歌集』（明治書院・平成二十六年）

○平川新『戦国日本と大航海時代』（中央公論新社・平成三十年）
○松浦光修『明治維新という大業』（明成社・平成三十年）
○勝岡寛次「大嘗祭の歴史と祈り」一〜五（『祖国と青年』令和元年七月号〜十一月号）

第三章「近き代（近世）」にかかわるもの

○中央義士会 編／渡邊世祐 校訂、亀岡豊二序『赤穂義士史料』上・中・下（雄山閣・昭和六年）
○福住正兄 筆記／佐々井信太朗 校訂『二宮翁夜話』（岩波書店・昭和八年）
○三上卓『高山彦九郎』（平凡社・昭和十五年）
○佐佐木信綱 校注『大隈言道集』（改造社・昭和十七年）
○久松潜一『契沖』（吉川弘文館・昭和三十八年）
○三枝康高『賀茂真淵』（吉川弘文館・昭和三十七年）
○谷省吾『神道と生活』（私家版・昭和四十二年）
○E・S・モース 著／石川欣一 訳『日本その日その日』第2（平凡社・昭和四十五年）
○久松潜一 監修『契沖全集』一三（岩波書店・昭和四十八年）
○西郷隆盛全集編集委員会 編纂『西郷隆盛全集』第四巻（大和書房・昭和五十三年）
○伊藤正雄『近世の和歌と国学』（皇學館大學出版部・昭和五十四年）
○城福勇『本居宣長』（吉川弘文館・昭和五十五年）
○久松潜一 監修『賀茂真淵全集』二十一（続群書類従完成会・昭和五十七年）
○グリフィス 著／山下英一 訳『明治日本体験記』（平凡社・昭和五十九年）
○松浦光修『竹内式部』（皇學館大學出版部・平成七年）

○内村鑑三 著／鈴木範久 訳『代表的日本人』（岩波書店・平成七年）
○笠谷和比古『士（サムライ）の思想』（岩波書店・平成九年）
○水島直文／橋本政宣 編注『橘曙覧歌集』（岩波書店・平成十一年）
○松浦光修『大国隆正の研究』（神道文化会・平成十三年）
○渡辺京二『逝きし世の面影』（平凡社・平成十七年）
○藤田覚『光格天皇』（ミネルヴァ書房・平成三十年）

第四章「新た代（近世）」にかかわるもの

○小川煙村『勤皇芸者』（日高有倫堂・明治四十三年）
○伊波普猷／真境名安興『琉球の五偉人』（小沢書店・大正五年）
○立雲 頭山満先生講評『大西郷遺訓』（政教社・大正十四年）
○福本義亮『松下村塾之偉人　久坂玄瑞』（誠文社・昭和九年）
○宇高浩『真木和泉守』（菊竹金文堂・昭和九年）
○安部眞造『東郷元帥直話集』（中央公論社・昭和十年）
○『昭憲皇太后御集』（岩波書店・昭和十三年）
○市村咸人『松尾多勢子』（山村書院・昭和十五年）
○佐佐木信綱『野村望東尼全集』（野村望東尼全集刊行会・昭和三十三年）
○松下芳男『乃木希典』（吉川弘文館・昭和三十五年）
○土山廣端 編『東郷平八郎小伝』（東郷神社東郷会・昭和四十三年）
○荒木精之『神風連実記』（新人物往来社・昭和四十六年）

○山口宗之『真木和泉』（吉川弘文館・昭和四十八年）
○大久保利謙『岩倉具視』（中央公論社・昭和四十八年）
○田中卓 編『維新の歌』（日本教文社・昭和四十九年）
○平泉澄『明治の光輝』（日本學協會・昭和五十五年）
○梶山孝夫 編『新版 佐久良東雄歌集』（水戸史学会・平成二年）
○宮地佐一郎『中岡慎太郎』（中央公論社・平成五年）
○藤田覚『幕末の天皇』（講談社・平成六年）
○河合隼雄著作集第一巻『ユング心理学入門』（岩波書店・平成六年）
○坂田新 注『江戸漢詩選 志士』第四巻（岩波書店・平成七年）
○岡田幹彦『東郷平八郎』（展転社・平成九年）
○岩山清子／岩山和子 編著『西郷さんを語る』（至言社・平成九年）
○野村靖『追懐録』（マツノ書店・平成十一年）
○勝海舟 著／江藤淳・松浦玲 編『氷川清話』（講談社・平成十二年）
○一坂太郎 編／田村哲夫 校訂『高杉晋作史料』第二巻（マツノ書店・平成十四年）
○松浦光修 編訳『新訳 南洲翁遺訓』（ＰＨＰ研究所・平成二十年）
○谷川佳枝子『野村望東尼』（花乱社・平成二十三年）
○松浦光修 編訳『新訳 留魂録』（ＰＨＰ研究所・平成二十三年）
○伊藤哲夫『教育勅語の真実』（致知出版社・平成二十三年）
○勝岡寛次『明治の御代』（明成社・平成二十四年）
○小平美香『昭憲皇太后からたどる近代』（ぺりかん社・平成二十六年）

○仲村俊子「国家愛、郷土愛、家族愛、愛はすべて一つ」（『致知』平成二十六年五月号）
○松浦光修『龍馬の「八策」』（PHP研究所・平成二十九年）
○松浦光修『明治維新という大業』（明成社・平成三十年）
○多久善郎 編『維新のこころ』（明成社・平成三十年）
○江崎道朗『インテリジェンスと保守自由主義』（青林堂・令和二年）

第五章「今の代（現代）」にかかわるもの

○『日本及日本人 臨時増刊 松陰号』（政教社・明治四十一年）
○大町桂月／猪狩又蔵『杉浦重剛先生』（政教社・大正十三年）
○しきしまのみち會『三井甲之歌集』（「三井甲子」歌碑建設・歌集刊行会・昭和三十三年）
○『日本の詩歌二二 三好達治』（中央公論社・昭和四十二年）
○『日本の詩歌四 与謝野鉄幹 与謝野晶子 若山牧水 吉井勇』（中央公論社・昭和四十三年）
○緒方三和代／緒方親『緒方家集』（風日社・昭和四十八年）
○吉岡勲 編著『ああ黒木博司少佐』（教育出版文化協会・昭和五十四年）
○平泉澄『悲劇縦走』（皇學館大學出版部・昭和五十五年）
○『新潮日本文学アルバム二四 与謝野晶子』（新潮社・昭和六十年）
○『新潮日本文学アルバム一四 斎藤茂吉』（新潮社・昭和六十年）
○山岡荘八『小説 太平洋戦争』一～九（昭和六十一～二年）
○高橋紘『陛下、お尋ね申し上げます』（文藝春秋・昭和六十三年）
○『文芸読本 三島由紀夫』（河出書房新社・昭和五十年）

○松本徹 編『三島由紀夫』（河出書房新社・平成二年）
○『柳田國男全集』十三（筑摩書房・平成二年）
○靖国神社『いざさらば我はみくにの山桜』（展転社・平成六年）
○小堀桂一郎 編『東京裁判 日本の弁明』（講談社・平成七年）
○江藤淳『南洲残影』（文藝春秋・平成十年）
○金城和彦『嗚呼沖縄戦の学徒隊』（天正社・平成十二年）
○『小林秀雄全集』第八巻（新潮社・平成十三年）
○『魂のさけび』（鹿屋航空基地史料館連絡協議会・平成十五年）
○『寒林子詠草』（日本學協會・平成十六年）
○山口宗敏『父・山口多門』（光人社・平成十八年）
○若井敏明『平泉澄』（ミネルヴァ書房・平成十八年）
○名越二荒之助『大東亜戦争を見直そう』（明成社・平成十九年）
○宮本雅史『回天の群像』（角川学芸出版・平成二十年）
○中西輝政／日本会議 編著『日本人として知っておきたい皇室のこと』（ＰＨＰ研究所・平成二十年）
○梯久美子「美智子皇后と硫黄島　奇跡の祈り」（『文藝春秋』平成二十年八月号）
○小堀桂一郎／古田島洋介「皇室と和歌、漢詩の歴史」（『教育再生』・平成二十一年）
○上杉千郷『海軍日誌』（皇學館大学出版部・平成二十一年）
○上杉千郷『神主学徒出陣残懐録』（神社新報社・平成二十二年）
○苗村七郎『至純の心を後世に』（ザメティアジョン・平成二十三年）
○福富健一『重光葵 連合軍に最も恐れられた男』（講談社・平成二十三年）

○「魂のサイレント・ネービー　第二十八回　野口剛」（「ＪＳＨＩＰＳ　ｖｏｌ54」・平成二十五年十二月十日号）

○西法太郎「新資料発見！歴史に埋もれた『三島由紀夫』裁判記録」（『週刊新潮』・平成二十四年十一月二十九日号）

○小堀桂一郎『昭和天皇とその時代 新版』（ＰＨＰ研究所・平成二十七年）

○割田剛雄／小林隆『天皇皇后両陛下 慰霊と祈りの御製と御歌』（海竜社・平成二十七年）

○佐々木太郎『革命のインテリジェンス』（勁草書房・平成二十八年）

○江崎道朗『コミンテルンの謀略と日本の敗戦』（ＰＨＰ研究所・平成二十九年）

「おわりに」にかかわるもの

○河合薫「九時十分前を理解できない若手を生んだ日本語軽視のツケ」（『日経ビジネスオンライン』・令和元年十一月十九日）

○門田隆将『疫病 ２０２０』（産経新聞出版・令和二年六月）

[著者略歴]

松浦光修（まつうら・みつのぶ）

（令和２年 撮影）

昭和 34 年、熊本市生まれ。皇學館大学文学部を卒業後、同大学大学院博士課程に学ぶ。現在、皇學館大学文学部 国史学科 教授。博士（神道学）。専門の日本思想史の研究のかたわら、歴史、文学、宗教、教育、社会に関する評論、また随筆など幅広く執筆。

著書には、専門書として、『大国隆正の研究』（文明堂・平成 13 年）、『増補 大国隆正全集（編者）』第８巻・補遺（国書刊行会・平成 13 年）などがあり、その他に、『竹内式部』（皇學館大學出版部・平成 7 年）、『やまと心のシンフォニー』（国書刊行会・平成 14 年）、『いいかげんにしろ日教組』（PHP 研究所・平成 15 年）、『夜の神々』（慧文社・平成 17 年）、『永遠なる日本のために―“女系天皇”は天皇といえるのか』（四柱神社・平成 18 年）、『【新訳】南洲翁遺訓　西郷隆盛が遺した「敬天愛人」の教え』（PHP 研究所・平成 20 年）、『日本の心に目覚める五つの話』（明成社・平成 22 年）、『【新訳】留魂録　吉田松陰の「死生観」』（PHP 研究所・平成 23 年）、『楠公精神の歴史』（湊川神社・平成 25 年）、『日本は天皇の祈りに守られている』（致知出版社・平成 25 年）、『【新釈】講孟余話　吉田松陰、かく語りき』（PHP 研究所・平成 27 年）、『龍馬の「八策」維新の核心を解き明かす』（PHP 研究所・平成 29 年）、『明治維新という大業　“大東亜 400 年戦争”のなかで』（明成社・平成 30 年）、『西郷隆盛の教え』（四柱神社・平成 30 年）などがある。

また、共著には、『名画にみる國史の歩み』（近代出版社・平成 12 年）、『高等学校・最新日本史』（明成社・平成 14 年）、『日本を虐げる人々 偽りの歴史で国を売る徒輩を名指しで糺す』（PHP 研究所・平成 18 年）、『日本人として知っておきたい皇室のこと』（PHP 研究所・平成 20 年）、『日本史の中の世界一』（育鵬社・平成 21 年）、『日本人として。皇学』（神社新報社・平成 22 年）、『君たちが、日本のためにできること』（明成社・平成 23 年）、『伊勢の神宮と式年遷宮』（皇學館大學出版部・平成 24 年）、『皇位継承　論点整理と提言』（展転社・令和２年）などがある。

日本《にほん》とは和歌《わか》　国史《こくし》のなかの百首《ひゃくしゅ》

令和２年10月19日初版第一刷発行

著者：松浦光修《まつうらみつのぶ》
発行者：中野 淳
発行所：株式会社 慧文社《けいぶんしゃ》
〒174-0063
東京都板橋区前野町4-49-3
〈TEL〉03-5392-6069
〈FAX〉03-5392-6078
E-mail：info@keibunsha.jp
http://www.keibunsha.jp/
印刷所・製本所：モリモト印刷株式会社
ISBN978-4-86330-195-5